Klaus Hoffmann

Phillip und die Frauen

Roman

rütten & loening

FSC
www.fsc.org
MIX
Papier aus verantwortungsvollen Quellen
FSC® C083411

ISBN 978-3-352-00808-5

Rütten & Loening ist eine Marke der
Aufbau Verlag GmbH & Co. KG

1. Auflage 2011

Umschlaggestaltung Henkel/Lemme
Typografie Renate Stefan, Berlin
Gesetzt aus der Stempel Garamond und der Medici Script
durch psb, Berlin
Druck und Binden CPI – Clausen & Bosse, Leck
Printed in Germany

www.aufbau-verlag.de

Nur der Schuldige kann lächeln

Inhalt

Der ewige Jüngling

Ich bin nicht Paul Bowles. Es wäre auch völlig unsinnig, mich für Paul Bowles zu halten, nicht nur weil kaum noch jemand den Schriftsteller Paul Bowles kennt – vielleicht ein paar von den älteren Leuten, die in den siebziger Jahren nach Tanger fuhren.

Im Grunde wollte ich nie wirklich Paul Bowles sein. Ich weiß nicht einmal, wie er aussah. Es imponierte mir nur, dass er nach Tanger zog. Einfach so. Von einem Tag auf den anderen wechselte er seine Heimat. Ein Fremder unter Fremden.

Ja, das wird mich fasziniert haben. Vielleicht mal einen Tag lang nach Marokko hin und wieder zurück und dann wieder ein Anderer sein. Zum Beispiel Hemingway oder Mark Twain. Ja, das klingt gut, Mark Twain, für ein Wochenende vielleicht.

Die Leute vor mir rasen wie die Henker. Ich fahre die Strecke, seit ich denken kann, und diese Idioten steigern sich noch immer. Irgendwann werden wir uns alle ohne Autos irgendwo wiederfinden. Höchstwahrscheinlich auf dem Schrottplatz oder in einer Notaufnahme, und dann wird jeder den anderen für seine Rücksichtslosigkeiten um Verzeihung bitten. Das wird der Tag sein, an dem die Welt sich andersherum drehen wird.

Ich habe frei und bin unterwegs nach Sylt, zu meiner Insel. Ich trage unauffällige, helle Cordhosen, dazu ein Paar Sommerschuhe, obwohl es eigentlich noch viel zu kalt ist, und ein pastellgrünes Flanellhemd. Am liebsten hätte ich Autohandschuhe für die Überfahrt angezogen, wenngleich kein Mensch mehr Autohandschuhe trägt, aber sie würden mich an meine Zeit der Aufbrüche erinnern, und ich könnte in Erinnerungen schwelgen und somit meine Nachbarn in den anderen Autos leichter ertragen. Kein nettes Gesicht, kein Lächeln. Ich hasse sie alle.

In ein paar Tagen werde ich sechzig, unfassbar. Natürlich habe ich ein paar Altersflecken auf den Handrücken. Aber wenn ich das Lenkrad fest mit meinen Händen umschließe, verteilen sie sich und lösen sich auf.

Ich habe mir für die nächsten Tage vorgenommen, mir nichts vorzunehmen. Ich bin frei, frei von Verpflichtungen, frei von Zettel, meiner Agentin, frei von Maria, frei, um zu gehen, mit wem und wohin ich will.

Ich könnte an der nächsten Ausfahrt abbiegen und mir einen Gasthof suchen. Dort ein paar Nächte bleiben und so meinem Geburtstag und den Grübeleien entgehen. Das ist wieder eine dieser wunderbaren Phillip-Lösungen, diese idiotischen Umgehungen, die zu rein gar nichts führen.

Mir fällt es schwer, mich festzulegen. Dabei weiß ich, dass Gasthöfe für eine Nacht gar nichts bringen. Außer, dass man sich in ungeheizten Zimmern, barfuß auf kalten Fußböden nach dem Ausland sehnt und die Nächte einen furchtbar nervös machen, weil man sich einsam fühlt. Der Traum von der potentiellen Ausfahrt ins Glück ist mir da lieber.

Nach meiner inneren Uhr zu urteilen, müsste ich jetzt die nächste Tankstelle anlaufen, um auf die Toilette zu gehen. Ich hätte mit der Bahn fahren sollen, aber ich wollte nicht. Ich wollte das Steuer selbst in der Hand haben. In der Bahn hätte ich alle naselang pinkeln gehen können. Immer am Schild »Prostagutt« vorbei.

Man sagt, bei Männern nähme der Harndrang mit den Jahresringen zu.

UM GOTTES WILLEN, WO SOLL DAS HINFÜHREN?

Von Klo zu Klo hangeln wir uns ins Grab. Der Gedanke könnte von Samuel Beckett sein. Ich verehre Beckett, vielleicht weil er so hager war und Ire und …

Ich bin ein Schauspieler, der in die Jahre kommt. Mein Name ist Phillip Kaufmann. Ich könnte mich anders nennen, vielleicht Philippe de Broca, nach dem französischen Filmregisseur. Aber wer kennt noch Philippe de Broca?

Vielleicht sollte ich einfach an etwas anderes denken. Ich sollte mich so verhalten wie die vor sich hin glotzenden Audifahrer, die mich seit Stunden überholen, abdrängen, antreiben, um mich wieder zu überholen.

Maria war froh, als ich abfuhr. Ich habe sehr lange über meine Entscheidung nachgedacht. So weit es ging, hat sie meine Ausführungen geteilt. Sicher, weil sie wusste, dass irgendwann für jeden Zweifler die Erkenntnis ansteht, dass die Erlösung immer unwahrscheinlicher wird, je weiter man sich von ihr entfernt. Ich habe diese Erfahrung tausendfach gemacht. Wer sich der Unsicherheit überlässt, ist bald verlassen. Erstaunlich, dass ich heute früh die Kurve noch bekam. Wir sind mit Ach und Krach auseinandergekommen. Ich nahm einfach meinen Koffer und ging. Maria sagte mir beim Abschied, ohne mit der Wimper zu zucken: »Phillip, du bist völlig neben der Spur. Du trinkst zu viel, du denkst zu viel, und ich halte dich nicht mehr aus. Hast du dich eigentlich jemals gemocht, so wie du bist?«

Als ich in den Wagen stieg, wollte ich ihr nicht auch noch die Genugtuung einer unsicheren Antwort geben. Ich setzte mir heroisch die Sonnenbrille auf, obwohl es noch dunkel war, und fuhr los. Als ich in den Rückspiegel sah, war sie schon verschwunden. Ich glaube, wir sind beide froh, frei voneinander zu haben.

Abschiede sind nicht meine Sache. Ich würde zum Beispiel nie schlecht von jemandem denken, wenn ich mich verabschiede. Wenn ich gehe, muss es für beide Teile zu ertragen sein. Maria ist meine Lebensversicherung, wenn's mit mir mal nicht mehr weitergehen sollte. Also nicht nur Wehwehchen und all diese Krankheiten, die ein Mann in hohen Lebensjahren bekommt. Nein, wenn es wirklich zu Ende geht.

HERRGOTT, ICH HABE EIN PAAR WOCHEN FREI – was ist mit mir los?

Maria hat recht: Es ist schwierig, mit mir in einem Raum zu sein. Äußerlich mache ich einen sicheren Eindruck, aber innerlich fühle ich mich unsicher. Ich erkenne mehr und mehr: Ich bin vergänglich. Die Gewissheit, dass wir alle sterben müssen, ertrage ich einfach nicht. Ich habe das mit dem Sterben immer geahnt, schon mit sieben, nur, jetzt komme ich zu der Erkenntnis, dass es auch stimmt. Vielleicht sollte ich mich dem Alterungsprozess in Demut und heiterer Gelassenheit hingeben, doch es gelingt mir nicht, ich fühle mich dafür zu jung.

Mein Gesicht im Rückspiegel. Ich sehe müde aus und

habe enorme Tränensäcke. Hätte ich das Gesicht von Robert Mitchum, hätte ich kein Problem, aber so frage ich mich ernsthaft, was ich in den sechzig Jahren aus mir gemacht habe.

Ich sehe nur von Berufs wegen in den Spiegel oder eben im Auto bei voller Fahrt. Bloß, da sieht man sich gar nicht so richtig, weil man höllisch auf den Hintermann achten muss. Vor allem, wenn so ein Idiot mit seiner Lichthupe einen Auffahrunfall riskiert. Ich könnte nämlich BREMSEN. Ich hasse es, übersehen zu werden.

Maria nennt mich Phil. Wenn sie wütend ist, sagt sie Phillip, manchmal auch HERR KAUFMANN. Das mag ich überhaupt nicht. Zettel darf das, sie ist meine Agentin, und es ist nützlich, wenn sie weiß, wen sie vor sich hat. Obwohl es in meinen Ohren auch dann furchtbar klingt. Phil klingt gut, Phil mag ich. Wenn Maria Phil zu mir sagt, ist es warm; sagt sie Herr Kaufmann, wird es kalt.

In meiner Jugend wollte ich oft Phil Decker sein, Phil, der Assistent von Jerry Cotton, der spröde FBI-Mann. Ich habe die Heftchen als Zehnjähriger verschlungen. Phil, der Verlässliche, Phil, der einsame Wolf, der die Einsamkeit liebt. Phil, der ganz ohne Frauen leben konnte und trotzdem zurechtkam.

Die Sonne kommt heraus, langsam fühle ich mich besser. Wiesen fliegen vorbei, die ersten Störche finden zurück. Außer den Leuten in den benachbarten Fahrzeugen gibt es im Moment nur mich und mein Radio, das ich nach Belieben an- und ausschalten kann.

Ich wollte oft ein anderer sein. Selbstsicher, zuversichtlich, bekannt. Einer, den man nicht übersieht. Zum

Beispiel Philippe de Broca. Er war ein Regisseur, dem man als Schauspieler trauen kann. In »Cartouche, der Bandit« war Belmondo ganz er selbst, so wie wir ihn lieben. Unabhängig und frei. Jean-Paul Belmondo – kennt den überhaupt noch jemand von den Jungen?

Oder Rod Steiger. Ihm sehe ich sogar ein wenig ähnlich. Die Bäckchen, sein Mund, wie er ihn kräuselte, wenn er wütend war. Ich bin selten wütend, und wenn, dann zeige ich es nicht. In »Dr. Schiwago« war Steiger sehr, sehr böse und bestimmend. Ebenso in »Die Faust im Nacken« und in seinem Erstlingsfilm »Der Sergeant«. Ich finde, das reicht aus, um jemanden gern zu haben. Ich werde mich in den sechs Stunden bis zur Insel in Rod Steiger verwandeln – bis ich mich richtig GUT FÜHLE.

Als ich noch jung war, konnte ich in Sekundenschnelle aus mir selbst einen Anderen machen. Die Mädchen fielen nie darauf rein, spielten aber mit. Die meisten Frauen spielen mit. Es gefällt ihnen, wenn einer spinnt, das lenkt sie von ihrem eigenen Elend ab, das sie sonst allein mit ihren Männern teilen müssten.

Meine Kumpels spielten selten mit, sie waren zu sehr mit sich selbst beschäftigt, als zu bemerken, dass neben ihnen eine Metamorphose vor sich ging. Phil Decker, Philippe de Broca, Mahatma Gandhi, Rod Steiger. Ich war sie alle – stundenweise. Das ist vorbei, schade eigentlich. Ich werde in ein paar Tagen sechzig, jetzt gilt es, mich an mich selbst zu gewöhnen. Die Zeit der Mädchen scheint vorbei. Ich hasse es, alte Knacker Skateboards fahren zu sehen.

In meiner Videothek muss ich seit einiger Zeit das Herstellungsjahr der DVDs angeben, die ich mir bestelle.

Die Filme sind alt, die meisten Schauspieler schon tot. Ich hatte mir vorgenommen, mit meinen Idolen zu altern, nun gehe ich wohl ohne sie weiter.

Letzte Nacht träumte ich von einem jungen Mann, der eine Stange Chicorée aß. Der Junge hatte Ähnlichkeit mit mir, sah gut aus, war zufriedener als ich. Sicher will der Traum mir etwas sagen. Vielleicht ist es etwas Sexuelles. Ich werde später darüber nachdenken.

Ich freue mich aufs Nachdenken. Frei sein, am Strand sein, bei mir sein. Den Rücken entlasten, ein paar medizinische Anwendungen nehmen, Wasser trinken. Ich freue mich auf June, Ruth und Angela, meine Inselfrauen.

Ich werde bei ihnen zwei Zimmer in Scottys Cottage beziehen und bei jedem Wind und Wetter über die Insel laufen. Ich werde mich nicht über die Touristen aufregen, weder über ihre gelben Regenjacken noch über die Hunde. Ich werde konsequent den Wein einstellen und fünf Kilo abnehmen und für immer gesunden. Beschlossen und verkündet.

Es ist gut, eine Entscheidung zu treffen, man fühlt sich danach besser. Man bezieht einen Standpunkt, ich kenne das an sich nur von der Bühne. Auftreten, Haltung beziehen, Text und ab. Klares Gefüge, keine Zappelei.

Ich habe mein Leben lang gespielt, fast auf allen Bühnen dieser Republik. Auf der Bühne macht mir keiner was vor, ich kenne ihre Gesetze. Man könnte fast sagen, ich habe mein Leben verspielt. Na, mein Gott, dann habe ich ein Recht auf dieses Gesicht.

Der Himmel reißt auf, herrlich. Ein bisschen komme ich mir vor wie die Kameliendame von Dumas, die kurz vor ihrem Ableben aufs Land zog, um bei guter Luft und frischer Milch ihre Schwindsucht zu kurieren. Ich werde, also bin ich.

Vielleicht sterbe ich vor meinem Geburtstag, und alle Gedanken, die ich mir bisher machte, haben mir dann nichts als Unruhe gebracht. Das wäre ganz furchtbar, was würde ich alles verpassen! Diese Angst, etwas zu verpassen! Schuld und Angst, meine beiden dicken Kinder. Ich bin ein schlechter Vater, denn ich lasse sie machen, was sie wollen.

Die letzten Wochen lebte ich auf der Überholspur. Alles tat ich zu schnell, ich wollte Zeit sparen. Jeden Tag ertappte ich mich dabei, wie ich durch den Tag raste.

Ein Wunder, dass Maria mich noch nicht verlassen hat. Ich bin der ungelassenste Mann, den ich kenne. Welche Frau kommt schon mit mir zurecht?

Die Fregatte, die dort in ihrem Audi sitzt und mich keines Blickes würdigt, würde mich doch garantiert schon nach ein paar Tagen vor die Tür setzen, weil ich ihrer Vorstellung von einem vernünftigen Zusammensein nicht entspräche. Sie sieht nicht einmal zu mir herüber, obwohl wir uns schon x-mal überholt haben.

In letzter Zeit fühle ich mich von Frauen unbeachtet.

HIMMEL, IST DA JEMAND, DER MICH SIEHT?

Ich wäre gerne noch mal jung. Ich kann nicht sagen, dass ich mich schon alt fühle, aber langsam wird es eng. Alle werden älter, aber bei mir wiegt es besonders schlimm, ich nehme es persönlich. Vor ein paar Tagen sah ich in einer TV-Show Charles Aznavour. Der Mann ist zweiundachtzig und sprüht vor Vitalität und Witz. Wo nimmt dieser Greis seinen Optimismus her? Die Frauen lieben ihn, nicht nur die verwitterten. Wahrscheinlich, weil er nicht das Zeichen auf der Stirn trägt:

Schaut her, Leute, ich bin alt und werde irgendwann sterben. Oder ist es, weil er Armenier ist? Den Armeniern ist es egal, ob sie altern oder sterben. Sie haben keine Zeit für Grübeleien dieser Art, sie leben im Exil und haben andere Werte: Gleichmut und Brüderlichkeit. Das habe ich das letzte Mal in den Sechzigern gehört, heute will keiner mehr etwas davon wissen.

Wenn mein Leben so weitergeht, werde ich bald nur noch Frauen in knielangen Röcken begegnen, die sich in Buchläden herumdrücken, und Männern, die über Harndrang und Gelenkprobleme mit mir reden wollen.

Ab sofort fahre ich so langsam wie möglich, ich werde schleichen, das schafft Zeit. Und morgen früh kaufe ich mir eine Kapuzenjacke und laufe energisch am Strand, so wie es alle älteren Männer tun. Ich werde Muscheln sammeln und in den Wind pinkeln.

Haus der Frauen

Vom Meer zieht eine Schlechtwetterfront auf, ich laufe am Strand entlang. Die Insulaner sagen, es werde sich geben, bis zum Nachmittag sei es wieder schön. Jetzt ist es kalt, also laufe ich sehr schnell, um mich zu wärmen. Ich habe die Hände in den Taschen vergraben und renne zu meiner ersten Rückenanwendung ins Wellenbad. Ich habe mir fest vorgenommen, mich darauf zu freuen. Der Sand ist noch gefroren, und ich laufe so schnell ich kann, um den Druck, den ich verspüre, auszugleichen.

Druck, Druck, Druck – mein verlässlicher Kamerad. Es könnte ja sein, dass ich zu spät bin, dass ich den Termin durcheinandergebracht habe oder dass der Therapeut abgesagt hat und ich nicht zu erreichen war. Ich spüre sämtliche Knochen.

Ich trage den einzigen Pullover, der mich vor diesem Wetter schützt, einen schwarzen Rippenseemannspullover, darüber eine schwarze Windjacke und eine Wollmütze. Alle Leute, die mir entgegenkommen, haben ausnahmslos gelbe und grüne Windjacken und Mützen an.

Paare kommen mir entgegen. Paare, die sich an den Händen halten, Paare, die miteinander sprechen, Paare, die schweigend in einem Meter Abstand nebeneinanderher laufen. Junge Paare, alte Paare, schwule Paare, Paare, die anderen Paaren zusehen. Paare, die ihren Hunden folgen, und Paare, wo einer missmutig und schweigend hinter dem anderen läuft. Dann die Einzelnen! Es sind meistens Frauen, die allein am Strand gehen. Die, die mir begegnen, laufen wie ich sehr schnell, aber selbstbewusster. Sie vermeiden den Blickkontakt mit jedem, der ihnen entgegenkommt. Ich suche zwar jeden Blick, weiche aber sofort aus, wenn mich eine Frau direkt ansieht. Ich habe es zeitlebens so gehalten. Die Augen einer Frau machen mich heute noch verrückt.

Am Strand gibt es zwei Richtungen, hin und zurück. Hier am Strand ist jeder dem anderen fremd, nur die Hunde sind es nicht. Stöckchen ins Meer, ein Neufundländer jagt hinterher, ein Setter hängt sich dran, gegenseitiges Beschnuppern und Für-gut-Befinden, dann in wilder Jagd ins Wasser und wieder zurück zu Herrchen oder Frauchen, die paarweise lachen und irgendwann weiterziehen. Ein simples Spiel mit einfachen Verabredungen.

Ich sehe einer wilden Balgerei zweier Hunde zu und muss an Maria und mich denken. Vor drei Stunden habe ich das letzte Mal an sie gedacht. Das ist schon ein Fortschritt.

Ich bin sehr früh aufgestanden, bin ins Badezimmer gewankt, habe geduscht und sofort an Maria gedacht. Ich weiß nicht, was ich dachte, ich sah nur ihr Gesicht, ich hörte ihre Stimme, sie war einfach da. Es fällt mir auf, dass Maria doch immer da ist, auch wenn ich allein mit mir bin. Mir wird allmählich klar: ICH BIN ZU ZWEIT UNTERWEGS.

»Phil, sprich mit ihm – mit Streit. Er wird eine Lösung finden. Immerhin ist er dein Anwalt. Und außerdem kann ich die Frau verstehen, ich hätte an ihrer Stelle auch so reagiert.«

Ich verwarf die Gedanken an Maria und eine mir unbekannte Frau, die mir im Nacken sitzt, weil ich in einer Nacht in ihren Briefkasten gepinkelt haben soll.

WAS NICHT STIMMT.

Ich weiß bis heute nicht, warum ich mich nach Drehschluss auf die Sauferei mit Leuten aus der Filmcrew einließ und mich derart gehenließ, vielleicht aus Eitelkeit oder in Erinnerung an verlorengegangene Jahre. Wir haben herumgealbert, aber in den Briefkasten gepinkelt habe ich nicht.

Ich glaube, die meisten Frauen, die mir entgegenkommen, laufen ebenso vor irgendjemandem weg. Jedenfalls machen sie diesen Eindruck auf mich. Nur die Krankenkassenfrauen, die auf der Insel eine Kurzeit verbringen, schlendern am Meeressaum entlang, als wollten sie den Strand harken.

Es gab Augenblicke in meinem Leben, da wollte ich eine Frau sein, irgendwann vor meiner Pubertät. Mit meiner Intelligenz als Frau hätte ich die Männer zum Schwitzen gebracht.

Heute früh, an meinem zweiten Tag auf der Insel, fühlte ich mich immens furchtsam und gleichsam schuldig. Ich sah im Spiegel niemand anderen als mich selbst und konnte nichts dagegen unternehmen. Dieses Gesicht verwirrte mich. Ich konnte auch nicht mehr der Erkenntnis entweichen, dass da kein Anderer als ich selbst zu sehen war. Ein furchtbarer Moment, in Berlin könnte mir das nicht passieren. Ich entdeckte einen sehr UNSICHEREN KANDIDATEN.

Schnell verließ ich das Badezimmer, ich hielt es einfach nicht aus. Maria kann sich selbst ertragen, obwohl sie oft von sich das Gegenteil behauptet.

Prinzipiell denke ich, dass Frauen DAS STÄRKERE GESCHLECHT SIND.

Der Wind kommt von vorn. Er vertreibt mir die Gedanken, ich finde sie aber immer wieder. Es ist wie mit den Stöckchen und den Hunden am Strand: Ich schleudere sie entnervt weg, um sie sofort wieder zurückzuholen.

Als ich heute früh den kilometerlangen Strand sah und mein Blick weit wurde, verloren sich alle Grübeleien. Ich war derart überwältigt, dass ich mich in einem Augenblick verlor.

Ich laufe hart am Meer, das sich in sanften Wellen kräuselt, hin und wieder meine Schuhe berührt, um sich sogleich wieder zurückzuziehen.

Ich kreise immer noch in mir, während mir der Wind beharrlich jodhaltige Luft anbietet und körniger Sand in Nase und Augen kleben bleibt. Es ist herrlich, so zu laufen, aber für mich kann auch das Arbeit bedeuten.

Selbst wenn ich keine Verabredung habe – und ich habe heute keine wichtige Verabredung, außer am Nachmittag eine Anwendung bei einem gewissen Michael –, selbst dann werkele ich an mir herum. Ich bemerke, wie furchtbar bemüht ich bin. Alle naselang schaue ich auf die Uhr, um mich zu vergewissern, dass ich auch pünktlich sein werde. ES IST EINE ANGEWOHNHEIT. Ich tue es überall. Selbst jetzt beim Laufen schaue ich auf mein Handy.

Gestern empfingen mich meine Inselfrauen wie einen verlorenen Sohn. Sie umarmten mich. Wir lachten sofort. Während Mina meine Sachen aus dem Wagen holte, standen June und ich auf der Straße und plauderten. Ich befragte sie nach ihrem Lover. Ich wollte ihr nichts von meinen Quälereien erzählen, doch June durchschaut mich.

Alle Frauen im Haus durchschauen mich, es gefällt mir, das zu glauben.

Ich sagte ihnen nicht, wie lange ich bleiben werde, aber sie fragten auch nicht danach. June nahm mir die Tasche aus der Hand, und Mina trug den Koffer in den Anbau. Ich deutete an, dass ich vor einer Frau auf der Flucht sei, und das sorgte für Gelächter. Ich glaube nicht, dass sie mir geglaubt hätten, hätte ich ihnen die ganze Geschichte erzählt. June sagte, dass ich, so lange sie mich kenne, immer vor irgendwas und irgendwem auf der Flucht sei, aber alle im Haus würden mich beschützen, egal, wer mich verfolge.

Ich trug Kulturbeutel, Jacken und Schuhe so schnell ich konnte in den Anbau.

Sie haben mir die zwei Zimmer im Anbau vorbereitet, gleich neben dem winkeligen, reetgedeckten Cottage. Da werde ich die nächsten Wochen verbringen, da, wo alles so wunderbar überschaubar ist, der Garten mit den Sträuchern, die alten Bäume, die Obstwiese, die gleich hinter dem Haus anschließt.

»Phil, wir werden Zeit haben, uns alles zu erzählen.«

June ahnte nicht, wovon sie sprach.

Alle Frauen im Scottys Cottage sind größer als ich. Mina ist die gute Seele im Haus, unschätzbar, hager, aufrecht, mit einem schmalen Mund und nicht so groß wie die Schwestern. Sie raucht zu viel, steht oft vor dem geöffneten Fenster und sinnt ihrer Vergangenheit nach. Wir haben nie viel miteinander gesprochen, aber es waren immer schöne Erinnerungen an ihre vergangenen Zeiten, die sie zum Lächeln brachten. Erinnerungen an eine starke Zeit, an die kleine Hotelpension, an die Gäste, die ihr wichtig waren und die sie heute noch trifft. Sie achtet auf die Zimmer in Scottys Cottage, sie gehört hierher.

June ist von den Schwestern die Jüngste und ein Meter zweiundachtzig groß. Wir haben uns einmal Rücken an Rücken gestellt, um unsere Körpergröße zu messen. Ich wollte Gewissheit. Alles an June ist ausladend und weich. Sie hat ein großes, glockenartiges Lachen, wenn sie lacht, und sie lacht fast immer.

Es sind Engländerinnen, das schafft Distanz. Der ganze deutsche Mief fehlt. Im Cottage ist alles englisch. Englischer Mief sozusagen, er klebt auf den Deckchen und Tischchen und den Bildern und dem ganzen Antiquitätenkram, den sie von ihren Eltern geerbt haben. Die Mutter war das Haus, der Vater war der Maler. In jedem Raum hängen seine Bilder. Stillleben, Landschaften, Reitergeschichten, Fuchsjagden aus der Jahrhundertwende, eben alles, was beruhigt. Und jedes Zimmer hat einen eigenen Namen: Lord Kensington, Miss Marple, Mistress Canterbury.

Wir lachten und scherzten den kleinen Weg zum Anbau entlang, priesen den nahenden Frühling und das raue Winterwetter, und so ging es immer hin und her, bis ich alle Taschen und Tüten, die Manuskripte und den Rilke in den Zimmern verstaut hatte. Die Regenklamotten und das Joggingzeug hängte ich in den Flur, und den restlichen Kleinkram verstaute ich in den Schubladen. Ich bezog mein Zimmer wie ein Matrose, der zu lange an Land gewesen ist.

June ist stark. Wir haben beide etwas Geschwisterliches. Ich wollte immer eine Schwester, eine richtige große Schwester, an der ich meine Perspektiven ausloten konnte, die mir eine wirkliche Freundin war, eben eine wie June.

»Es ist wunderbar, bei euch zu sein«, rief ich ihnen nach, als sie sich ins Haus verzogen. Ich war ganz begeistert von dem Gedanken, dass sie für die nächste Zeit über mich wachen wollten.

Die Schlechtwetterfront ist landeinwärts gezogen. Die Wolken sehen aus wie zerrissene Puderquasten, die ihre Farbe wechseln, sobald der Wind sie auseinandertreibt. Ich laufe am Strand, über mir schreien die Möwen. Ich renne wie um mein Leben. Immer noch sehe ich alle paar Meter auf die Uhr und überlege, wohin ich den Zettel mit dem Namen meines Rückentherapeuten gesteckt habe.

Ich bin ruhelos, das Laufen tut mir gut, aber im Moment ist es mehr ein Rennen. Ich hatte es mir mit mir anders vorgestellt, ruhiger.

Nirgends sind die Strände breiter als auf dieser Insel, sie erinnern mich an Asien. Wären nicht die Hunde, dann würde ich mich wie auf Goa fühlen. Indisch Goa, wo ich bis heute noch niemals war, wo ich aber unbedingt noch hinwill, sollte ich die sechzig überleben. Ich schätze, dort werde ich dann sicherlich auch wieder um mein Leben rennen und von einem anderen Meer träumen.

Ich eile an haushohen Dünen vorbei, Sandlandschaften, auf deren Kamm ein paar versprengte Strandläufer zu sehen sind. Ich bemerke, dass ich in Berlin viel zu selten nach oben sehe. Hier strahlt ein azurblauer Himmel, und so weit mein Auge reicht, ist der Horizont grenzenlos.

Ich merke, ich werde leichter, von Meter zu Meter weicht der innere Druck. Nach ein paar Stunden am Meer fühle ich mich wie aufgelöst. Der Kopf ist leer, nichts ist mehr so wichtig wie das Jetzt, ein Zustand, den ich sonst nur nach ein bis zwei Flaschen Wein erreiche.

Im Grunde fände ich die Welt momentan ganz wunderbar, wären da nicht meine wiederkehrenden Gedankenstöckchen, die ich nach Gehalt und Wert im Kopf sortiere und sie dann ins Meer werfe, um sie loszuwerden. Hätte ich einen Zettel zur Hand, würde ich sie mir notieren. Ein Kollege hat mir diese Taktik empfohlen. Man wirft seine Gedanken in eine imaginäre Kiste und holt sie heraus, wenn man sie wieder braucht. Es klappt immer, vorausgesetzt, man will sie wirklich loswerden. Ich bin nicht einer, der sich von vertrauten Angewohnheiten so mir nichts, dir nichts trennt. Nur immer weiter, immer den Strand entlang, immer gegen den Wind.

Solange ich denken kann, war ich auf der Suche nach dem Meer, meiner Vorstellung von grenzenloser Freiheit. Für mich gab es immer nur DAS MEER, nicht das Schwarze oder das Rote, immer nur DAS MEER. Und wenn ich irgendwo an einem Meer angekommen war, lief ich stundenlang am Strand entlang und dachte dabei an ein anderes Meer. Ob auf Bali oder an der Nordsee. Ich war selten mit dem Augenblick eins.

Dieses Meer ist grau, mit weißen Gischtfetzen, und die Rinnsale und Bäche, die es verursacht, wenn es den Strand erreicht, kräuseln sich sanft zu meinen Füßen. Weißgelbe Schaumkronen schwappen an meine Schuhe. Das zu beobachten wäre an sich eine ruhige Angelegenheit, ein stetes Kommen und Gehen. Doch diese Ruhe will mir nicht gelingen. Bei mir ist es mehr ein Hüpfen und Springen, um keine nassen Füße zu bekommen. Ich kann allerdings nicht sagen, dass mir dreckige oder nasse Schuhe und matschige Hosenbeine etwas ausmachen würden, zumal ich beim Betreten des Strandes ganze Putzgarnituren auf einer Bank gesehen habe. Handfeger und Spiritus in Flaschen, dazu sauber aufgestapelte Lappen und Tücher. Es ist mehr eine blöde Angewohnheit.

Ich werde schon noch ruhiger, ich spüre es. Ich bin ein guter Läufer, ein Sand- und Strandläufer, wie alle, denen ich begegne. Der Sand knirscht unter meinen Schuhen, Möwen schreien, am Himmel ein paar Kumuluswölkchen. Und dazu die vielen vermummten Paare und Einzelwesen, so laufe ich an der Mutter aller Meere entlang, zu meiner ersten Krankengymnastikverabredung. Zu Michael, einem sicherlich jungen Krankengymnasten, den ich noch nicht kenne, und hoffe, dass ich den Zettel mit seinem Namen nicht verloren habe.

Ich war im Wellenbad. Was für eine Freude! Leider habe ich den Zettel mit dem Namen des Therapeuten verloren. Es gäbe dort keinen Michael, jedenfalls nicht heute. Habe an der Kasse meine erste Verbalschlacht bestanden. Wann denn das Thermalbad geöffnet habe? Die Frau an der Kasse belehrte mich, es sei so, wie es auf der Anzeigentafel stehe. Ich blieb höflich und legte mein Inselgesicht auf.

Ich bin unter alten und kranken Leuten, es ist eine gute Erfahrung. Alle Frauen tragen Gummianzüge, blaue, grüne, farblose Gummianzüge, und sind darauf bedacht, einen vernünftigen Eindruck zu machen. Man ist unter sich und bemerkt einander nicht, es liegt ein wunderbares Summen von Sicherheit in der Luft.

Ich besah mich kurzzeitig nach Verlassen der Umkleidekabine im Spiegel und nahm mir vor, unbedingt abzunehmen.

Im Schwimmbereich besetzten Frauen mit ihren Kindern jeden Meter Liegefläche, ich bin deshalb in die Sauna und musste mich danach hinlegen. Ich fühlte mich sehr, sehr müde. Neben mir lag eine Hexe, die sauer war, weil ich ihr zu nahe kam. Ihr Mann lag in der zweiten Reihe vor uns und machte ihr unaufhörlich Zeichen, sollte ich bald verschwinden, wäre er wieder bei ihr. Ich fragte mich, wie lange meine Nachbarin wohl ohne ihn auskommen würde, sie mahlte unaufhörlich mit ihren Kieferknochen, hielt aber durch. Ich nahm mir vor, jünger zu werden.

Die Kinder sind mir am liebsten, sie reden wie, was und mit wem sie wollen. Nach einer Stunde bin ich wieder raus, ohne mir die Haare zu fönen. Dieselbe Frau, die mich eingangs an der Kasse korrigierte, hat mich wiedererkannt. Wir mögen uns jetzt, totales Einverständnis. Ich habe einen verrückten Spruch über immer dicker werdende Männer gemacht, und sie hat darüber herzhaft gelacht. Eine Frau unter fünfzig hat über mich gelacht, es ist wie ein Neuanfang, ich fühle mich verjüngt. Ich werde bei schlechtem Wetter wieder ins Wellenbad gehen und mich an die Leute hier gewöhnen.

Als ich das Wohnzimmer betrete, beginnt es draußen zu dunkeln. Laternenlicht fällt von der Straße ins vordere Zimmer, es liegt auf Tischen, Stellagen und Bildern. Für einen Moment bleibe ich in der Tür und genieße die Abenddämmerung, die in den Räumen geistert, den Krimskram, den die Schwestern auf den Tischen und Kommoden verteilt haben. Ich fühle mich sofort wie zu Hause.

Sie haben die Zimmer vergrößert, indem sie die Verbindungstüren entfernt haben, es gefällt mir. Jetzt sind die Räume wie für die Schwestern zugeschnitten, denke ich und spähe in den Nebenraum. Im Halbdunkel erkenne ich Ada, Junes Tante. Sie sitzt in einem Sessel unter einer Lampe vor dem Fernseher, der extrem laut eingestellt ist. Vor ihr auf dem Boden steht eine Flasche Wein. Es läuft eine amerikanische Vorabendserie, die sie konzentriert verfolgt. Als sie mich wahrnimmt, hebt sie lässig die Hand.

»Gott zum Gruß«, sagt sie.

Wir winken uns zu, als stünde jeder von uns auf dem Kamm eines Berges. Ada muss über achtzig sein, sie sieht jedoch jünger aus. Ich gehe zu ihr ins Zimmer, gebe Zeichen, dass ich sie nicht stören will, und setze mich in den Sessel neben sie. Ada ist sehr elegant gekleidet, sie trägt einen Kaschmirpulli und eine Hose, die ihre schlanke Figur betont.

Da sie keine Anzeichen macht, ein Gespräch mit mir zu beginnen, widme ich mich der Fernsehserie. Wir konzentrieren uns interessiert, wie zwei Kinogänger. Die Geschichte ist flach, es geht laut zu, ich kann der Story nicht folgen und nach ein paar Minuten die Stimmen der Schauspieler nicht mehr auseinanderhalten.

Frauen, die über Männer lachen, und Männer, die sich zu ihren Opfern machen. Ein Zeitzeugnis. Türen klappen, Hände fliegen in die Luft, Pointen werden gepfeffert. Ada amüsiert sich. Ich mustere sie aus den Augenwinkeln, die Haare trägt sie offen, eine Strähne hängt ihr im Gesicht, ihre Nase erinnert mich an den Schnabel eines Vogels. Mina hat mir von ihrer mächtigen Nase erzählt.

»Sie sind Phillip?«, fragt sie plötzlich, ohne mich anzusehen.

»Ja«, antworte ich.

»Ich bin Ada, die Tante von June.«

»Dachte ich mir.«

»Hat Ihnen Mina von mir erzählt?«

»Ja, June auch. Sie sind sehr beliebt«, erwidere ich.

»Ach ja?« Sie lächelt.

Wir geben uns nicht die Hand, es ist auch nicht nötig. Zwischen uns steht eine Lampe und die Lehnen unserer Sessel berühren sich, das reicht an Nähe.

»Es ist meine Lieblingsserie, ich muss sie jeden Nachmittag sehen.« Sie lacht nett, und ein paar Strähnen fallen ihr in die Stirn, wenn sie den Kopf dreht. Sie wischt sie ungeduldig wie ein junges Mädchen weg.

»Sie spielen besser als unsere Schauspieler«, sage ich. »Obwohl sie so viel mit den Händen fuchteln, sehen Sie.«

»Ja, stimmt, sie fuchteln wie die Wilden in der Luft herum.« Ada ist von den Schauspielern fasziniert.

Nun müsste ich erwähnen, dass ich doch auch Schauspieler bin und dass sie mich schon mal in einer Vorabendserie gesehen hat. Doch irgendwie ist es mir unangenehm, also behalte ich es für mich.

»Ich achte nicht auf so etwas«, sagt sie. »Es ist mir egal, wie sie spielen. Aber Sie haben recht, die amerikanischen Serien sind echter als unsere. Sie sind doch noch im Beruf, oder?«

»Ja«, antworte ich.

»Wollen Sie einen Schluck Wein? Nach vier darf man das …«

Ada sieht mich misstrauisch an. Anscheinend weiß sie nicht, was sie von mir halten soll.

»Ja, gern«, antworte ich.

Wir helfen uns gegenseitig beim Einschenken. Mit dem Glas in der Hand lehne ich mich zurück und mustere sie aus den Augenwinkeln. Ich könnte ihr Sohn sein, denke ich, ihr fast sechzigjähriger Sohn.

»Jeden Tag Punkt vier mache ich die Glotze an und warte auf meine Schauspieler. Manchmal kann ich die Folgen nicht mehr auseinanderhalten und erinnere mich nicht mehr, ob ich die Folge schon einmal gesehen habe.« Sie lacht. »Es ist ja auch piepegal, was man zu sehen bekommt, nicht?«

Ihre Augen gleiten neugierig zwischen dem Fernseher und mir hin und her. Sicherlich hat sie längst alles an mir registriert. Meine zerknautschten Hosen, den Seemannspulli, mein zerzaustes Haar, so wie ich mich gebe. Es gibt Frauen, die plappern bei der ersten Begegnung mit einem Mann sofort drauflos, um das zu tarnen, und es gibt Frauen, die sofort alles Wesentliche registrieren. Ein loser Knopf, eine schlecht sitzende Krawatte, dreckige Fingernägel. Ich unterstelle es jedenfalls jeder Frau über fünfzig.

Ich bemerke, dass ich mich in einem Knäuel von Vorurteilen verhake. Der Wein macht müde, aber es tut mir gut, müde zu sein. ICH FÜHLE MICH MIT FRAUEN AM WOHLSTEN, bis auf die, die mir Angst machen.

Ada zeigt mit dem Finger auf mein Gesicht.

»Sie sollten die Sonne meiden. Sie reagieren wohl sehr empfindlich. Das geht flott. Passen Sie auf Ihre Haut auf.«

»Ich blühe bestimmt wie ein Himbeerpfannkuchen«, sage ich und wische mir über die Stirn.

»Sie brauchen Schwefel«, sagt sie besorgt. »Das ist das Beste für eine Rosacea.«

»Das wäre wohl auch das Richtige für meine Knochen. Alles eine Frage der Zeit.«

Ich klopfe auf meine Knie.

»Als mein Mann gestorben war, konnte ich mich nicht mehr bewegen. Ich kroch aus dem Bett wie eine Raupe.«

»Machen Sie mir ruhig Hoffnung. Sie haben ja keine Ahnung. Sie sind ja noch keine sechzig.« Ich lächelte sie an.

»Na, Sie sind lustig.«

Ada stemmt sich aus dem Sessel. Mit einem herzhaften Schwung geht sie vor mir in die Hocke und lässt ihren Oberkörper baumeln.

»Ich trage seit Jahren eine Kupferplatte im Hosenbund.« Sie ächzt unter der Anstrengung, ihren Körper im Gleichgewicht zu halten, und streicht mit den Händen übers Kreuzbein. Ich bin beeindruckt von Adas Figur.

Mutig stehe ich auf, stelle mich neben sie, gehe mit einiger Mühe in die Hocke und lasse meinen Oberkörper ebenso wie Ada vornüber aushängen. So stehen wir eine Weile nebeneinander und streichen in gleichmäßigen Bewegungen über Kreuzbein und Po. Jeder auf seine Weise. Ada gibt als Erste auf und lässt sich in ihren Sessel fallen.

»Seitdem ist nichts, kein Schmerz, gar nichts. Ein Wunder«, sagt sie. »Es ist wirklich ein Wunder.« Erschöpft lehnt sie sich zurück. »Wie ist es bei Ihnen? Spüren Sie etwas?«

»Kann ich nicht sagen.«

Ich falle in meinen Sessel zurück.

»Wenn Sie wollen, bringe ich Ihnen das nächste Mal die Adresse mit.«

Ada tätschelt beruhigend meine Hand, um sich dann wieder dem Fernseher zu widmen. Die Serie hat ihr glückliches Ende gefunden. Wir lassen zum wiederholten Male die Gläser klingen. Ich spüre eine wohlige Müdigkeit.

»Gehen Sie noch an den Strand?«, frage ich. »Die

meisten Leute, die auf einer Insel wohnen, gehen doch nur noch selten an den Strand.«

»Der Strand interessiert mich schon lange nicht mehr. Ich drehe täglich meine Runden. Wenn June kommt, nehme ich sie mit. Ich laufe jeden Tag die Straße rauf und runter. Zweimal, einmal vormittags, einmal nachmittags, immer bis zur Reinigung und dann wieder zurück. Jeden Tag. Denken Sie nicht, dass ich wie meine Freundin Katja an einer Gehhilfe gehen werde. Morgens klingelt sie mich aus dem Bett und will, dass ich sie begleite. Sollen wir die Straße gemeinsam rauf und runter kriechen?«

Ich sehe zum Fenster. Draußen ist es längst dunkel geworden. Ich denke an die Zeit, die nicht mehr zu retten ist. Für Ada nicht und für mich nicht. Mir kommen Jugendbilder in den Sinn. Berliner Straßen, Spaziergänge an langweiligen Sonntagen. Ich war immer allein. Ich wollte niemanden an meiner Seite. Meine Gehhilfe war das Straßenpflaster, und meine Träume schickte ich in den Himmel. Wovon hatte ich damals geträumt?

Ich leere das Glas in einem Zug. Ich mag Ada, ich mag es, wie sie sich gibt, wie sie sich gestaltet und darauf pfeift, was die Gesetze für das Altern bestimmen: runzelig und sprachlos werden. Die ungeschriebenen Gesetze. Ich wette, Ada hat noch einen großen Appetit auf Sex. Wenn ich ihre Hände sehe, wie sie vor Begeisterung durch die Luft wirbeln, ist da keine Spur von Lebensmüdigkeit.

»Ich habe morgen meine erste Rückenbehandlung«, sage ich.

»Das kann nur gut für Sie sein. Sie haben eine ziemlich schlechte Haltung.«

»Ja, schlimm. Na dann, Ada, auf die Zeit, die uns bleibt.«

Sie nimmt es gelassen, jedenfalls entdecke ich in ihrem Gesicht keinen Zweifel.

Wir lassen wieder die Gläser klingen und schweigen. Es ist eine gute Stille.

Es ist besser, wenn man zu zweit altert, denke ich. Die Straßenlaterne wirft ein warmes Licht durch das Fenster.

»Phillip«, sagt Ada plötzlich. »Sie sind noch jung, denken Sie mal drüber nach. Da kommt noch was. Benehmen Sie sich nicht wie ein alter Knacker, damit tun Sie sich keinen Gefallen.«

Wir müssen beide lachen.

Gegen fünf Uhr früh bin ich aufgewacht, eine Leine klapperte gegen den Fahnenmast. Ich werde sie morgen einholen. Oder besser, ich ignoriere sie. Ich glaube, ich werde jetzt jede Nacht um diese Zeit aufwachen, ich kenne diese Rhythmen in mir.

Ich habe unruhig geschlafen, immer wieder sah ich auf die Uhr, bis ich irgendwann schweißnass aus dem Bett stieg. Ich träumte von Rosemarie Lebritz, meiner ersten Freundin. Sie trug eine braune Lederjacke und roch noch genauso, wie ich sie in der siebten Klasse gerochen habe – nach Erde. Rosemarie war meine erste Freundin, nur wusste sie nichts davon. Sie hat mich einmal mit einem Lineal verdroschen, seitdem waren wir Freunde – allerdings nur in den Klassenräumen. Draußen auf der Straße oder auf dem Heimweg oder sonstwo sind wir uns nie begegnet. Sie war das ärmste Mädchen unserer Klasse, was damals noch kein Problem war. Alle waren arm, aber sie war noch ärmer als die anderen, und sie war vom Sternbild her ein Widder wie ich. Vielleicht führte uns das zusammen. Wir haben uns einmal im Vorübergehen zwischen den Bänken geküsst. Es war in der großen Pause; es entstand eine Rangelei unter den Schülern, Rosemarie drehte sich zu mir herum, und wir küssten uns. Besser gesagt, sie küsste mich. Ich hielt still. Später habe ich sie aus den Augen verloren.

Einmal jedoch kam sie noch, als ich mit der Rilke-Lesung unterwegs war. Sie brachte ihre Tochter mit, die genau wie die Mutter aussah. Ich hatte den Eindruck, dass es Rosemarie gefallen hätte, wenn ich mich in ihre Tochter verliebt hätte. So als Fortsetzung einer Geschichte, die wir als Kinder begonnen, aber als Erwachsene nicht weitergeführt hatten. Aber das war wohl nur mein spinnerter Eindruck. Seit diesem Tag habe ich sie nie wiedergesehen.

Regen pladdert an das Küchenfenster. Es ist schon fast hell, und ich kann immer noch nicht schlafen. Um etwas zu tun, bin ich in die Küche gegangen und habe mir die komplizierte griechische Kaffeemaschine vorgenommen. Sie ist mir vorhin aus der Hand gefallen, und nun sitze ich vor den Einzelteilen und überlege, wie ich sie wieder zusammen bekomme. Generell bleibe ich prinzipiell nachts wie angeschnallt im Bett liegen, wenn ich nicht schlafen kann, und warte, bis der Sturm sich wieder gelegt hat.

Ich sitze bewegungslos am Tisch vor dem Küchenfenster und lausche auf den Regen, der gegen die Scheibe fällt. Das Mondlicht schimmert auf der Tischplatte. Wie weiches Wasser ergießt es sich über die Dinge. Langsam werde ich müde beim Betrachten der griechischen Kaffeemaschine und ihrer Einzelteile.

Ich träume fast jede Nacht von Mädchen, die mir seit meiner Jugendzeit begegneten. Warum fallen mir diese Frauen ein?

Es ist verrückt, aber immer wenn ich an ein Mädchen denke, das ich kannte, egal, ob sie schön oder nicht so attraktiv war, fühle ich mich gut. Es gibt mir Ruhe und Gelassenheit.

Schon als Junge erlöste es mich, wenn ich an ein Mädchen dachte. An die Krellwig, an die Lebritz. Mir ihr Gesicht, ihr Lächeln, ihre Augen vorstellte. Es gibt nichts Sinnlicheres als die Augen eines Mädchens. Sie gaben mir das freie Feld in meinen Nächten, wenn der Druck vor einer Hausaufgabe, einer Prüfung so heftig wurde, dass ich zu ersticken drohte. Mit den Augen eines Mädchens, das ich mir in meiner Phantasie schuf, kam ich durch die Nacht. Sie brachten mich hinüber in den Schlaf.

Bei meiner letzten Lesung in Recklinghausen saß eine Rotwangige vor mir in der ersten Reihe und starrte mich mit wässrigen Augen an. Ich war verwirrt. Von Amts wegen dürfte bei einer Rilke-Lesung beim Anblick eines älteren Herrn keine Leidenschaft aufkommen, jedenfalls nichts Erotisches. Bei dem Schauspieler Klaus Kinski bekamen die Damen reihenweise Orgasmen, wenn er ihnen vorlas, aber bei RILKE? MADAME, ICH BIN EIN ALTER SACK, hätte ich ihr am liebsten zugerufen. Sie werden mich gegen einen Jüngeren eintauschen müssen, es ist nur eine Frage der Zeit.

Ich bemerke, dass ich mit meinem Alter kokettiere. Warum sollen sich nicht Mädels in meine Kunst verlieben, egal, ob ich sechzig oder achtzig bin? Ich bin ein hoffnungsloser Romantiker, dabei fürchte ich, es bricht für mich die Zeit der Aufklärung an.

Goethe hat es zeit seines Lebens bereut, den Romantiker in sich aufgegeben zu haben; im Grunde war er viel zu klug, um die Leiden und Sehnsüchte eines Liebenden gegen ein paar Analysen über Gott und die Welt einzutauschen.

Auf der Scheibe rinnen immer noch bedächtig Regentropfen herunter. Es ist schön, so zu sitzen und nichts zu tun.

Hier auf der Insel schlief ich das erste Mal mit einem Mädchen. Ich muss sechzehn gewesen sein. Wie in jedem Sommer war ich mit der Clique hergekommen. Eine Meute roher, spät pubertierender Jungmänner, die nur Titten im Kopf hatten.

ABER ICH WAR NICHT SO.

Ich himmelte Mädchen an. Ich wollte Liebe, echte Liebe. Obwohl ich das, was meine Kumpels unter Ficken verstanden, auch suchte. Ich war wohl der Letzte, der es mit einem Mädchen machen sollte, während sie von ihren ersten Versuchen schon wie von Schlachten sprachen.

Ich kam mir sehr ungeschickt und scheu vor. Bei mir war alles so kompliziert, und ich dachte, dass vielleicht ein Mädchen für mich abfällt, wenn sie schon so viele erlegten.

Wir waren wie ein Altmännerverein, der sich auf die Hafenrundfahrt freut. Den anderen war jedes Mädchen recht, aber ich suchte immer DIE EINE.

Schon in der Bahn geilten wir uns auf. Es geisterte ein Lied durch die Köpfe, angelehnt an eine Fernsehserie von einem Pferd, das sprechen konnte.

Unser Oberpickelträger hatte mich aufgefordert, irgendwas Versautes zu erfinden, weil er wusste, dass ich an Poesie interessiert war. Mir fiel aber nichts ein. Wir brauchten die ganze Fahrt, um irgendein Machwerk zu kreieren. Dann wurde es an jeder Station aus dem Fenster geschrien und zog eine Menge Ärger an. Es ist mir heute noch peinlich.

»Die Schwabbel, die Titt, die Fotz, die Geil, die Blubber, die Hoden, die Onaniern ...« Der Rest wurde improvisiert. Der Schluss war das Beste: Verse über Mister Ed. Ja, Mister Ed ! So hieß das Pferd, das sprechen konnte.

Die Jungs waren dumm, hohl und begeistert von der Poesie, aber ICH FÜHLTE MICH WIE EIN VERRÄTER.

Die ganze Fahrt über sang ich diese Verse, von Berlin bis auf die Insel. Ich war ja nicht so wie die anderen Raubeine, ich war scheu, zurückhaltend und zivilisiert, habe aber aus Solidarität mitgemacht.

ICH WAR IMMER ANDERS, WAS MEINE VORSTELLUNG VON EINER AUSGEWOGENEN SEXUALITÄT UND MÄDCHEN ANGING.

Der Mond, immer wieder der Mond – was will er mir sagen? Was bin ich doch für ein unbelehrbarer Romantiker. Das erste Mal – es geschah hinter Rantum. Ich werde in den nächsten Tagen hinfahren. Vielleicht gibt es den Campingplatz noch.

Der kleine Johannes hatte sie ins Zelt gebracht. Wir nannten ihn so, weil er, obwohl der Älteste in unserem Verein, kleiner war als alle anderen. Ich hatte schon geschlafen und lag mit einer Hand in der Brühe, die sich wegen des Regenwassers in unserem Zweimannzelt gebildet hatte. Es entstand ein kleines Gerangel, als sie ins Zelt stolperte.

Sie war ein wenig dicklich, trug einen Minirock, wie es in den Sechzigern üblich war, und kurzgeschnittenes Haar, was ihr sehr gut stand. Sie war betrunken, ich merkte es daran, weil sie unentwegt kicherte. Sie sank lachend neben mich auf die Matratze und begann sofort an mir herumzufummeln.

Ich erinnere mich nicht mehr, wie es sich im Einzelnen entwickelte. Jedenfalls setzte sie sich auf mich, und ich war so aufgeregt, dass ich nichts weiter tat, als dazuliegen wie ein Brett.

Wir küssten uns. Ich fand sie vollkommen. Ihre Lippen, die Brauen, die Lider. Der erste Kuss stellt alle Weichen. Egal, ob im Bett oder auf der Straße, jeder küsst auf seine Weise. Es gibt professionelle Küsser, da spürt man überhaupt nichts. Da berühren sich die Lippen, man presst und presst, vielleicht auch, weil man sich nicht traut, die Rangelei abzubrechen, man hält durch, und nach ein, zwei Sekunden ist man froh, wieder bei sich zu Hause zu sein, weil einfach nichts stimmt. Und es gibt andere, die küssen von innen heraus. Vielleicht noch ein wenig unbeholfen, vielleicht auch etwas verschämt, aber der erste Moment stimmt, das spüren beide. Alles stimmt. Sofort willst du sie packen und mit ihr nach Nusa Dusa fliehen.

Damals sah ich es so, und es bereitet mir immer noch Vergnügen, es so zu sehen.

Meine Zungenspitze landete auf ihrer, ich spürte ihren Kuss bis in die Zehenspitzen. Die Atmosphäre stimmte: der Regen, das Zelt. Sie war höchstens neunzehn, und ich hatte noch keine richtigen Erfahrungen mit Mädchen gemacht.

Ich dachte in diesem Moment, dass ich mit diesem Mädchen meine Phantasien ausleben könnte. Ich traute mich jedoch nicht. Von ein paar unvollkommenen Zärteleien einmal abgesehen, war sie völlig die Spielmacherin, und das gefiel mir.

Ich kann nicht behaupten, in dieser Nacht ein guter Liebhaber gewesen zu sein.

Es muss ein ziemliches Geschlabber gewesen sein, als wir uns küssten. Hätte uns jemand dabei beobachtet, wäre es sicher nicht schön anzusehen gewesen. Aber wer schaut schon zu, wenn zwei Menschen sich lieben? Meistens sieht doch der Akt zweier, die sich lieben, eher unbeholfen aus. Sexfilme einmal ausgenommen, in denen gehen alle Beteiligten wie Sportler oder Models miteinander um.

Es ist niemand bei mir, der Mond klebt vor dem Küchenfenster, und die Teile der Kaffeemaschine liegen auf dem Tisch. Ich werde mir ein Brot machen.

Ich weiß nicht, warum ich mich dermaßen beobachtet gefühlt habe in jener Nacht. Es macht mich heute noch nervös, daran zu denken. Ich habe von dieser Nacht nichts vergessen, gar nichts. Sie hatte eine Haut wie Pfirsich, ich konnte sie riechen, und sie knabberte an meinem Ohr und sagte so schöne Sachen wie »Mein Darling, mein only one«.

Das war berauschend; sie hätte mir alles sagen können, damals in meiner ersten Nacht. Sie war im Vorteil, sie hatte bestimmt schon über ein Dutzend Männer gehabt. Sie war gut zu mir, es hätte auch anders laufen können. Mir haben später immer wieder Frauen von schlimmen Erste-Mal-Erlebnissen berichtet. Stehen am Baum oder schmerzhafte Verrenkungen mit der Angst, Kinder zu kriegen. Bei den meisten Frauen flossen Tränen, wenn ich sie nach Einzelheiten befragte.

Das Mädchen hatte sofort erkannt, dass ich unsicher und durcheinander war. Sie übernahm das Ruder, sie ahnte, dass es für mich das erste Mal war.

Ich lag wie angeschnallt auf dem Rücken und versuchte an nichts zu denken.

Ich war zu schüchtern, um mir von ihr zu nehmen, was ich wollte. Sie hätte bestimmt nichts dagegen gehabt. Schüchternheit ist furchtbar; wer schüchtern ist, gehört nicht dazu. Man sieht es den Leuten nicht gleich an, aber jeder spürt die unsichtbare Wand. Da kann man auffällige Hüte tragen oder in der Zeitung stehen.

Ein Wunder, dass ich bei all meiner Scheu Schauspieler geworden bin.

Ich hatte mich so sehr nach einem Mädchen gesehnt. ICH WAR ÜBERFÄLLIG, und schon nach ein paar Minuten kam ich, floss es aus mir heraus. Es war mir furchtbar peinlich, aber es machte dem Mädchen nichts aus. Für die paar Sekunden waren wir eins, obwohl wir uns gar nicht kannten, wir hatten uns ja nicht einmal vorgestellt.

In dieser Nacht hatte sie mir alles beigebracht, was ein Mann wissen muss, wenn er in einem vom Regen durchfluteten Zelt seine erste Liebesnacht erlebt. Streicheln und Küssen und die Berührungen, die dann von allein kommen, wenn man sich in Ruhe lässt.

Ich halte es nicht mehr aus, die nicht enden wollende Erinnerungsflut macht mir mächtig zu schaffen. EIN MEER DER IRRUNGEN.

Ich gehe zum Kühlschrank, öffne ihn und suche nach etwas zu essen.

Der alte Mann lügt. Es war nicht nur schön, es stimmt auch nicht, dass sie mir nur gefiel. Ich habe versucht ihr in die Augen zu sehen, was allerdings wegen der Dunkelheit so gut wie unmöglich war. Wie konnte ich also sehen, dass sie mir gefiel? Ich habe sie mit aufgerissenen Augen angestarrt, dem Schwappen des Regenwassers unter mir gelauscht und nur gehofft, DAS ICH NICHTS FALSCH MACHE. Dass dieses Mädchen nicht nach einer Weile aufsteht und sagt: Sie können sich wieder anziehen, Sie hatten nur eine vorübergehende Störung im Genitalbereich, die nun aber behoben scheint.

Ich bin verwirrt, ich könnte mich auf der Stelle betrinken. Es war schon alles so, aber es war auch irgendwie anders. Mein Gedächtnis spielt mir einen Streich. Fakt war, sie war eine junge Hure, und meine Kumpels hatten sie gekauft. Sie hatten sie irgendwo am Bahnhof aufgetrieben und ihr Geld zusammengelegt. Sie wollten mir einen Gefallen tun, der kleine Johannes hatte es mir später gebeichtet. Und trotzdem, es war mein erstes Mal, und dass es schön war, lag nicht an ihrem Hintern oder dass sie breite Hüften hatte. Es lag auch nicht an ihren Brüsten und allem, woran wir uns schon in der Bahn aufgegeilt hatten. Nein, es war ihre Haut, ihr Geruch und ihre Stimme. An ihre Haut erinnere ich mich gern. Sie war großporig, so fest und roch nach Pfirsich. Diese Erinnerung wird nie mehr vergehen.

Ich bin nicht sehr von mir begeistert, ich wäre gerne perfekter. Weiß der Himmel, warum ein Mann noch Schuldgefühle hat. Wegen einer Nacht mit einem Mädchen, das ich nicht glücklich gemacht habe. HIMMEL, ICH WAR SECHZEHN!

Es tut gut, nachts am Fenster zu sitzen, wenn man wie ich viel unterwegs ist. Es ist so schön still hier. Die Stille in den Hotels empfinde ich oft als unerträglich. Diese Stille hier ist vollendeter, es fehlt mir nichts.

Dabei suchte ich schon immer nach etwas außerhalb von mir. Auch hier auf der Insel.

Im Grunde wünschte ich mir eine, die alles andere aus

meinem Leben vergessen macht. Die mich aufnimmt wie einen Findling, den das Meer an Land gespült hat.

Himmel, die Nacht will nicht vergehen. Ich spreche mit mir selbst. Ich denke, ich habe diese Kur gewählt, um zu gesunden. Aber wenn ich so weiter mit mir umgehe, werde ich richtig krank.

Wir waren alle auf der Flucht, wir wollten einfach nur raus und Erfahrungen machen. Das waren doch alles Filme, die wir uns erträumten, nichts Konkretes. FRAGEN SIE MAL EINE VIERZEHNJÄHRIGE, was sie beim Vögeln an dem Jungen am liebsten hat. Es kommen furchtbar normale Antworten zutage: DIE HAARE ODER DIE AUGEN.

Ich war mit sechzehn ein Mönch mit zartem Oberlippenflaum, in engen Jeans und lockigem Haar. Ein verstörter, heimatloser Junge, der sich nach dem endlosen Meer sehnte. Der frei sein wollte, frei von ALLEM.

Ich wäre mit jeder gegangen, die mich gewollt hätte. Ich entschied nicht, ich ließ die Mädchen entscheiden. Das war schon immer mein Tick, als wäre ich gar nicht vorhanden, als würde jede Entscheidung, die ich nicht traf, keine sein. Das nennen alte Männer UNBEFLECKTE JUGEND. Was für ein Unsinn! Ich hatte einfach nur ANGST VOR KONSEQUENZEN.

Ich wollte nie irgendwo für immer bleiben, schon als Kind nicht. Es war einfach unmöglich, mit mir irgendwo still zu sitzen. Ich war nicht zu halten. Nach dem ersten Mädchen sehnte ich mich sofort nach einem anderen und so fort, bis die Nächste auftauchte.

Bis auf Maria. Bei ihr blieb ich.

Der Mond ist verschwunden, die Einzelteile der griechischen Kaffeemaschine liegen vor mir auf dem Tisch.

Ja, es stimmt, keine Frau hat mich bis heute ganz bekommen. Vielleicht bin ich deshalb Schauspieler geworden, damit mich alle Frauen etwas haben können.

Mich macht dieser Gedanke plötzlich traurig. Nachts traurig zu sein ist anders als tagsüber, vor allem wenn man am Küchentisch sitzt.

Die Insulaner sagen: Wenn die Insel erwacht, gehen die Geister schlafen.

Ich werde die Kaffeemaschine später zusammensetzen und nun etwas tun, das mir beinahe revolutionär vorkommt: Ich werde mich wieder hinlegen und schlafen.

Schuhe aus und Hunde an die Leine

»Herr Kaufmann?«

»Guten Morgen, wenn Herr Streit nicht zu sprechen ist, versuche ich es in ein paar Minuten noch einmal.«

»Nein, bleiben Sie dran. Ich stelle Sie gleich durch. Dr. Streit hatte noch einen Mandanten in der Leitung.«

Ich habe mich in meinen Benz zurückgezogen und versuche schon seit Stunden Dr. Streit zu erreichen. Ich habe der Sekretärin meine Nummer hinterlassen. Ich brauche einen ANWALT.

Aber warum geht Streit nicht an den Apparat? Bin ich ein Nichts?

Durch die Windschutzscheibe sehe ich, wie die Leute für Fischbrötchen und Prosecco anstehen.

»Herr Kaufmann, ich verbinde Sie jetzt mit Dr. Streit. Es tut mir leid, dass ich Sie warten lassen musste.«

»Danke, lassen Sie sich ruhig Zeit.«

Warum sage ich so etwas? Warum gebe ich mich anders, als ich bin?

»Das ist ja ein tolles Ding, mein Lieber …«

Mir fällt ein Stein vom Herzen. Mein Anwalt spricht mit mir.

»Ich bin auf Sylt. Die ganze Sache ist mir furchtbar peinlich.«

Er wird mich für einen Kretin halten. Anwälte riechen so etwas.

»Machen Sie sich nicht verrückt! Es ist ja eigentlich zum Lachen. Die Fotos beweisen überhaupt nichts.«

»Bin ich da drauf zu erkennen?«

»Nur wenn man Sie wirklich kennt. Es könnte auch jeder andere sein. Ich verstehe die ganze Aufregung nicht. Wie sind Sie an den Briefkasten herangekommen? Ich meine, so ein Kasten hängt ja ziemlich hoch. Eins zwanzig, vielleicht höher.«

»Ungefähr in Schulterhöhe«, antworte ich.

»Gratulation! Sie sind offenbar noch fit.« Er lacht, ein bisschen zu gehässig, wie ich finde.

»Die Jungs von der Filmcrew haben mich hochgehoben.«

»Haben Sie hochgehoben?«

»Einer der Jungs hob mich auf der rechten Seite, einer auf der anderen.«

»Die Klägerin schreibt, Sie hätten dann in den Briefkasten gepinkelt.«

»Nein, um Gottes willen. Die Jungens haben mich lediglich auf die Schultern gehoben und dann ein paar Runden gedreht.«

»Kennen Sie die Klägerin?«

»Nein, nein. Ich kenne das Haus nicht, und diese Frau ist mir total fremd. Es war ein alberner Jungenstreich. Wir haben vor diesem Haus gestanden und ein bisschen herumgealbert.«

Ich lausche in mein Handy. Doch da herrscht Funkstille. Streit hat das Interesse verloren, oder er errechnet mein Strafmaß. Ich sehe wieder zu den Fußgängern hinüber, die nach Fischbrötchen anstehen.

»Also, das mit dem Foto ist lächerlich.« Streit ist wieder da. »Das kriege ich hin. Ich kenne die Gegenseite, ich werde sie anrufen, das müsste zu machen sein. Aber sagen Sie mal … Irgendwer muss die Dame doch aufgeweckt haben.«

»Ich schwöre, ich mache so etwas nicht. Ich klaue keine Blumen aus Vorgärten oder schmeiße nachts Autoscheiben ein.«

»Die Klägerin schreibt, Sie hätten vorher geklingelt.«

»Nein, niemals. Geklingelt, auf keinen Fall. Wir hatten nach Drehschluss etwas getrunken, und ich habe ein bisschen aufgedreht. Das ganze Technikteam war dabei … Ich wollte den Jungs ein wenig imponieren. Wir machten einen Jux, und schon saß ich bei einem auf den Schultern. Es ist mir furchtbar peinlich. Aber es ist ja nichts passiert. Wir haben nichts kaputtgemacht. Ich will nicht, dass man von mir einen schlechten Eindruck bekommt.«

Ich hyperventiliere. Die Windschutzscheibe ist schon völlig beschlagen.

»Nun, die Klägerin …« Er nennt einen mir völlig unbekannten Namen. »… behauptet, es seien feuchte Flecken auf Kontoauszügen zu sehen gewesen und eine Tageszeitung sei völlig versaut.«

»Ich weiß nicht, wie diese Frau darauf kommt. Wahrscheinlich hat sie sich das alles ausgedacht.«

»Ich glaube, Sie sollten ihr später einen persönlichen Brief schreiben. Ich rufe Sie wieder an«, sagt mein Anwalt ruhig.

»Ich bin Ihnen sehr dankbar«, erwiderte ich. Ich bemerke, wie mir Tränen in die Augen schießen, und fühle mich im gleichen Moment erleichtert.

»Ich habe Sie übrigens vor dreißig Jahren an der Freien Volksbühne gesehen. Sie waren phantastisch. Ich muss gestehen, ich bin ein großer Fan Ihrer Spielkunst.«

»Danke. Mir ist das alles sehr unangenehm.« Zum Glück hat er mich nicht in einem schlechten Stück gesehen.

»Genießen Sie ihren Urlaub. Ich melde mich, sobald ich mit der Gegenseite gesprochen habe. Ist es bei Ihnen auch so ein unangenehmes Wetter?«

»Es geht ein harter Wind. Aber ich kure …«

»Was tun Sie?«

»Ich bin zur Kur. Da ist es egal, welches Wetter man hat.«

»Na dann gute Besserung.«

Ich lausche auf das Besetztzeichen in meinem Handy, und irgendwie fühle ich mich wie neugeboren.

Ich habe den Kragen meiner Windjacke hochgeklappt und laufe los, wie ich als junger Mann losgelaufen bin. Einen Fuß vor den anderen und die Gedanken fliegen lassen. Unabhängig, sorglos und frei.

»Als du mich einst gefunden hast, da war ich klein, so klein, und blühte wie ein Lindenast, nur still in dich hinein.«

Ich kann Rilke abrufen, wann immer ich ihn brauche. So gesehen bin ich ein reicher Mann.

Es nieselt. Ich habe auf meinen Lesereisen so viele Fußgängerzonen durchschritten, bis ich sie nicht mehr unterscheiden konnte. Sie lösten in mir immer dieselbe Stimmung aus: wunderbare Gleichgültigkeit.

Die Leute stehen nach Krabben und Weißwein an, ihre Windjacken haben sie hochgeschlossen, die Mützen tief im Gesicht. Die meisten sind froh und lachen, sie erzählen sich Witze oder streiten über die Pensionspreise oder erzählen von ihren Fahrten zum Nordkap. Sie sind einverstanden mit der Welt.

Es ist gut in Gruppen zu sein, denke ich, während ich weitergehe, man verschwindet, ohne groß aufzufallen.

Ich laufe die Friedrichstraße hinauf Richtung Strand, immer mit einem Blick in die Schaufenster. In der Clique war ich manchmal so betrunken, dass ich mich überall festhalten musste, ich wäre sonst ohnmächtig geworden. Wir waren auf dem Zeltplatz in Rantum in Zweimann-Zelten untergekommen und tranken schon tagsüber furchtbar viel und immer übles Zeug. Wir organisierten uns den Alkohol von reichen Homosexuellen, die wir abends auf den Strandfeten auftrieben. Einer gab sich als Stricher aus, ging mit ihm hoch, und die anderen blieben unten und warteten.

Ich war nie mit hochgegangen, ich wollte immer nur eine Frau, aber zwei aus unserem Haufen machte es nichts aus.

Es ging ganz schnell, ohne großes Theater. Nach einer kurzen Zeit flogen dann die Flaschen aus dem Fenster, und wir fingen sie auf. Ich weiß bis heute nicht, ob es mal zu Handgreiflichkeiten kam. Wir klauten das Zeug und verschwanden. Die Friedrichstraße war nachts wegen eventueller Ruhestörungen mit Eisenketten für Autos abgesperrt, aber es war ganz leicht, die Schlösser zu knacken.

In einem Straßencafé nehme ich mir einen Tisch am Eingang und lese Zeitung. Ich halte mich an der Rubrik Horoskop fest. Mehr ist nicht drin, ich bin zu unruhig. Nachdem ich den Kaffee bezahlt habe, springe ich auf und verlasse das Café, so schnell, wie ich es betreten habe.

Ich gehe in eine Drogerie, auf der anderen Seite, gleich neben den Fischbrötchenständen, wo zu jeder Tageszeit die Touristen Schlangen bilden. Leute, die sich auskennen, die mit fester Stimme bestellen, sich Geld zurückgeben lassen, die genau wissen, was sie wollen. Ich brauche für eine Tagesmahlzeit an manchen Tagen Stunden. Ich kann mich nicht entscheiden und will nichts Falsches tun.

Ich schlendere die verregnete Fußgängermeile Richtung Bahnhof. Gegenüber vom Kaufhaus Jensen ist das kleinste, das modernste, das am wenigsten beachtete Café. Dort wird es ruhiger sein.

Das Wetter ist für März nicht unangenehm, man sitzt in Decken gehüllt draußen.

Ich bestelle mir einen weiteren Milchkaffee und beobachte die Leute, wie sie aus dem Kaufhaus Jensen strömen.

Es gab hier vor Jahren einige anstrengende Morgenstunden, da stand ich schlecht gelaunt auf, war verkatert, nahm hier ein Frühstück zu mir, hetzte anschließend zum Wellenbad.

Nach einer knappen halben Stunde verlasse ich das Café und schlendere zurück, an den Schaufenstern vorbei. Sie bieten Billigware an, die Preise sind reduziert. Das Bühnenleben fällt von mir ab, ich spüre es bis in die Zehen. Kaum zu glauben, wie unruhig ich bin.

Mein Spiegelbild in einem Schaufenster. Ich sehe an sich gar nicht schlecht aus. Ein wenig füllig zwar und ein wenig gebeugt, aber ich kann nicht sagen, dass ich mich so besehen nicht mag. Nur fehlt mir etwas an dem Typen, der mich schon so lange begleitet. Etwas Eigenes, das stärker ist als die Unsicherheit.

Schauspieler tauschen sich gerne ein, geben sich gerne ab, sie haben wenig Bodenhaftung. Die meisten Schauspieler wollen keine Selbstverantwortung, sie wollen nur in ihren Rollen leben. Kann sein, dass Kurt, mein erster Ratgeber, damit recht gehabt hat. Kurt war Intendant einer renommierten Berliner Theaterbühne, die von Erwin Piscator gegründet worden war.

Ich denke oft an Kurt, wenn ich mich nach einer führenden Hand sehne. Er war ein kantiger, jähzorniger, großartiger Theatermann. Als Intendant war er lausig, als Regisseur eher wie einer, der nach Worten sucht. Aber er hatte eine enorme Achtung vor allem, was mit Theater zu tun hatte. Er liebte seine Schauspieler, jedenfalls die jungen. Vor den Frauen knickte er eher ein.

»Phillip, du kannst nicht verführen. Du willst verführt werden.«

Ja, damals, vor vierzig Jahren war das so. Ich war nie ein Verführer. Wozu auch? Ich hatte es nie nötig gehabt. Die Frauen liefen mir nach; ich war immer vor ihnen auf der Flucht.

Ich ahne, dass mich in den nächsten Tagen eine Menge Erkenntnisse einholen werden. Ich habe Angst davor, herauszubekommen, was mit mir los ist.

Was die Leute über die Midlifecrisis sagen, ist mir zu einfach. Meine Krisen begannen schon im Alter von elf Jahren.

Ich bin schlichtweg müde, ich fühle mich nicht wie ein Verlierer, dazu habe ich keinen Grund. Es ist nur diese Ahnung meiner ENDLICHKEIT, die mir immer zu schaffen macht. Diese Ahnung hatte ich schon als Junge.

Alles im Leben hat ein Mal ein Ende. Was also tun? Allein, wenn ich sehe, wie schnell die Jahreszeiten wechseln.

HERRGOTT, WIE SOLL MAN DA NICHT AN DAS ENDE DENKEN?

Ich sehe weit und breit nichts, woran ich mich festhalten könnte. Und mir selbst bin ich zu unsicher, ich traue mir nicht. Vielleicht sollte ich äußerlich an mir etwas verändern. Eine andere Jacke, ein anderes Gesicht.

Als ich meinen fünfzigsten Geburtstag überschritt, war es hart, aber es ging irgendwie weiter. Ich kam gut über diese Linie. Alle Männer, die ich darauf ansprach, meinten, man käme gut darüber.

Ich hatte ja auch keine andere Möglichkeit, als weiterzugehen. Ich empfand mich noch jung genug, um mich auch mal zu irren. Jetzt ist es schlimmer. Ich wache jeden Morgen – egal, wo ich mich befinde – mit dem Gedanken an meinen Tod auf. Es fasziniert mich, an den Tod zu denken. Es ist nicht die übliche Sehnsuchtsfalle oder die kleine Flucht eines älteren Herrn, der den Tod fürchtet. Nein, mehr ein Innehalten, nicht wissen, wie weiter, wohin, mit wem und wozu noch den täglichen Eiertanz mitmachen. Die Tonne ist es, ich sehne mich nach einer Tonne mit Garten! Obgleich ich zugeben muss, dass mir bis heute kein Rentner, den ich wo auch immer traf, darauf eine befriedigende Antwort nach dem Weiter geben konnte. Sie sahen immer aus, als müsste man ihnen helfen. So ausgelaugt vom Nichtstun, so ohne jegliche Freude im grauen Gesicht. Grauvögel. Nur in den amerikanischen Seniorenheimen, in Florida oder Arkansas, entdeckte ich bei älteren Menschen etwas von der Lust am Leben. Ich habe noch nie in meinem Leben so viele alte Leute gemeinsam lachen sehen. Sie zogen ihre Golfschläger schwingend, voller Elan über die Rasenflächen und tranken schon am Vormittag Weißwein. Am Nachmittag wurde getanzt, und abends hatten sie Sex. Jeder auf seine Art. Aber hier zwischen Flensburg und München?

Ich sehe in der Schaufensterscheibe einen netten älteren Herrn, der sich nicht entscheiden kann, ob er schon König Lear oder noch den Hamlet spielen will. Und überall lachen mich Titten an. Auf den Titelseiten der Illustrierten, auf den Seifenprodukten, sogar auf Kreditangeboten. Überall sehe ich Jugend. Alte Männer erinnern an die Endlichkeit, deshalb eignen sie sich nicht für Werbung. Womit sollten sie auch werben? Mit ihrer Arthrose und wunden Gelenken? Frauen beleben das Geschäft. Männer altern, während ihre Frauen überleben. Vielleicht gelingt es einigen wenigen; Brad Pitt wird auch alt gut durchkommen.

Ich fliege an meinem Spiegelbild vorbei wie ein Fesselballon auf dem Weg ins All. Dabei hatte ich mich in der letzten Zeit so geerdet. Allein schon mein Gewicht sorgte dafür, dass ich mich wie ein Fels in der Brandung fühlen könnte.

Wer wird gerne alt? Wo doch um uns alle jung bleiben wollen? Alt, krank, arm und auch noch so aussehen, das kann die Hölle in einem zivilisierten Land sein. Die Medien verheimlichen das Älterwerden. Es ist, als wollten sie die Menschen vor dem Ableben beruhigen. ALTERN IST SCHEISSE. Wer stirbt schon freiwillig? Als junger Mann hatte ich nicht diese Probleme, ich wollte immer nur älter werden, aber jetzt?

In einer Inselnacht vor vielen Jahren malte ich mir einen Schnurrbart an, um erwachsener auszusehen. Einen kleinen, witzigen, spanischen Schnurrbart und um die Augen schwarze Eyeliner. Ich wollte es wissen, ich wollte unbedingt ein Mädchen. Alles in mir schrie nach einer, an die ich mich pressen konnte, die mich aufnahm ohne

Wenn und Aber, die ich berühren, küssen und lieben konnte. Ich fieberte auf den Abend hin und bereitete mich wie zu einer Brautschau vor. Ich dachte, vielleicht würde sie mich für etwas Besonderes halten.

Es wurde eine totale Katastrophe. Nach einer wilden Sauferei mit ein paar Kumpels bin ich fast ohnmächtig und innerlich zerrissen die Dünen heruntergerollt. Das war alles.

Hamlet rollt besoffen die Dünen herab. Ich Idiot hatte mitgemacht, anstatt mich auf mich selbst zu verlassen, anstatt allein zu jagen. Ja, ich konnte nicht verführen, Kurt hatte recht. Und trotzdem ließ er mich den Romeo spielen. Vielleicht gerade deshalb, es war ein Märchen.

Aber die Barfrauen im »Why Not« oder dem »Trocadero« und in den anderen Tanzschuppen mochten mich.

SIE BLICKTEN JA NICHT DURCH. ES WAR DAFÜR VIEL ZU DUNKEL. SIE MÜSSEN MICH FALSCH EINGESCHÄTZT HABEN.

Ich hätte eine Menge Mädchen haben können, aber ich war schon damals zu schwer für die leichten Sachen. Ein Problemtyp. Die Frauen riechen das, wenn einer Probleme hat. Und eine Nurse wollte ich nicht, um Gottes willen, bloß keine Krankenschwester.

Wieder läuft eine einsame Frau in knielangem Rock an mir vorbei, sie will die Fußgängerzone hinauf zur Kurpromenade. Sie tut so, als hätte sie eine Verabredung. Garantiert hat sie keine. Ich kenne sie, diese einsamen Frauen, sie wohnen in den Hochhäusern, die zum Meer hinausgehen, immer ganz oben. Im achtzehnten Stock, wo niemand hochkommt, wo es an den Fenstern rüttelt und wo die Sicht weit über das Meer hinausgeht. Dort, wo die Sehnsucht lockt und kein Greis die Treppe nehmen kann. Dort, wo sie sicher sind. Sie frühstücken allein, und abends gehen sie zur gewohnten Zeit zum Italiener in der Fußgängerzone. Zu einem, wo der Kellner freundlich ist und sie »meine Prinzessin« nennt. Nachts weinen sie sich in den Schlaf, kein Mann wird sie von ihrer Einsamkeit erlösen.

Ich liebe es, mich bei Nieselregen in meinen Phantasien zu verlieren. Manchmal spreche ich laut beim Laufen vor mich hin. Im Laufe des Vormittags legt sich das. Dann bekommen meine Grübeleien für mich ein gewisses Niveau. Irgendwann später gehe ich den ganzen Rilke durch.

Vor den Cafés sitzen Paare in Decken gehüllt und beobachten uns, die wir an den Tischen vorbeihetzen. Sie merken sich jedes Gesicht. Ich würde es auch tun, wenn Maria hier wäre. Es ist gut, so wie es ist. Ich bin mittendrin im Leben und dem Gedränge der Leute. Ich will alles tun, was alle tun. Für ein paar Minuten vor den Auslagen verharren, über die Preise schimpfen und dann den ganzen Tag so weitergehen. Die Friedrichstraße hoch, bis zum Hotel Miramar.

Vor zwei Jahren hatte ich einem Fernsehproduzenten vorgeschlagen, eine Serie über das Miramar zu machen. Über Menschen, die einsam sind, die sich nach etwas Unbekanntem sehnen, die ihre Vergangenheit nicht vergessen können. Eine Liebe, vielleicht ein Mord, irgendein Schicksal, Menschen, die sich an jemandem rächen wollen … Er winkte gleich ab, er bekäme so was nicht durch, die Leute wollten nichts Echtes. Ich hatte eigens für die Idee ein Zimmer für eine Nacht gebucht, meine beste Kleidung angezogen, leichter Anzug, weißes Hemd, Krawatte, und mich abends in das Restaurant gesetzt. Allein, wie der berühmte Eddie Constantine, den ich dort einst am Morgen beim Frühstück sitzen sah. Ebenso allein, lächelnd und immer auf der Suche nach einer Frau.

»Entrez Madame«, sagte er jedes Mal, wenn die hübsche Bedienung an seinen Tisch kam. »Entrez Madame.«

Es nieselt nicht mehr, die Luft ist wie Seide, der Wind ist zu ertragen. Ich werde bei Leysieffer eine Schokolade trinken und etwas Leichtes essen.

Ich mag es, hier mit den Menschen zu gehen, die ich mein Leben lang mied. Maria hat mich dafür immer kritisiert. Mir ist es gleich. Es sind meine Brüder und Schwestern. Touristen wie ich. Sie kommen aus Berlin, Hannover, Kassel oder Heidelberg, in den Fußgängerzonen sind wir alle gleich. Wozu sich also separiert fühlen?

Es begann mit den Fluchten in das Kino in meinem Bezirk. An sich wollte ich nur allein sein, aber irgendwie auch in Bewegung. Später entwickelte ich Bewegungen, die ich Reisen nannte. Im Grunde floh ich immer nur vor mir selbst. Aber es funktioniert auch anders, man muss gar nicht so weit gehen, man kann auch im Gedränge der Leute untertauchen.

Hier kann mir nichts passieren. Wir, die wir mit dem Ostwind die Friedrichstraße rauf- und runterlaufen, unterliegen einer unausgesprochenen Ordnung, die keiner stören wird. Es ist ein stummes Einverständnis, sich so zu verhalten, wie es alle anderen tun: vernünftig und still. Ob in den Cafés oder in den Trinkstuben. WIR HALTEN UNS DARAN, WEDER ZU LAUT NOCH ZU OFFEN ZU SEIN.

Hier ist alles in Butter, alles ist übersichtlich, bis auf die paar betrunkenen Männer aus einer Rentnergruppe, die sehr laut über ihre Witze lachen. Niemand ist allein zu laut, nur in der Menge benehmen wir uns manchmal wie trunkene Seeleute an Land.

Wie komme ich eigentlich darauf, dass ich die Bananenschale, die ich seit heute früh in meiner Jacke mit mir herumtrage, nicht am nächstbesten Baum ablegen darf? Ich werde sie wohl bis zum Sankt Nimmerleinstag mit mir herumtragen, finde ich nicht bald einen Papierkorb. Kein Mensch wird mich zu zwanzig Tagen Zwangsarbeit verdonnern, weil ich meinen Benz ohne Parkschein in einer Nebenstraße abgestellt habe, aber sobald ich eine Fußgängerzone betrete, habe ich solche Gedanken.

Es gab Momente in meinem Leben, da dachte ich schon beim Betreten einer Drogerie daran, eines Diebstahls überführt zu werden. Eines Diebstahls, den ich noch nicht einmal begangen hatte.

Als ich den Hippie gegen meine Karriere als Berufsträumer eintauschte, hatte ich plötzlich nichts mehr dagegen, die gleichen Konsumartikel zu kaufen, wie es alle tun.

Dann kam die Sehnsucht in mir auf, ein berühmter Schauspieler zu werden. Ich tat alles, damit man mich gernhaben konnte. Ich wollte aller Welt nur das Beste von mir zeigen. DER GANZEN WELT.

Aber es funktionierte nicht, obwohl ich mir ziemlich viel Mühe gab. Ich war zwar so erzogen worden, aber ich bin mir bis heute seltsam fremd geblieben.

Ich gehe ins Café Leysieffer und nehme die Treppe zur Toilette. Der Toilettenraum ist eng, heiß, aber hier fühle ich mich unbeobachtet. Ich verlasse das Café, ohne etwas gegessen oder getrunken zu haben. Allmählich finde ich mein altes Zutrauen wieder. Streit hat meinen Fall im Griff, er hat mich nicht enttäuscht.

Ich gehe in eine Drogerie und kaufe mir eine Nagelfeile. Vor der Kasse entdecke ich ein Haarshampoo, dessen Etikett ich auf Anhieb mag. Nur der Zusatz »Volumen« macht mich unsicher. Ich brauche so etwas nicht, ich lege es ins Regal zurück. Ich zahle und frage die Frau hinter der Kasse höflich nach Handtüchern. Sie verweist mich an das Kaufhaus Jensen. Wir verabschieden uns mit der Einsicht, dass das Wetter morgen ebenso durchwachsen sein wird wie heute.

Mit der Plastiktüte in der Hand trete ich auf die Straße hinaus. Ein vernünftiger Mensch, denke ich, niemand würde mir zutrauen, in einen Briefkasten gepinkelt zu haben. Es nieselt immer noch. Ich werde ins Wellenbad gehen und freue mich, noch mal davongekommen zu sein.

Ich hänge meine durchnässten Klamotten auf den Bügel und verstaue alles Weitere in dem Garderobenschrank.

Maria fehlt mir.

Immer wenn sie nicht bei mir ist, kann ich an sie denken. Wäre sie jetzt hier, wäre ich garantiert nach ein paar Stunden ein anderer. Kinder krakeelen in Vorfreude auf dem Gang. Eine Frau ruft: »Sandy, zieh dir die Schuhe an. Sandy, wir müssen uns die Haare fönen.«

Maria wäre nicht mit ins Wellenbad oder in die Sauna gegangen. Seit sie ihren Krebs überwunden hat, will sie überhaupt nicht mehr nackt unter Menschen gehen. Dabei ist sie so schön. Nach dem OP verheilten ihre Narben jeden Tag mehr. Ich liebe sie so sehr, und als sie drohte zu sterben, liebte ich sie noch mehr.

Maria hat immer noch die Brüste eines jungen Mädchens. Der Krebs konnte das nicht verhindern. Es blieben ein paar unschöne Narben.

»Die Wunden werden blasser und blasser«, sagte ich zu ihr. »Irgendwann wirst du sie gar nicht mehr sehen.«

Das war auf ihrer letzten Kur. Wir verabschiedeten uns, ich küsste sie. Sie hatte das Gesicht eines Engels. Wir verabschiedeten uns während ihrer Krankheit fast täglich, so als wäre es für immer.

An dem Tag, an dem ich über ihre verblassenden Wunden sprach, hatte sie die weiten Hosen an, das leichte Zeug, das sie immer in der Sonne trug, als wir uns in Griechenland kennengelernt hatten. Sie hatte eine ganz durchsichtige Haut und wunderschöne, große Augen. Sie hatte alles hinter sich, die OPs, die Chemo, die Bestrahlungen, und war ganz beglückt darüber, dass ihre Haare wieder wuchsen. Ich musste Fotos von ihrem Kopf machen.

Wir sagten: Bis nächste Woche, und ich heulte ein bisschen. Maria heulte nicht. Sie hatte in dieser Zeit viel zu viel geweint, um nun bei unserem Abschied, der ja nur bis zum nächsten Besuch galt, noch zu weinen. Ich umarmte sie, und ich weiß, sie war froh, dass ich ging. Obwohl Maria keine Frau ist, die froh ist, wenn ihr Liebster geht – und ich bin ihr Liebster. Aber das Band war zerrissen; ich hatte es gespürt. Vielleicht sollte jeder von uns allein sein, vielleicht war dafür ihr Krebs da.

Ich verstaue meine Sachen im Schrank, hänge die Windjacke auf den Bügel und lege die Unterwäsche in das Netz. Ich nehme den Bademantel aus dem Schrank, den ich mir vorhin an der Kasse geliehen habe, und binde die Kordel fest um meinen Leib, so, als müsste sie mich zusammenhalten.

Ich bin so voller Schmerz, ich muss mich gleich übergeben, denke ich. Ich bin sowieso so ein schräger Typ, und wenn mich hier einer sieht, ein heulender Sechzigjähriger im Bademantel UNTER KINDERN UND FRAUEN, DIE IHRE SANDY SUCHEN, was sollen die Leute von mir denken?

Ich beginne zu heulen. Glücklicherweise ist draußen auf dem Gang eine Menge Leben. In dem Geschrei der Kinder wird mich niemand hören. Der Schmerz lässt nach, nach ein paar Minuten beruhige ich mich.

Ich hatte Maria damals, als sie krank wurde, verlassen müssen. Wir mussten uns trennen, wir hätten uns sonst aufgelöst. Wir mussten eine Grenze setzen, jeder für sich. Für sie war es wichtig, um zu überleben. Ich bin in eine ehemalige Stasipension gegangen und habe mir für eine Nacht ein Zimmer genommen. Es war eine furchtbare Nacht. Ich habe mich an meine NICHTEXISTIERENDE FAMILIE erinnert und gehofft, dass Maria nicht sterben würde.

Bitte lass sie nicht sterben, habe ich immer nur gemurmelt, bitte, lieber Gott, lass Maria am Leben, lass sie wieder gesund werden, auch wenn jeder von uns allein weitergehen muss.

An diesem Tag trennte ich mich von Maria, das heißt, ich gab ihr den eigenen Raum, den sie brauchte, um mit ihrer Krankheit fertig zu werden.

Ich gehe auf den Gang hinaus. Man wird mir meine Tränen nicht ansehen, denke ich. Ich bin wieder der Alte, ein Schwimmer und Saunagänger wie alle hier. Während ich das Armband mit der Nummer für den Schrank um mein Handgelenk verschließe, achte ich auf Füße, die um mich herumrutschen, das lenkt mich ab. So geht es mir, es schlingert in mir, alle Kontrollen gebe ich auf. Vielleicht wird meine ganze Maschinerie wie in dem Film »Alexis Sorbas« irgendwann zusammenkrachen. Schlingernde Kinder, Frauen in Gummisachen, ich hänge mich an und schlittere zum Schwimmbad.

»Sandy, bleib stehen, Sandy, pass auf.«

Ich werde Maria nachher anrufen. Ich werde ihr sagen, wie sehr sie mir fehlt. Sie wird lachen, und ich werde einen blöden Witz über meine Einsamkeit machen. Sie wird mich zu Dr. Streit befragen, und wir werden während des Gesprächs an die Gedanken des anderen denken, und ich werde ihr nichts von meiner Heulerei erzählen. Wir sind so gekränkt, so verletzlich geworden. Wir waren es von Anfang an, nicht erst durch Marias furchtbare Krankheit. Der Krebs war nur die Spitze eines Eisberges. Es liegt eine Menge Geheimnis in einer tödlichen Krankheit. Dafür sind Ehen da, für die Wunden, die man dann gemeinsam mit sich herumschleppt.

Ich gehe in die Duschabteilung für Männer und stelle mich unter die Brause. Als Junge rannte ich, sooft ich konnte, ins Hallenbad, speziell im Winter. Ich mochte es, mit den Männern zu duschen.

Ich suchte bei ihnen Verstärkung. Inmitten dickärschiger, schmalbrüstiger, behaarter und magerer Kriegermänner seifte ich mich ein. Ich nannte sie so, weil sie den Krieg überlebt hatten und ich ihn vielleicht erst vor mir hatte. Ich bin gerne unter Männern, ich mag Männer, manchmal mehr als Frauen.

Ich lasse heißes Wasser über meinen Rücken laufen. Während ich mir die Haare spüle, denke ich wieder an Maria.

Die Vermessung der Ponderosa

Wir warten seit einer Stunde auf June, die Ada aus Westerland abholen wollte. Mina ist dabei, den Tisch mit Resten vom Vorabend zu decken: Mettwurst, Edamer, Gouda und Schwarzbrot.

Ich sitze am Küchentisch, meinem Lieblingsplatz, und sehe Mina zu, wie sie hin und her läuft, akribisch Gläser und das Besteck aus dem Schrank holt und auf dem Tisch anordnet. Sie macht das alles sehr liebevoll und genau, ohne dabei eine Miene zu verziehen.

In meiner Küchenkoje sehe ich wie der Untermieter aus Fellinis Wunderfilm »Amarcord« aus, der dicke Junge mit dem Haarnetz, den die Mutter am gedeckten Tisch allen anderen vorzog, der sich jeden Abend aus dem Bett bequemt, um nicht das Abendbrot zu verpassen. Unter dem Tisch zu meinen Füßen liegt die Hündin, und ich fühle mich wie ein Deichgraf. Es ist wunderbar, so wie es ist.

»Warum lässt du dir nicht irgendwas einfallen, um jemanden kennenzulernen?«, frage ich Mina.

Sie nimmt die Serviette und beginnt, sie zu einem Schmetterling zusammenzufalten.

»Ich bin nicht der Typ für so was«, antwortet sie. »Ich gehe um zehn ins Bett und stehe um sechs Uhr auf, dann kommt der Hund. Ein paar Gäste laden mich manchmal ein, mehr ist nicht. Es sind Freunde geworden.« Sie legt den fertigen Falter auf einen Teller.

»Du könntest zum Beispiel einen kleinen Unfall inszenieren«, sage ich. »Fahr einfach rückwärts und knall mit deinem Wagen an deinen Hintermann. Wenn der Typ dir gefällt, kommt ihr ins Gespräch.« Ich muss lachen. »Du lockst ihn mit deiner Haftpflichtversicherung, und er lädt dich zum Essen ein.«

Sie geht nicht auf meinen Vorschlag ein. Ich bemerke, wie ich diese Geschichte nur erfinde, um von mir selbst abzulenken. Von meiner Müdigkeit, von meinem Wunsch, mich zurückzuziehen.

Ich fühle mich sehr erschöpft, als hätte ich ein Leben lang nur gearbeitet. Zettel hatte mich am späten Nachmittag angerufen, um mich vor die Tatsache einer weiteren Lesetournee zu stellen. Fünfunddreißig Vorstellungen sollten es werden. Quer durch die Provinz, in mehr oder weniger großen Hallen. Damit könnten wir die finanziellen Rückstände wieder wettmachen, und wer weiß, vielleicht würden ein paar Fernsehregisseure kommen und mich für eine Vorabendserie engagieren. Dann wäre alles für ein weiteres Jahr in Butter. Aber dafür müsste ich ein paar Kilo abnehmen.

Ich konnte sie nicht von dem Thema abbringen. Dafür sei ich ja zurzeit am richtigen Ort, ich solle mich erst mal erholen – wir würden das schon machen.

Ich empfand nur DRUCK. DRUCK. DRUCK. DRUCK. Außerdem sagte sie immerfort WIR. Zettel sagt immer WIR, wenn sie etwas durchsetzen will.

Ich reagiere auf dieses Wort allergisch, es macht mich verrückt. Ich hielt dagegen, sie solle mich mit ihren Zukunftsplänen im Moment in Ruhe lassen. Ich sei mir sowieso nicht sicher, ob ich das alles überhaupt noch wolle.

»Was – arbeiten? Was willst du tun, den Rest deiner Tage in einer Tonne verbringen? Na, Mahlzeit.«

Ich entgegnete, dass ich es viel zu früh fände, jetzt schon über Pläne für das nächste Jahr zu diskutieren; sie möge warten, bis ich wieder zurück sei.

»So wie du klingst, wird das wohl noch eine Weile dauern.«

Wir legten beide beleidigt auf, gleichzeitig.

Das war am Nachmittag.

Und nun am Abend war es wieder anders.

Vor mir der gedeckte Tisch. Mina hatte die Dinge wunderbar angeordnet. Wenn es in meinem Leben nur auch so zugehen würde. Ich glaube, das ist es, was mir durch den Kopf geht: ein geordnetes Leben führen.

Meine Agentin hat heute Nachmittag aufgelegt, und ich habe es geschafft, bis zum Abend nicht weiter darüber nachzudenken. Vielleicht liegt es an dem Gurkenglas, das sich vor mir wie ein Behälter für pathologische Überreste ausmacht.

Mina sieht immer noch zum Fenster.

Sicher hat Zettel recht, wir haben Geldprobleme, und auch, dass ich meine Reise dazu nutzen soll, um zehn Kilo Altlasten loszuwerden.

WIR machen das schon, WIR werden abnehmen, WIR werden engagiert. Ich erinnere mich an Rod Steiger: »Pass auf, Rod, dass du nicht der Sklave deiner eigenen Freiheitssuche wirst«, hatte ihm der Regisseur seines großartigen Films »In der Hitze der Nacht« geraten.

Der Satz lässt mich den ganzen Abend über nicht mehr los. Ich finde den Gedanken überlegenswert. Womit bewiesen ist, dass es nicht gut ist, sich mit seiner Agentin zu duzen und noch dazu über Jahrzehnte ALLES miteinander zu besprechen.

Nach dem Telefonat mit Zettel wollte ich am liebsten überhaupt nicht mehr arbeiten. Das war wirklich kein produktives Gespräch – eher TEXT MIT ABHÄNGIGEN.

Je länger wir auf June und Ada warten, desto langsamer vergeht die Zeit. Eine interessante Erfahrung. Das Gurkenglas vor mir auf dem Tisch verändert sich. Sein Anblick vertreibt meine Gedanken an Zettel. Gewiss stammt es aus einer Gurkenfabrik im Spreewald. Spreewälder Gürkchen, ein Genuss, isst man sie mit tschechischem Bier oder einer Flasche Grauburgunder.

Ich werde immer müder. Jasmin Zettel, der Name klingt wirklich grauenhaft. Aber sie kann ja nichts dafür. Viele Frauen aus dem Osten haben exotische Vornamen: Chantal oder Michelle. Die Verbindung ist es, was ihren Namen so grauenhaft macht, diese grauenhafte Zusammenführung von Jasmin und Zettel.

»Lass uns was trinken«, sagt Mina. »Die kommen nicht vor einer halben Stunde.«

Sie steht auf, und ich mache mich daran, eine Flasche Grauburgunder zu entkorken.

»Ada muss sich immer stundenlang zurechtmachen, aber sie sieht dann auch toll aus.«

Ich gieße Mina und mir ein, wir setzen uns wieder.

»Das ist an sich nicht meine Art«, sagt sie. »Niemals vor fünf Uhr trinken.«

»Was soll's. Die Zeit rennt uns doch allen davon. Findest du nicht? »

Sie muss lachen.

»Phillip, wir sind hier zwischen Festland und Meer. Als ich noch das Hotel besaß, kam ich nicht vor zwei Uhr früh ins Bett. Wir saßen die halbe Nacht an der Bar, und es war in Ordnung. Auch am nächsten Morgen mit dem Frühstück für sechzehn Person, manchmal sogar mehr. Um sechs Uhr aufstehen – ich hatte damit nie ein Problem. Doch als mein Mann starb, blieb mir nur noch die Pension.«

Mina sieht wieder zum Fenster.

Manche Frauen mögen es, wenn man sie nach ihrem Leben befragt, nach ihren Plänen, ihren Frustrationen. Die meisten lassen sich darauf ein, aber andere blocken ab, so als dürfe das nicht einmal gedacht werden. Mina gehört sicher zu den anderen.

»Ich habe immer mit der Idee gespielt, eines Tages einen Club auf der Insel zu eröffnen.«

»Das wäre doch toll.«

Ich glaube, Mina bestätigt mich nur aus Freundlichkeit. Sie ist sehr freundlich, die Warterei hat etwas Nützliches.

Wenn ich nur mehr im Jetzt leben würde, fällt mir ein.

Eine Weile schweigen wir.

Ich nehme ein Stück Käse und trinke den Wein. Falls June und Ada nicht bald kommen, werden wir in einer halben Stunde betrunken sein, denke ich. Wir hätten ohne weiteres ins Bett gehen können.

»Ich beneide euch für alles hier. Ihr habt das ganze Jahr über frische Luft, Gäste, die euch brauchen. Du hast dein Einkommen, eine kleine Wohnung in Tinnum, einen Hund, der dich liebt, außerdem siehst du noch gut aus.«

»Übertreib nicht.«

Irgendwann schweigen wir nur noch, jeder hängt seinen Gedanken nach. »Man hat so eine Sehnsucht.« Der Satz von meinem geliebten Ödön von Horváth fällt mir ein. Er war mein Leitsatz, als es losging, als ich die

Bühne betrat, mein zweites Zuhause. Mina ähnelt der »Unbekannten aus der Seine«. Das gleichnamige Stück schrieb er 1933. Wenn ich sehe, wie sie sehnsuchtsvoll auf den Teller blickt. Es gab nur eine Frau in meinem Leben, die so schauen konnte. Ich schweige vor mich hin. Die Gedanken fliegen wie Seifenblasen durch meinen Kopf. Ich lasse sie fliegen, bis Stille einkehrt.

Sie sind spät am Abend gekommen. June hat Ada in eine Boutique in Westerland geschleppt, und sie haben sich einstimmig für eine weiße Jeans entschieden. June muss sie für uns anprobieren, und wir befinden sie für schön und gar nicht mollig, wie sie es über sich selber sagt. Bis auf Ada, die das ganz und gar anders sieht. Aber alle stemmen sich gegen Ada, und danach setzen wir uns an den großen Tisch und essen und trinken, als hätten wir gerade die Währungsreform überlebt. Es wird eine prächtige Fresserei.

Spät in der Nacht holt June ihre alten Platten aus dem Keller, und ich werde ganz nostalgisch. Erinnerungen kommen hoch, wir lassen sie kommen und gehen. An die sechziger Jahre, an Woodstock und Jimi Hendrix und die Erziehungsmethoden der Elterngeneration. Ich fühle mich sehr wohl. Es ist sehr familiär, und für ein paar Stunden werden wir zu einem Club der Gleichheit und Brüderlichkeit. Vielleicht liegt es daran, dass ich der einzige Mann am Tisch bin und die Frauen freies Feld haben, es gibt keine Rangeleien.

Ada lässt zu später Stunde ihre Erinnerungen an den Zweiten Weltkrieg ruhen. Zumal Sylt sowieso nicht viel an zerstörerischer Geschichte aufzubieten hatte, lässt man die Unwetterkatastrophen aus dem Jahre dunnemals außen vor. Alles war gut, so wie es war. Sie wird stiller und stiller, und ich bin auch längst zu müde, um sie mit meinen witzigen Einwürfen von sich selbst abzulenken. Nur einmal schaffe ich es noch, sie herauszulocken. Ich erzähle die Geschichte von dem Schiff, das vor Bornholm unterging und erst nach Jahren wieder auftauchte, weil ein schönes Mädchen seine Sirene anstimmte und der Prinz sie endlich erhörte.

»Welcher Prinz?« Plötzlich ist sie ganz wach.

»Der Prinz, der unter Deck in seiner Kajüte saß und die hohe Welle nicht kommen sah, weil er sich einen runterholte und alle Mann mit Katz und Maus ersoffen.«

Wir lachen, und Ada lacht am lautesten und kann sich gar nicht mehr beruhigen. Ich fühle mich so wohl mit den Frauen, bin längst im Grauburgunder ertrunken und vergesse meine Scheu.

Ich lehne an der Hauswand. In den Abendstunden hat es zu regnen begonnen, aber jetzt hat der Regen nachgelassen. Die Wand ist warm, über mir ein reiner Sternenhimmel. Es ist eine glasklare Nacht.

Sie mögen mich, ich spüre es. Ich verstehe ihre Zeichen. Jede Frau setzt Zeichen, da kann sie noch so versteckt leben. Ein Augenaufschlag, ein Lächeln, die Hand, die scheinbar wie nebenbei nach etwas greift. Ich kenne mich mit derlei Zeichen aus. Meine Kinderzeit war die Schule meines Lebens. Wahrscheinlich fand ich über derlei Zauberwerk zu Rilke.

Oje, ich denke schon beinahe wie er, fühle wie er. Er ist mein Bruder im Geiste und gibt Halt in schweigsamen Nächten.

Ich sah vorhin in Junes Augen diese unübersehbaren Zeichen. Sie funkelten, wenn sie mich ansah, und wenn mich Ada ansieht, empfinde ich es auch. Ebenso bei

Mina. Ich mag ihre Geschichten, die Pleiten und Pannen und Sehnsüchte. Ich mag es, das Glück in den Augen von June funkeln zu sehen, wenn sie über ihre neue Liebe spricht. Die Erinnerungen von Ada, wenn sie über ihren verstorbenen Mann herzieht und jeder am Tisch sie bremsen muss, damit nichts Schlechtes über ihre Vergangenheit herauskommt. Immerhin leben sie alle auf der Insel in Eintracht zusammen und können sich nicht aus dem Weg gehen. Ich ahne, dass ich mir da etwas vormache, aber es gefällt mir, so zu denken. Ich mag die Übereinkunft der Frauen, mit denen ich heute Abend dreizehn Flaschen Grauburgunder geleert habe, und keiner von uns am Ende so betrunken war, um nicht zu wissen, was er sagt. ES GAB NICHTS SCHLECHTES.

Diese Nacht ist sternenklar. Für ein paar Stunden war ich ihr Supermann. Allein dieser Gedanke löst in mir in wunderbarer Weise Erinnerungen an meine Anfänge am Theater aus. Natürlich ist es anders, wenn eine Gruppe geselliger Frauen mir zugetan ist, als von der Bühne aus den Applaus aller Damen zu provozieren. Aber heute Abend war ein klassischer Ich-bin-der-Hahn-im-Korb-Abend.

Die Wand an meinem Rücken, schaue ich in die Nacht. Es weht eine kühle Brise, ich bin ganz besoffen von den Erinnerungen.

Ich wurde unter Tausenden Männern auserkoren, für ein paar Stunden ein gemeinsames Glück zu verwalten, fern aller Einschränkungen. Ich war ihr Spielmacher, es war ganz wunderbar. Ich hatte ein Nest gefunden, nur auf Zeit, aber immerhin.

Ich werde Kaffeemaschinen reparieren und mir Zeit für die wesentlichen Dinge des Lebens lassen. Und wenn Jasmin Zettel mir mit irgendwelchen Drucksituationen kommt, wenn mich wer auch immer verklagen will, weil er mich beim Pinkeln beobachtet haben will, wird es mich kaltlassen.

Ich werde hier zu Hause sein, ganz und gar bei mir. Hier bei mir, Inselallee, gleich hinterm Deich, da, wo sogar nachts der Kuckuck ruft, wo mich keiner findet. Die Frauen werden mich vor allem Übel beschützen, und ich werde es ihnen mit Hingabe danken.

Mir ist, als würde mich der Himmel umarmen. Meine Einsamkeit scheint mir plötzlich sehr erträglich. Ich weiß plötzlich um dieses »Heilig Ding«, wie Eichendorff es beschrieb, wie es Goethe pries, aber keiner so vortrefflich beschreiben konnte wie Rilke. »Nur wenn es schwer geht im Leben und das Leben ist nun mal schwer, nur dann und je schwerer es ist, desto besser, desto tiefer dringe ich ins Leben ein, dem puren Leben.«

Meine Einsamkeit erscheint mir nicht mehr so gefährlich. Ich habe sie zeitlebens gefürchtet, doch nun wird sie mein Freund sein.

Die Wolken, die durchs Mondlicht fegen, der blasse Schimmer, der Dämmer, der auf den Baumkronen liegt. Es ist noch nicht richtig Frühling, aber ich spüre ihn kommen.

Wonach suchte ich mein Leben lang? Bloß anpassen, bloß nichts Uneindeutiges eingestehen. Sie wollten alle nur Klartext und keine Fragen nach dem Woher und Wohin, schon gar nicht die Kommunisten. Die hatten mir am meisten zugesetzt, in den Marx-Kreisen, auf den ach so begehrten Demonstrationen. Die waren mir immer ein Gräuel. Ich blieb der Rebell unter den Rebellen. EINER, DER NACH ETWAS SUCHT, WAS ER NICHT BESCHREIBEN KANN.

Bevor ich überhaupt laufen konnte, wusste ich um die Sehnsucht meiner umtriebigen Seele. Auch wenn ich noch keine Erklärung für meine Unruhe hatte, auch wenn ich mir diese Vorgänge nicht erklären konnte. Worte finden, es sagen, was zu sagen ist.

Hier, auf der Insel, unter dem großen Himmel, macht es mir nichts aus, mit mir allein zu sein, hier stört mich weniger an mir als in der Stadt. Ich könnte für immer hierbleiben. Ich lasse es mir durch den Kopf gehen. Ich könnte Maria nachholen und später auch Jasmin Zettel.

Maria würde ihren Frieden mit mir finden, und Zettel würde unser kleines Büro am Ende einer stillen Straße hinter Rantum aufschlagen, und wir würden glücklich sein. Nach und nach würde ich alle meine Lieblingsfrauen holen, damit sie sich auf der Insel ansiedeln, und wir würden eine Menge Spaß miteinander haben. Vielleicht würde ich in Rantum ein kleines Theater eröffnen. Und jeden Abend säßen wir zusammen, Maria, June, Mina, Ada und die Hündin und Zettel, bei Käseigel und Grauburgunder.

Ich will kein Anderer mehr sein, denke ich und empfinde in dem Moment so etwas wie Glück. DICKES FETTES GLÜCK. Es ist kühl, und in der Dunkelheit sehen die alten Bäume aus wie meine Kameraden.

»Leben Sie jetzt die Fragen! Vielleicht leben Sie dann allmählich, ohne es zu merken, eines fernen Tages in die Antwort hinein.«

Gegen zwei Uhr schoben wir Ada in ein Taxi, obwohl sie beim Einsteigen Probleme hatte. Mina packte die Hündin ein und fuhr Ada nach Haus. Es sind verrückte Frauen. Ich liebe verrückte Frauen, die sich nicht verstellen, die auch unter Alkohol nicht auseinanderfallen. Nicht wie Schauspielerinnen.

June kramt noch in der Küche, sie hört eine Platte aus den sechziger Jahren. Ich kann nicht einorten, was es ist, sie spielt sie zu leise ab, vielleicht Moody Blues. Die Stille tut mir gut, sie ist größer als in der Stadt. Was ich ihnen heute Nacht nicht erzählte, wäre sicher viel interessanter gewesen. Aber dafür ist noch Zeit.

Ich fühle mich viel wesentlicher hier, denke ich. Unsinn, so würden sie auf der Bühne reden, kein Mensch spricht heute mehr so. Hätte ich etwas mehr Mut, würde ich jetzt eine Zigarette rauchen. Kurt fehlt mir. Er rauchte mit Vorliebe Gauloises, die mit dem gelben Maispapier. Kurt war gut zu mir, auch wenn er sehr streng war. Ein Besessener. Aber er war sehr eigen. »Jeder trägt seinen Generalsstab im Tornister«, hatte er immer gesagt, wenn einer strauchelte, wenn einer von uns nicht wusste, wohin er vor lauter Shakespeare gehen sollte.

In meiner Spielzeit am Theater kannten alle diese Abmachungen und Grenzen und gingen doch immer drüber. Es gibt auf der Bühne Gesetze, an die man sich zu halten hat. Vielleicht, weil es einen Regisseur gibt, der alles zu verantworten hat. Schauspieler wollen keine Verantwortung, sie brauchen einen, der ihnen sagt, was sie tun und lassen sollen.

Es gibt nichts Öderes als eine schlecht inszenierte Theatervorstellung, man folgt einem guten Text und verliert sich in grauenhaften Absprachen. Die meisten Schauspieler verschwinden dann. Auch ich verschwand. Unsichtbar machen nannten wir diesen Vorgang, Inszenierung nannten es die anderen. Deswegen ging ich so oft darüber. Ich sprengte alle Ketten, stieg bildlich gesprochen über Zäune. Ich konnte nicht anders, ich erfand einfach etwas, um mich zu bewahren, ein Spiel, einen Einfall, einen Ausrutscher. Toll waren Unfälle. Wenn ein Scheinwerfer brannte, ein Seil riss, eine Hosennaht platzte.

Alle meine Kollegen gingen dem mehr oder weniger nach. Spätestens nach der Premiere legte jeder los und improvisierte, was das Zeug hielt. Als sich meine Partnerin in einer grauenvollen Inszenierung als Julia sterbend von ihrer Bahre aus mitten auf meine Eier fallen ließ, war das so ein Moment. Sie hatte die Grenze ganz bewusst übertreten. DAS WAR GUT SO, das brachte Leben ins Spiel. Ich hatte als Romeo tot an der Rampe zu liegen, und Julia hatte wie ich zu sterben. Aber die Inszenierung ließ nichts Echtes zu. Es war wie auf der Autobahn in den Kasseler Bergen – einer starb nach dem Anderen.

Julia fiel direkt auf meinen Unterleib, es tat höllisch weh, ein großer Theatermoment. Niemals zuvor hatte ich auf einer Bühne so viel Leben gespürt. Als sie merkte, was sie angerichtet hatte, stieß sie sich sofort wieder ab, kam hoch, setzte sich mit ernstem Gesicht wieder auf, um ein zweites Mal zu sterben. Die erste Reihe lachte, dann lachte der ganze Saal.

Ich versuchte mir für den Nachmittag ein Fahrrad zu mieten. Erst fand ich keinen entsprechenden Laden, da die Saison zwar ganzjährig war, aber sämtliche Räder noch in Schlummerstellung waren, so Originalton der Händlerin, die ich erst beim dritten Anlauf in einer umgebauten Remise antraf. Eine rüstige Intellektuelle, die an einem Roman über die Achse des Bösen im Hinblick auf die moralische Verrohung unserer gesamtdeutschen Geschichte schreibt.

Wir unterhielten uns eine ganze Weile über ihr Werk, kamen jedoch zu keinem befriedigenden Ergebnis. Die Dame war entspannt, aber alles, was sie sagte, klang wie ein gelernter Text. TRENNUNG sei für sie das Zauberwort. Trennung und Respekt vor dem Anderen.

Sie führte das Thema lang und breit aus, während ich mir ein Tourenfahrrad vornahm, das mich an das Rad meines Vaters erinnerte. Ein blaues, robustes Herrenfahrrad, das einsam an der Wand lehnte. Mit einem Schwalbenlenker, einer Mehrgangschaltung und viel zu dicken Reifen. Ich konnte meine Augen nicht mehr von dem Rad lassen und hoffte insgeheim, die Dame würde es mir vermieten, aber es war noch zu früh. Der Himmel zog sich zu, und sie wollte sich ihrem Thema zuwenden. Ich verabschiedete mich schnell, als ich sah, dass hier nichts weiter als ein paar Einsichten eines Wiedervereinigungsdramas zu holen war.

Ich buckelte meinen Rucksack, zog die Mütze tief ins Gesicht und warf mich gegen den Wind, der stark zugenommen hatte. Dem Wetterbericht nach zu urteilen, sollte es noch schlimmer kommen. Also machte ich mich beherzt auf den Weg nach Westerland, um dem nahenden Unwetter zu entgehen. Ich wollte schnell dort sein, eine gemütliche Stunde in dem Café, das gegenüber dem Kaufhaus Jensen lag, verbringen und mich danach unter die Hände eines Masseurs begeben. Herr Rüdiger hieß der Mann, oder vielleicht war es auch nur sein Vorname.

Fast wäre ich ins Cottage gerannt, um das zu klären, aber der Wind war dagegen. Ich warf mich voran, wollte mich spüren, so wie ich es als junger Mann getan hatte. Kämpferisch und frei von allen Pflichten. Jede Sekunde meines Alleinseins sollte mich an mich selber erinnern.

Mit derart kruden Gedanken stürmte ich über die Straße, als es heftig zu regnen begann.

Was für ein wundervoller Tag!

In der Straße, die zum Meer führte, knallte mir der Wind heftig ins Gesicht. Ich lief an schmucken Einfamilienhäusern vorbei, und der Wind wollte nicht nachlassen. Im Gegenteil, er stob links und rechts an mir vorbei und fuhr hinter mir zum Himmel empor, als wollte er mir Antworten auf ein paar Fragen meiner Jugend geben. Wo komme ich her? Wo wird es hingehen?

Ich stemmte mich so gut ich konnte voran und spielte mit dem Wind. Ein beinahe sechzig Jahre alter Mann und der Wind, der mich soeben wieder in Besitz genommen hatte. Eine Beziehung, an die ich schon nicht mehr geglaubt hatte.

Ich lief an sauber gefegten Einfahrten vorbei, an korrekt geschnittenen Rasenflächen. Es war noch Vorsaison, kein Gesicht ließ sich hinter den Fenstern blicken. Ich stürmte voran, so wie ich schon lange nicht mehr um die Häuser gestrichen war. Damals, als ich vor Lebenshunger nachts nicht einschlafen konnte, trieb ich mich um die Nachbarhäuser wie ein Dieb, sah mal hier, mal da in ein beleuchtetes Fenster und ging schnell weiter.

Als Sechzehnjähriger hatte ich mir eine behagliche, bürgerliche Familienwelt gewünscht. Ein sicheres, warmes Zuhause, in einer Familie, in der es keine Probleme gab. Ich dachte an ein Leben in Sicherheit und glaubte an meine Talente, die ich nur intuitiv erfasste, eher als Quelle, eine Energie, die ich von irgendwoher bekam, wie ein Lebensgeschenk. Ich wollte etwas aus mir machen, etwas Besonderes, das in mir geschrieben stand. Und die Leute, die in diesen Häusern am Abendtisch saßen und ihre kleinen und großen Sorgen teilten, wussten ebenso um diese Kraft, so dachte ich, und hatten alles längst erreicht. Sie waren frei von inneren Blockaden, Hemmungen und Problemen.

Diesen Unsinn glaubte ich sehr lange, viel zu lange.

Ich wollte so werden wie die, die ich im Grunde nicht kannte: reich, sicher und frei. Es war der Traum eines jungen Seemanns auf dem Weg nach Irgendwo. Um dann nach langer Fahrt als gemachter Mann wieder zurückkehren und sesshaft werden. So oder ähnlich plante ich mein Leben auf meinen nächtlichen Streifzügen. Von Rantum aus lief ich manchmal den langen Dünenweg bis nach Kampen, bloß um einen Blick in die beleuchteten Fenster der Reichen zu werfen.

Wie sagt Rilke: »Dich wundert nicht des Sturmes Wucht, du hast ihn wachsen sehn.«

An dem Morgen, an dem ich mich für meine Flucht entschied, hatte ich ein Paket voller Zweifel und Hoffnungen im Gepäck. Aber es war mir egal, ich pfiff darauf. Die Straßen teilten sich wie ein Strom, auf dem ich hinab in eine unsichere Zukunft fuhr. Das war in Ordnung, denn mit der Ungewissheit kannte ich mich aus.

Von einem Moment auf den anderen fühlte ich mich FREI! Frei von Zwängen, Verpflichtungen und dem Gepäck der Sorgen und Nöte meiner Ernährer. Jeder Sturm war mir willkommen. Ich besaß ja nichts, ich hatte nur mich. ES WURDE EINE GROSSE SACHE.

Mit einem Male war ich mir plötzlich nicht mehr sicher, ob es damals wirklich so gewesen war. In einem Laden entdeckte ich einen schönen, weichen, grauen Schal für achthundert Euro. Die Joppe, die er schmückte, kostete schlichte zweitausendeinhundert Euro. Himmel, durchfuhr es mich, es interessiert mich nicht, woran ihr zugrunde gehen werdet, gute Leute, wir werden es alle einmal, nur für manche von uns wird es billiger werden.

Am Ende des kleinen Weges, der die Hauptstraße von der Dünenlandschaft trennt, da, wo man wie durch ein Nadelöhr läuft, von Dünenrosen gepiesackt, lief ich wie Rilke heiter und ungebrochen, wie der geliebte Eichendorff und François Villon, die damals meine Wächter waren, und mein Herz schlug wild und laut. Ich fühlte mich auf der Erde wieder angekommen.

HÖRT, IHR PICKLIGEN JUNGS, hört einen alten Mann, der euch etwas Gutes mit auf den Weg geben will: Ihr, die ihr auf der Suche nach ETWAS seid, egal, welcher Haut- und Haarfarbe, schreibt es euch hinter die Ohren:

NUR DIE LIEBENDEN SIND FREI. ALSO REISST EUCH ZUSAMMEN UND CHECKT DAS WESENTLICHE!

Ich erreichte atemlos die Straße, die parallel zum Meer nach Westerland führt. Gerade in dem Moment, als ich zu den Häusern der Reichen hinübersah, flog ein Fasan auf, der im Gebüsch gehockt hatte. Ein prächtiger Vogel. Er breitete seine Flügel aus und versuchte hochzukommen, was ihm auch nach ein paar Versuchen gelang. Aber es war mehr ein unsicheres Gehoppel. Der Vogel war nicht geduldig genug. Immer wieder fiel er auf den Boden zurück, bis er aufgab. Schon bald war er wieder im Gebüsch verschwunden.

Für einen Moment blieb ich stehen. Ich hätte gerne mehr Zeit gehabt, ihm zuzusehen. So stand ich da, blickte etwas traumverloren zu den Häusern hinüber, die einsam in der Landschaft standen.

Als Zwanzigjähriger hat man nur sich selbst, dachte ich. Vielleicht ein paar Ratschläge und dumpfe Erfahrungen, aber meistens nur eine Ahnung von sich selbst. Man träumt und geht und lebt. Ich brauchte nichts weiter als diesen Rucksack mit Innerlichkeiten, nur ein paar Flausen und Wünsche. Meine Pläne für die Wirklichkeit waren die fernen Städte und Länder wie Nusa Dusa oder Marokko. Und diese grenzenlose Sehnsucht nach Liebe, nach der unbekannten Frau.

Es war nicht einmal elf, und der Wind hatte an Kraft noch zugenommen. Ich fühlte mich von der jodhaltigen Luft und meinen momentanen Freiräumen aufgewühlt. So sehr unabhängig in diesem Augenblick. Getrennt von Berlin und meinem üblichen Zeitverschwendermist, der mich dort täglich umgab. Von Zettel und unseren Telefonaten und dem Druck, dem täglichem Finanzspektakel.

Ich ging die Straße hinunter. So wie ich immer in Krisenzeiten über Straßen gelaufen war. Ein wenig geduckt, aber immer gegen den Wind. An Arbeitern vorbei, die in den Vorgärten das Restlaub zusammenharkten, an Joggern, die mich nicht grüßen wollten. An Männern in blassblauen Overalls, die mich misstrauisch bestaunten. Kampen schlief noch um diese Zeit, die arbeitende Bevölkerung war unterwegs. Männer mit hölzernen Gesichtern, Putzfrauen, die mit ihren Gerätschaften in den Häusern verschwanden, sie nahmen von mir keine Notiz. Hier grüßt dich niemand, dafür sind die Leute zu beschäftigt und gelangweilt. Und wenn, grüßt man im Vorbeigehen, so als grüße man den Wind.

»Windmills of my mind« – mein Lieblingssong fiel mir ein. Ich musste an Steve McQueen denken, der mit Dustin Hofmann so brillant in dem Film »Papillon« gespielt hatte. Wie leicht er sein Gefängnis akzeptiert hatte. Weil er sich seiner Freiheit sicher sein konnte. Wie viele

Fluchten er anstrengte und wie oft er scheiterte. Solange, bis ihm der letzte Schritt in die Freiheit gelang. Mir fielen eine Menge Freiheitsfilme ein, die ich als Junge gesehen hatte.

Ich lief, hielt meine Nase in den Wind, und der Regen rann mir von der Stirn. Heute früh hatte ich Maria angerufen. Ich sagte ihr meinen Namen, als wäre ich ein Fremder.

»Maria, ich bin es, Phillip.«

Sie hatte gelacht.

Maria lacht nicht oft, wenn ich sie anrufe. Sie hat nicht viel zu lachen, wenn wir telefonieren. Ich bin mit zu schweren Themen unterwegs. Wer kann da lachen? Aber jetzt lachte sie, weil ich das Kind gab. Die Kind-Mann-Spiele kannte sie von mir. Sie waren eine dumme Angewohnheit. Ich sprach dann mit einer anderen Stimme, legte sie etwas höher an und suchte nach Worten. Ich machte mich kleiner, als ich war, und hasste mich gleichzeitig dafür.

»Ich habe heute Nacht von einer Vespa geträumt, die kaputt war«, sagte ich. »Zwei Frauen waren in meiner Nähe und dann noch eine Dritte, die meiner Schauspielagentin aus grauer Vorzeit ähnelte.«

»Und?«, fragte sie.

»Nichts. Ich fand nur wieder mal meine Richtung nicht. Ich wollte im Traum nach Frankreich, war aber in Dänemark und wusste nicht mehr weiter.«

»Phillip«, sagte sie ernst, »es ist kaum zu glauben, aber du wirst deine Frauen immer behalten.«

Dann legten wir auf, erst Maria, dann ich.

Die Jeans spürte ich nicht mehr, in meinen Schuhen hatte sich das Brackwasser angesammelt. Ich nahm mir vor, in dem Wäldchen am Ende der Straße Halt zu machen, um in Ruhe dort mein Wasser zu lassen.

Unter einer Fichte fand ich Schutz und hielt Ausschau nach Schaulustigen, die mich eventuell wegen meiner Pinkelei verklagen könnten. Aber es war außer einem sturmerprobten Pärchen, das in ein paar Meter Entfernung an mir vorbeistob, niemand zu sehen.

Mit nassklammen Fingern öffnete ich meine Hose. Ein herrliches Gefühl, Wasser ging zu Wasser, es wollte nicht enden. Während mir der Regen über das Gesicht lief, pinkelte ich schier endlos gegen einen Baum. Ich blickte mich um, immer noch darauf bedacht, von niemandem entdeckt zu werden, aber alles blieb ruhig, nur der Wind bewegte die Äste der Kiefern und der Regen pladderte unaufhörlich auf mein gedankendurchschütteltes Haupt.

Ich musste an den guten, alten Eichendorff denken. Oh Wälder, Oh Tannen … und dann noch an einen sterbenstraurigen Abgesang an eine, die er als tot beschrieb. Das fiel mir ein, als ich mir die Hose zuknöpfte. Der Wind nahm zu, dass ich für einen Augenblick dachte, mich an der Tanne festhalten zu müssen.

In den Häuserschluchten, kurz vor Westerland, tobte der Wind besonders hart. Ich lief an den Siedlungen aus den sechziger Jahren vorbei. Kalte Häuserfronten, so weit das Auge reicht. Auf der Straße parkende Autos und treibendes Zeitungspapier. Nur nicht weiter nachdenken, nur treiben. Mit neunzehn ging ich manches Mal aus dem Haus, ohne zu wissen, wo ich abends landete. Nur, um mich keinem Reglement unterwerfen zu müssen. Ich lief einfach los. Stundenlang konnte ich so treiben, bei jedem Wetter.

Ich bog in die Fußgängerzone ein. Entweder man flieht

an den Strand, weil man allein sein will, oder man geht entschlossen zum Bahnhof, um sich dort für eine Weile aufzuwärmen. Ein Trebergesetz.

Als ich die Wartehalle vom Bahnhof Westerland betrat, war es schon später Nachmittag. Um mich ein paar Minuten aufzuwärmen, blieb ich vor der Anzeigentafel stehen und studierte die Zugverbindungen.

Es waren nicht viele Leute da. Ein Rentnerehepaar, das immer wieder besorgt auf die Uhr über dem Ausgang zu den Gleisen sah, eine junge Frau, die sich an einem Babywagen festhielt und traurige Augen hatte, und ein alter Mann mit seinem Hund.

Im angrenzenden Café brannte noch Licht. Eine Gruppe Bundeswehrsoldaten feierte das Wochenende. Am Eingang zu den Toiletten hingen ein paar Straßenkids ab, zwei Jungen und ein dickliches Mädchen. Ich nahm sie aus den Augenwinkeln wahr. Sie sahen furchtbar aus, waren betrunken oder auf einer anderen Droge. Sie hatten sich aus ihren Rucksäcken und Decken eine Insel gebaut, vor ihnen standen die obligatorischen Rotweinflaschen.

Der eine Junge schrie plötzlich: »Kommt vom Ficken.«

»Mir tut die Muschi weh«, schrie die Dicke und schnappte nach Luft. Sie hatte ihr Gesicht in der Schulter des Jungen vergraben und lachte aus vollem Herzen.

»Dann tu wat rinn«, schrie der Typ mit der Kapuzenjacke und versuchte immer wieder, an die beiden heranzukommen. Sie ließen ihn nicht und taten, als wären sie ein Paar.

Ich war ganz fasziniert von dem Spiel. Irgendwann hatten sie genug und sanken übereinander und tranken aus ihren Flaschen. Etwas kroch in mir hoch, was mir nicht gefiel. Ich wandte mich dem Kiosk zu. Ich kannte das, es fing immer so an, es kam aus heiterem Himmel, und dann war ich nicht mehr vorhanden. Irgendein Erlebnis löste das in mir aus; innerhalb kürzester Zeit verlor ich die Fassung.

Meistens hatte ich mich nach ein paar Minuten wieder unter Kontrolle, aber diesmal war es anders. Mir schwindelte, ich glaubte den Boden unter den Füßen zu verlieren, es war der totale Horror. Eine Einbildung, aber sie hatte es in sich. Meine Gedanken wurden immer düsterer.

Um mich abzulenken, ging ich in den Kiosk. Die Regale, das Licht, die sauber sortierten Zeitschriften und Magazine, die Ordnung tat mir gut. Wahrscheinlich hatten mich die Kids aus der Wartehalle so durcheinandergebracht. Ihre armseligen Klamotten, die unbeholfenen Berührungen, all das erinnerte mich an eine andere Zeit aus meinem Leben.

Ich ging von einem Regal zum anderen und heftete mich an die Titelseiten der Zeitschriften, um die Erinnerungen zu verdrängen. Es war nichts Konkretes, Bilder aus Berlin, die Zeit nach meinem Asientrip und davor. Meine ganze Fluchtgeschichte. Hanni und die Kumpels und die siebziger Jahre, alles waberte in mir durcheinander. Es war so, als würde mein Lebensfilm in rasender Geschwindigkeit an meinem geistigen Auge vorbeiziehen, als wäre ich auf Droge, deren Auswirkungen ich nicht mehr steuern konnte. So wie ich als Sechzehnjähriger Aufputschpillen konsumiert hatte. Das Ergebnis war damals ein trockener Mund, übergroße Pupillen und ein nicht enden wollener Gehirnsalat, und das alles über Stunden. Ich hatte mich aus der Hand gegeben. Noch Jahre später konnte ich in den verschiedensten Momenten dieses Gefühl des Verlorenseins spüren.

Ganze Nächte hatte ich in diesem Zustand verbracht. Bilder aus der Zeit, Hauswände, Straßenzüge und Gesichter schossen mir durch den Kopf.

In den letzten Jahren hatte ich nie Zeit gehabt, mein Leben in Ruhe zu betrachten. Wer macht schon gerne alte Rechnungen auf und sieht sich über Tage ins eigene Gehirn, wie Crump es in den Sechzigern gezeichnet hat? Seine Figuren glotzten sich ihre Gehirne wie eine Erdnuss an.

ICH WAR DAMALS NOCH MAL DAVONGEKOMMEN.

Die Zeitschriften sorgten dafür, dass meine Gespinste verflogen. Ich hatte keine Lust auf diese innere Einkehr. Ich bin Realist, dachte ich, bin es geworden. Kein Bock auf Gefühle. Die Lebensuhr gibt keine Ergebnisse, es gibt keine spätere Korrekturtaste.

Obwohl ich mir das klarmachte, war der Gedankenfluss nicht zu stoppen. Ich fühlte mich sauschlecht. Ich drehte mich um, es war sonst niemand da.

Hinter der Theke werkelte ein jüngeres Ehepaar herum. Er gab ihr die Zeitschriften hoch, die sie dann stapelte. Ich fühlte mich jedermann gegenüber fremd, wie von aller Welt verlassen. Jeder Mitreisende auf meinem Schiff hatte sich von mir verabschiedet. Die alten Verbindungen waren durchgeschnitten, No contact.

Ich fürchtete diese Momente, sie widerfuhren mir dann, wenn ich am wenigsten damit rechnete.

Ich weiß nicht, wie lange ich so vor den Zeitschriften stand. Nach einiger Zeit ließ das Gefühl der Verlorenheit nach, und ich wurde ruhiger. Ich sah wieder klarer.

Mich interessierte eine Schlagzeile aus einer Frankfurter Tageszeitung: »Rentner mit Sexpuppe unterwegs«.

Darunter war ein Foto eines Mannes auf seinem Fahrrad abgebildet. Er blickte gehetzt in die Kamera, unter seinem Arm klemmte eine Gummipuppe. Augenscheinlich verließ er fluchtartig die Tankstelle, an der er die Puppe aufgeblasen hatte.

»Mann lässt Sexpuppe aufblasen und rast davon, ohne zu zahlen.«

Die Geschichte gefiel mir. Der Mann, die Puppe, die er unterm Arm hielt, das Fahrrad, seine Flucht. Ich nahm die Zeitung aus dem Regal.

Hanni fiel mir ein, Hanni, mit ihrem Puppengesicht, so freundlich und kindlich. Auch das Mädchen aus der Wartehalle hatte so ein Gesicht. Mal abgesehen von den Haaren, die sie mit Teer und Öl verhunzt hatte.

Ich schlenderte an den Regalen vorbei, es tat mir gut.

Das Gesicht des Mädchens, ihr Lachen, ihre ungezähmte Wildheit, die Art, wie sie sich den Jungen hingab, das alles ähnelte Hanni.

Ich stand, als suchte ich in den Zeitschriften nach einer Antwort auf Fragen, die ich mein Leben lang mit mir herumgetragen hatte.

Hanni hatte mich damals aufgenommen, als ich in Dreilinden angekommen war, zerlaust, abgebrannt, ohne eine PUSERATZE, mit nichts als mir selbst.

»Phil, du kannst bei mir wohnen, so lange du willst«, sagte sie, mehr nicht.

Ich hatte es so gehofft, ich hatte in der Telefonzelle fast vor Freude und Traurigkeit gekotzt. Ich hatte ihr meine Gefühle nicht gezeigt, aber Hanni stellte keine Bedingungen.

Wäre ich nach Hause gegangen, wäre ich niemals zu mir gekommen. Sie hätte mich gefesselt, sie hätte mich gezwungen zu bleiben. Ich weiß das heute.

Noch am selben Tag zog ich bei Hanni ein. Sie wohnte

in Neukölln, in Rixdorf, es war Mai, die Bäume schlugen schon aus. Alle Welt trug lange Haare.

Ich drehte mich zum Tresen. Das Ehepaar war noch immer mit den Neueingängen beschäftigt. Ich legte das Geld auf den Tresen und wartete, bis die Frau für mich Zeit hatte. Sie gab mir das Restgeld, und beide wünschten mir einen schönen Abend. Ich dankte und ging hinaus.

Als ich die Bahnhofshalle durchquerte, waren die Kids verschwunden. Im Café brannte kein Licht mehr.

Auf der Straße schlug mir die kalte Winterluft ins Gesicht. Es war stockdunkel, obwohl es erst früher Abend war. Ich schlug den Kragen hoch und lief über den Bahnhofsplatz bis zur Fußgängerzone. Eine Menge Leute waren unterwegs.

Im Pulk wartete ich geduldig, bis die Ampel umschaltete. Ich fror, die Wärme der Bahnhofshalle steckte noch in mir, und mein Erinnerungsfilm begann eine andere Qualität zu bekommen. Ich fühlte mich sogar beschwingt, inmitten der Leute, von denen die meisten Plastiktaschen trugen und leere Gesichter hatten. Ich fühlte mich frei von allem Druck und Stress der letzten Wochen.

In Berlin hätte ich mir eine Straße gesucht, um allein zu sein, einen Park vielleicht, ein leeres Kaufhaus. Hier genügte mir eine Fußgängerstraße und Leute, die mich nicht an etwas Unangenehmes erinnerten. Mit jedem Schritt, den ich weiterging, erinnerte ich mich an Hanni. Es ist eigenartig, man kann an den Läden vorbeiflanieren, sich selbst im Spiegel eines Schaufensters sehen, unter den Leuten und doch allein sein.

Wenn sie nicht gewesen wäre, wäre ich damals immer so weiter über Land und Straßen gezogen. Nicht so verloren wie die Kids aus der Bahnhofshalle, ich wäre mutiger gewesen, aber wie sie hätte auch ich die Straße einem bürgerlichen Leben vorgezogen.

Ich war nerviger, vitaler als diese Kinder. Asien hatte mich gefestigt. Wer das einmal hinter sich gebracht hat, kommt nicht mehr so schnell um. Ich wäre vermutlich nicht bei jeder Frau untergeschlüpft, aber wer weiß das schon im Nachhinein? Ein Bett, eine Scheibe Käse, etwas Schwarzbrot, das reichte mir für das Zuhause, das ich damals suchte.

Im Grunde wollte ich mich nicht binden. Ich war wie alle meine Kumpel, versessen auf Zärtlichkeiten, aber nicht auf kleinbürgerliche Fesseln. Ich besaß einfach die besseren Karten als die Kids aus der Bahnhofshalle. Ich hatte schulterlange Haare, war schlank, trug indische Schlabberhosen und ein lila Indienhemd. Mehr besaß ich nicht, aber es war genug, um neu zu beginnen.

I CAN'T GET NO SATISFACITION. Den Stones-Titel hatten wir in der Nacht gesungen. Ich hatte mich neben einem Typen an den Bordstein gehockt, und der Typ hatte zur Gitarre gespielt. Hanni war noch in ihrem Hutsalon, ich hatte also noch Zeit, und der Typ neben mir spielte ganz gut. Er trug eine speckige Lederjacke und zerfranste Jeans. Ich wusste, dass er auf Speed war, ich sah es an seinen Augen, außerdem hatte er Schorf an den Mundrändern. Er war ein STERBENDER, irgendwie stand ihm der Tod im Gesicht.

Ich hatte keine Angst vor ihm, ich kannte mich mit Fixern aus. Ich hatte Monate mit Strichern und Trebern verbracht. Ich kannte ihre zeitlupenartigen Bewegungen, die sie machen, wenn sie satt waren, und die wirren Sprüche und den gebrochenen Blick.

Wir saßen am Rinnstein, der Typ spielte den Stones-

Titel, und ich sang leise mit. Ich sang selten damals, ich war viel zu scheu, um auf der Straße neben einem Straßenläufer zu hocken und einen Song zu singen. Obendrein hatte ich überhaupt keine Singstimme, und die Stones waren mir eher verhasst, aber ich konnte mir die Zeit vertreiben. Seit dem Telefonat mit Hanni hatte sich alles für mich verändert. Ich fühlte mich wie auf Wolken, ich wusste, dass ich ab sofort eine Bleibe für die nächsten Tage und Wochen haben würde und der Typ neben mir eben nicht. Ich hatte keine Gewissenbisse damals, die kamen erst später, als es mir besser ging. Ich war viel zu gut drauf, als mich weiter mit den Problemen anderer zu beschäftigen. Der Typ war der Typ Marke »Eher nicht«, und ich war einer von der Sorte »Eher doch«. Das war der ganze Unterschied.

Vor der ehemaligen »Norberts Boutique«, die längst einen anderen Besitzer hat, blieb ich für einen Moment stehen und sah mir die Auslagen an. Sie boten Sachen aus dem Winterschlussverkauf, Pullover, Lederjacken, schicke Schuhe. Vor vierzig Jahren wäre ich von dem Zeug völlig unbeeindruckt gewesen. Jetzt sah ich mir die Sachen aus Gewohnheit an. Im Grunde liebte ich damals nur Einzelteile, Ledergürtel, Lederjacken, Stiefel aus spanischem Leder.

Ich lief gegen den Wind, die Hände in den Taschen meiner Joppe vergraben, den Kragen hochgeschlagen. Der Wind kam immer noch vom Meer, die Luft schmeckte salzig. Ich wollte am Hotel Miramar vorbei und zum Strand hinunter.

Nach einer Stunde war ich zu Hanni hochgerannt. Sie hatte mich auf der Straße nicht bemerkt, war an mir vorbeigelaufen und wartete auf mich. Wir begrüßten uns, als hätten wir schon ein Leben miteinander geteilt.

Ich war ZU HAUSE ANGEKOMMEN, ich spürte es sofort. Die kleine Diele, das Zimmer, das Hochbett und die winzige Küche. Es war nicht viel, was Hanni an Dingen besaß: ein paar Möbel von der Straße, ein Schrank, ein Bett im anderen Raum. Es war fast nichts, aber es war ihr Zuhause, und für mich sollte es meine Insel sein.

Als ich die Tür hinter mir schloss, begann für mich ein neues Leben – von einem Moment auf den anderen.

Ich nahm kaum noch die Leute um mich herum wahr. Mir fielen die Beatnik-Schreiber Kerouac, Theraux, Ginsberg und Miller ein. Wegen Chatwin war ich nach Asien geflohen, wegen Ginsberg hatte ich gekifft, wegen Dylan meinen ersten Rimbaud gelesen.

Wenn man unterwegs ist, immer auf der Straße, braucht man Leute, die einem sagen, dass es nicht falsch ist, zu suchen und arm zu sein. Bloß weil man müde und verhungert ist und scheinbar ohne Ziel. Diese Schreiber waren damals lebenswichtig für mich gewesen. Das waren Treber wie ich, Typen, die nach etwas suchten, etwas Unbestimmtem. Nicht nur Love und Peace, das waren ernsthafte Leute.

Ich bemerkte, dass ich mehr und mehr wieder in meinem alten Gefühl der Verlorenheit versank. Hätte mich in diesem Moment ein Passant angesprochen, ich wäre ihm vorgekommen WIE AUS DER WELT GEFALLEN.

Im Hotel Miramar brannte Licht. In den oberen Etagen warfen die Fernsehgeräte ihr mattblaues Licht in die Fenster.

Es gab Zeiten, da wäre ich am liebsten hineingegangen, hätte mir ein Zimmer für die Nacht gebucht und zu

Abend gegessen, nur um mich allein unter Menschen zu fühlen, die zusammengehörten.

Ich musste höllisch aufpassen, um nicht hinzufallen. Die Stufen der Treppe zum Strand waren nass und glitschig, aber noch nicht gefroren. Ein Sprung und ich war unten. Als meine Füße den gefrorenen Sand berührten, waren alle meine Grübeleien verflogen.

Vor mir im Halbdunkel lag das Meer. Der Wind fuhr mir ins Gesicht, die Luft war seltsamerweise warm. Ruhig kamen und gingen die Wellen und warfen silberne Schaumfetzen in den Himmel. Über mir am Himmel stand ein Stern, ein Lichtblick, der mir vertraut war, sooft ich an irgendeinem Strand auf der Welt übernachtet hatte. Kein Mensch war zu sehen, es war wunderbar still. Nur das Plätschern der Wellen klang zu mir herüber.

Ich stand so ein paar Minuten und starrte in den Himmel. Dann holte ich tief Luft und begann zu laufen. Erst zögernd, dann immer schneller. Ich jagte den Strand hinunter, ich galoppierte wie ein Füllen und fühlte mich um Jahre verjüngt.

Der Duft der Frauen

Ich liege auf dem Rücken im Salzwasserbecken des Wellenbades. Das Wasser ist lauwarm, ich fühle mich wie ein Baby im Mutterleib. Eine kindliche Angewohnheit, die ich mir bis heute bewahrt habe, mindestens einmal am Tag in warmem Wasser zu baden. Hier kann ich schwimmen, hin- und herschaukeln, untergehen oder einfach nur so treiben.

Das Bad hat aber unterschiedliche Öffnungszeiten, die ich mir niemals merken werde und Anlass zu freundlich gemeinten Auseinandersetzungen mit der Frau an der Kasse geben.

An der gesamten Decke haben sie einen Spiegel angebracht. Ich sehe einen Mann, der sich rücklings an der Haltestange festhält und unbeholfen mit den Füßen paddelt, um nicht abzutreiben. Dieser Mann bin ich. Ich erkenne mich an meinem hochroten Gesicht. Ich bin sehr ernst, meine Mundwinkel weisen nach unten, und das Haar hängt in Strähnen auf meiner Stirn. Mein Bauch ragt wie der Unglücksberg, den die Titanic rammte, aus dem Wasser.

Ich kann keinen Zusammenhang mit dem jugendlichen Mann in mir bringen, den ich in Erinnerung habe. Der Spiegel muss sich irren; ich sehe jünger aus. Vielleicht haben sie absichtlich einen Zerrspiegel an der Decke angebracht, um uns zu noch härteren Diäten anzustacheln. Meine Füße kann ich nirgendwo sehen. Ich fühle mich, als wäre mein Körper nicht mehr bei mir. Der Kopf schon, auch die Hände, aber alles andere nicht. Ich bin mir fremd geworden. Ein eigenartiges Gefühl, nicht unschön, nur eigenartig. Ich scheine meine letzten Kräfte aufgebraucht zu haben. Wie könnte ich sonst einer Wasserleiche ähneln, die rücklings im Hafenbecken treibt?

Heureka, ich bin am Ende, es kann alles nur besser werden.

Ich bin nicht einmal erschreckt über meine Masse Mensch, ich habe mich längst an mich gewöhnt, was eine Lüge ist, ich wäre immer noch gern ein Anderer. Trotz der Erkenntnis meiner Endlichkeit oder vielleicht gerade deshalb will ich immer noch den Sinn des Lebens erfahren. Warum DES LEBENS? Warum nicht MEINES, warum geistere ich um diesen Punkt herum wie ein Schiffbrüchiger?

Ab heute bin ich Insasse eines Kurbetriebs und in den Händen gutwilliger Wächter, die mich zu neuem Leben erwecken wollen. Es gefällt mir, die Dinge so zu sehen. Vielleicht liegt gerade in der Einsicht der Sterblichkeit der Sinn des Lebens. Der Tod sozusagen als Quelle allen Daseins. Eine kolossale Erkenntnis!

Schwungvoll stoße ich mich von der Haltestange ab und treibe bis in die Mitte des Bassins. Bewegung bringt nicht immer Gewissheit, aber man spürt seine Kräfte wieder. Früher oder später widerfährt es jedem von uns. Sam Beckett hatte recht: »Wir gebären rittlings über dem Grabe.«

Man solle eine Beziehung zu sich selbst herstellen, sagte die Frau in der Kassenhalle. Was sich als absolute Kampfansage herausstellt, sobald man wie ich mit sich im Streit ist. Was soll ich hier eigentlich? Kann ich noch mal von vorn beginnen?

Ist da eventuell jemand, der mir am Ende der Plackerei ein Zeugnis ausstellt? Wer übernimmt die Verantwortung, wenn ich wider Erwarten an meinen kläglichen Bemühungen scheitern sollte und wie jede Kreatur einfach nur sterbe? Früher oder später? Wer vergibt Sicherheiten? Mein Masseur, mein Arzt?

Schnaufend erreiche ich die Mitte des Bassins. Das Wasser ist herrlich, es trägt mich, es ist erstaunlich, ich hatte die Hoffnung aufgegeben, ich fühlte mich zu schwer, zu beladen. Ich werde jetzt eine Weile so im Wasser herumliegen und mich dieser Kraft überlassen. Meine private Krankenkasse brauchte Jahre, um meine Abgaben für meine Bühnenschinderei in ein paar lausige Massagen und Fangopackungen zu verwandeln. Was ist dabei herausgekommen? Eine finanzielle Beteiligung, aber ich erwartete SICHERHEITEN.

Der Krater, in den ich jetzt jeden Tag schaue, hat einen Namen: Phillip Kaufmann.

Das Wasser trägt mich – eine wunderbare Erfahrung. Ich sehe den Mann im Spiegel über mir an der Decke. DAS BIN ICH. Ich brauche eine Zeit, um mich wiederzuerkennen. Narzissmus ist das nicht. Ich kenne genug alte Männer, die sich die Haare färben und dennoch den Spiegel meiden. Sie kriechen in die Bewunderung junger Mädchen hinein, sie sabbern vor Eitelkeit, sie denken, so würden sie nicht altern.

Wenn ich mich derart distanziert betrachte, kommt mir der Vergleich mit einem Frosch, der mir von der Decke zusieht.

WER GLOTZT HIER WEN AN?

Das Bühnenleben hat mich versaut. Es versaut jeden. Man spiegelt sich in einem imaginären Publikum. Jeder einigermaßen gute Schauspieler kann Reaktionen provozieren. Lachen, Weinen, Staunen. Jeder Schauspieler will in erster Linie gesehen werden, dafür lohnt sich die Strampelei. Die meisten kennen alle Tricks. Gestikulieren, laut sein, flüstern, staunend in die Ferne blicken, dem eigenen Blick folgen, scheinbar teilnahmslos an der Rampe stehen, stottern, stammeln, um die Weisung, die Aufgabe unablässig zu betonen. Bescheiden sein, dankbar und unvollkommen mit Worten, die man nicht spricht, die man nur als Subtext über die Rampe schickt. Halt machen, plötzlich in der Bewegung verharren, dann wie irre umherrennen oder einfach nur da sein, vorhanden sein, in der Bescheidenheit der Figur, die man vorgibt zu spielen, das aber mit den Gesten demutsvoller Anwesenheit konterkarieren.

Irre ist ein Wesenszug, den man bei Schauspielern am wenigsten durchschaut, er lässt fast alles an Spiel möglich werden.

»Du spielst wie ein Kretin«, sagte Kurt einmal vor der Premiere eines Shakespeares zu mir. Ich war ein blutiger Anfänger. (Was heißt in diesem Zusammenhang eigentlich blutig?) Er erinnerte mich daran, dass ich den Blick eines Kretins hätte. Er sagte es wie nebenher, nur diesen Satz.

ICH HABE JAHRE GEBRAUCHT, UM MICH VON SEINER EINSCHÄTZUNG FREI ZU MACHEN.

Es gibt Schauspieler, die das Spiel nicht mehr vom Leben trennen können. Das Kind lebt scheinbar mit. Sabbernd hängen sie an den Lippen eines Übervaters, um irgendwann, wenn der Meister sie ablehnt, fallenlässt oder anders zugrunde richtet, diese Gekränktheit ins Leben zu tragen.

Es gibt viele Gründe, einen Schauspieler zu demütigen. Letztendlich entscheidet das Publikum, was mit dem Schauspieler zu geschehen hat.

Ich hatte Kollegen, die kamen nie von dieser Einstellung frei. Eine Vierzigjährige mimte das unschuldige Mädchen, bis man sie in eine Klinik einliefern wollte. Überhaupt unschuldig sein, ein Kind zu sein, mit den Augen rollen, kindisches Beben der Unterlippe, Ausbrüche, Wahnvorstellungen, Flüstern, plötzliches Aufbegehren und Schreien.

Fast alle Schauspieler wenden dieses Pathos an, wenn sie nicht mehr weiterkommen. Die wenigsten befreien sich von den Manierismen, geben alte Gesten und Haltungen auf und riskieren sich. Ich habe viele Jahre damit verbracht, das Kind vom Manne zu trennen, um glaubhaft bei den Leuten als der anzukommen, der ich wirklich in der Rolle bin. ABER OB ES MIR AUCH GELUNGEN IST?

Wasser sickert in meine Ohren, ich höre ein Plopp, Plopp. Ich bin an sich ein scheuer Mensch, wie alle guten Schauspieler. Auch Marlon Brando war es. Scheu, schön und in der inneren Haltung unantastbar. Nach außen fast ein Dandy, ein Kindmann. Als er fett wurde, als er sich den Leuten verweigerte, konnte man es am besten beobachten: Er war einer, der wirklich spielte. Ihm war es egal, von wem er dabei beobachtet wurde. Er spielte für sich. ODER FÜR WEN? Sie schrieben schlimme Dinge über ihn, als er eine Million Dollar für eine kurze Sequenz in »Superman« verlangte. Ich hatte Verständnis dafür. Wenn sie ihm das Fett abglotzten, sollten sie auch dafür zahlen.

Ich drehe eine weitere Runde, das Wasser trägt. Ich hätte in Detmold den Lear spielen können, sie hatten mir ein Angebot gemacht, aber Zettel gab die Verhandlungen auf, nachdem ich Zweifel an dem Vorhaben geäußert hatte.

Was in aller Welt soll ich in Detmold? Wer will noch Shakespeare sehen? »Wir brauchen Geld«, hatte sie theatralisch gerufen. »GELD, verstehst du das, Phillip, UNMENGEN GELD, um dein Minus auszugleichen.«

Zettel ruft immer mit einer viel zu hoch angelegten Stimme. Sie ruft durch das Handy hindurch, weit über mich hinweg hinaus in die Welt. Alle Frauen rufen in die Welt, bitten um Geld und um Freiheit. Es ist eine Mär zu glauben, dass Frauen sich in erster Linie vom Mann befreien wollen. Es gibt unter ihnen genauso viele Idiotinnen, wie es unter Männern Idioten gibt. Frauen wie Zettel rufen immer, und der Mann, gebauchpinselt in seiner Rolle als Alphatier, horcht auf, und meistens antwortet er ihr. Wenn er keine Antwort mehr parat hat, ist er als Mann so gut wie tot. Ich gebe immer Antwort.

Manchmal klingt Zettel, als meckere eine Hyäne. Ich las einmal, dass Hyänen sich durch ein lachartiges Geräusch verständigen, wenn Gefahr durch Löwen in Anzug ist, wenn sie sich die Beute teilen oder man Abstand halten solle.

Sollte das bei Zettel so sein, DANN VERSTEHE ICH IHREN CODE NICHT.

Es ist mir bis heute nicht gelungen, sie zu einer tiefer angelegten Stimme zu bewegen. Zettel und ich haben uns geeinigt, nicht mehr in diesem Ton über Detmold zu sprechen. Am besten überhaupt nicht mehr – sie willigte ein.

Was fehlt mir wirklich? Noch vor Wochen fühlte ich mich unfähig, überhaupt eine Lebensentscheidung zu treffen. Ich hatte einen Tiefpunkt erreicht. Hätte ich Detmold angenommen, hätte ich auch bei den Karl-May-Festspielen in Bad Segeberg spielen können. Was ist da schon für ein Unterschied: König Lear oder Winnetou? Ich hätte mich in beiden Fällen nur verschlissen und künstlerisch aufgegeben. Es hängt alles von der Inszenierung ab. Schauspieler geben alles, nur um von irgendwem gesehen zu werden, auch im Alter. Da hat sich auch bei mir nichts verändert. Zettel sieht das nur das Geld, aber die Inszenierung? Mein Gott.

Als mir der berühmte Schauspieler Bernhard Minetti einmal im Berliner Schiller-Theater auf dem Gang zur Bühne die Hand gab, ahnte ich, was mir in meinem Leben bevorstand: vom Kind zum Greis, und das mit Volldampf.

Er saß am Bühneneingang, alle mussten an ihm vorbei. Minetti war kurz vor hundert, hatte klare, wache Augen, falsche Zähne und weißes, schütteres Haar. Es ging ihm ganz passabel mit seinem Körper.

»Machen Sie es gut«, raunte er mir zu. »Aber machen Sie es auch.«

Ich habe lange Zeit über diesen Satz nachgedacht und bin erst spät zu der Erkenntnis gelangt, dass nicht immer alles in meiner Macht steht zu entscheiden. Ich stand in erster Linie unter Druck, alles richtig machen zu wollen, sogar die schlechten Sachen.

Ohne Anstrengung erreiche ich die Mitte des Beckens. Das Wasser trägt mich immer noch. Selbst wenn ich untertauche, scheine ich nicht völlig unterzugehen. Eine fabelhafte Erkenntnis.

Der Mann über mir an der Decke macht mir nicht mehr so viel Angst. Wenn man so oft wie ich auf der Bühne steht, verliert man sich schnell aus den Augen. Alle Menschen werden mit der Zeit runzlig, das ist der Lauf der Dinge, aber bei Schauspielern sieht man es als veränderbar an. Sie stehen den Menschen Tag und Nacht zur Verfügung. Autoverkäufer müssen das nicht. Die haben maximal drei bis fünf Kunden am Tag, tragen eine Maske, die sie beliebig aufsetzen, und sprechen einen überschaubaren Text. Schauspieler müssen echt sein, Verkäufer brauchen nur so tun als ob. Wir arbeiten noch am Text, wenn normale Menschen schon zu Bett gegangen sind. Wir geben ALLES, wir leben und sterben Tag für Tag neu. WEIL KÜNSTLER DEN TOD IN DAS LEBEN EINBEZIEHEN. EIN AUTOVERKÄUFER MUSS DAS NICHT!

Ich treibe wie ein Wal im Wasserbecken meiner ungeheuren Erkenntnisse. Ich brauche nur mit den Händen zu paddeln, schon treibe ich zur anderen Seite der Schwimmhalle hinüber. Oder sollte ich besser sagen: Badeanstalt. Das klingt distanzierter.

Ich habe seit ein paar Tagen zu allem hier eine gewisse Distanz gewonnen. Zu den Therapeuten, den Ärzten, zu den Pflegern und den Frauen in der Kassenhalle. Nur nicht zu den Masseuren und Masseurinnen. Die sind meine Verbündeten, und ich habe nichts gegen eine intime Nähe, die notwendig ist, um behandelt zu werden. Ich könnte also ohne weiteres Anstalt zu dem gesamten Kurbetrieb hier sagen, wenn die Räume und Anlagen nicht so wunderbar ausgestattet wären, die Liegen, die mosaikbesetzten Springbrunnen, die dezenten Fototapeten.

Vor der Scheibe jagen die Wolkenfetzen vorbei wie Zeitungen im Windkanal. Es stürmt, was für die jetzige Jahreszeit auf der Insel nicht ungewöhnlich ist. Ich registriere die Naturgewalt, nehme sie wahr, aber sie interessiert mich nicht wirklich. Ich bin auf Kur – ich darf das.

Aus den Augenwinkeln beobachte ich zwei Frauen, die sehr schneidig durch die Schwimmbahnen toben. Offenbar sind sie Mutter und Tochter, ihr Schwimmstil gefällt mir. Wenn sie in Rückenlage schwimmen, heben sich bei der Jüngeren die Brüste wie zwei Karamellpuddings aus dem Wasser. Bei der Älteren sind es eher Wanderdünen. Sie stehen ihr gut, die Ältere wirkt jünger neben ihrer Tochter, die älter erscheinen will. Vier Brüste auf dem Weg von einem Beckenrand zum anderen. Es sieht vollkommen aus, wie sie sich emporheben, um wieder im Wasser verschwinden. Ich kann meinen Blick nicht mehr von ihnen lassen.

Außer den beiden Frauen, die augenscheinlich Amerikanerinnen sind, gibt es noch zwei Greise, die ihnen immer wieder den Weg verstellen. Es sind Zwillinge, weit über neunzig, kahlköpfig, mit Vogelgesichtern. Und es gibt noch eine sehr dicke Frau auf der anderen Seite, mir direkt gegenüber, am Beckenrand. Sie sitzt schon seit Stunden dort und strickt unermüdlich an einem Schal oder Pullover. Im Moment sieht sie mit bösem Gesichtsausdruck zu mir herüber.

Mein wässriger Blick folgt den Amerikanerinnen. Sie ziehen schon das zehnte oder zwölfte Mal an den Greisen vorbei, die ihnen japsend ausweichen. Einer von den beiden Alten wird heute sterben, denke ich und drehe eine Pirouette. Das heißt, ich drehe mich einmal um mich selbst und bleibe dann mit dem Gesicht nach unten liegen.

Irgendwo unter mir beginnt das Nichts, ich halte die

Augen geschlossen und genieße es, ohne jede Verbindung zum Rest der Welt zu sein. Es ist so schön still unter Wasser.

Ich öffne die Augen. Alle sind noch da. Die Amerikanerinnen, die Zwillinge, die dicke Frau auf der Liege. Ich schüttele mich ein wenig, wie es die Profischwimmer tun, das Wasser fliegt mir um die Ohren. Ein Zwillingsgreis geht erschöpft an Land, er muss sich am Geländer hochziehen und trottet herum.

Ich lege mich wieder in Rückenlage und paddele mit meinen Füßen, die ich mir wieder zurückerobert habe. So halte ich mich eine Weile am Beckenrand fest und überlege, das Wasser ebenfalls bald zu verlassen. Es sind dies die einzigen Pläne, die ich momentan mache: festhalten, loslassen.

Bianca, das kräftige Mädchen aus der Massage, hatte mir vorhin ein paar wertvolle Tipps für die Reinigung meines Geistes mit auf den Weg gegeben. Wir nahmen eine Ganzmassage. Das heißt vom Kopf bis zu den Füßen. Wir unterlegten mich mit einem Fangokissen. Bianca sagte immer WIR, was mich erst verwirrte, dann aber beruhigte, nicht wie das WIR von Zettel. Das Kissen war derart heiß, dass es mir fast den Rücken verbrannte.

Bianca war müde, aber als ich mich in ihre Belange mischte, nachfragte, was sie auf der Insel tue und wie sie lebe und was sie esse, wurde sie wach.

Sie komme aus Heidelberg, erzählte sie. Ob das Stadttheater noch bestehe, fragte ich. Das wisse sie nicht, weil sie ja nie ins Theater gehe. Dass sie hier in Westerland in dem einzigen Kurheim wohne und es ihr gut gefalle und sie zuversichtlich sei, was ihren weiteren Lebensweg betreffe.

Ich riet ihr, diesen Lebensweg so und nicht anders zu gehen, und fühlte mich im gleichen Moment zwar alt, aber ebenso vernünftig und besonnen. Für einen Moment war ich etwas stolz auf mich. Ich hatte einem jungen Menschen einen Rat gegeben, und sie dankte es mir. Ich fühlte mich gut in meiner Haut, obwohl ich immerfort auf ihre Titten schielte, sobald sie wieder an meinen Füßen arbeitete, und ich mich auch prompt dafür verurteilte.

Bianca und ich verstanden uns prächtig. Obwohl sie mich noch nicht zu meiner Bühnentätigkeit fragte, hatte ich nicht das Gefühl, ihr unbedingt davon erzählen zu müssen. Ich stellte mir eine Zusammenkunft in ihrem Studentenheim vor, sobald ihre Hände an meiner Taille abwärtsglitten, und erschrak gleichzeitig über meine Naivität. Was sollte ich mit einer Zwanzigjährigen in einem Studentenheim?

Je länger man in einem Salzbad liegt, desto leichter fühlt man sich, eine ungeheure Erkenntnis, wie ich finde. Mein Rücken schmerzt nur noch in Einzelteilen, was ich als Heilungsprozess empfinde. In Berlin fühle ich mich oft wie eine einzige Wunde. Kann Nacken und Rücken nicht mehr unterscheiden, bin ausgelaugt. Ich komme einfach nicht heraus aus mir. ES IST FURCHTBAR.

Auf der Bühne ertrage ich mich, wie ich wirklich bin oder es zumindest vermute. Rilke hilft mir, die Rückenschmerzen, die mich wohl an etwas erinnern sollen, für ein paar Stunden zu vergessen. Auch bei Hesse löse ich mich von allem Übel, obwohl es bei Hesse schwerer geht, er ist in seinen Gedichten sehr unkonkret. Man kann sich schwer an Hesse festmachen, mit Rilke geht es besser, da vergesse ich ganz und gar, was mich bedrückt, und fließe dahin, wie in einem endlosen Strom.

Ich spüre immer noch den Druck von Biancas Händen auf meinem Rücken. Ich habe auf jeder Lesereise Dutzende Frauenhände auf meinem Körper erlebt, mal zarte, mal harte. Ich habe diese Berührungen alle genossen. Der Druck einer Hand und der Geruch eines Körpers waren für mich ausschlaggebend. Es gab Hände, die ich nie vergaß.

Es gibt auch Gerüche, an die ich mich noch erinnere. Starke Düfte wie Tabak, Moschus, herbe, dunkle, weiche oder strenge Düfte. Manchmal war es der Dunst einer drallen Frau, die einen arbeitsreichen Tag hinter sich hatte, dann wieder war da eine, deren Brise mich wie ein Frühlingswind umgab. Mal ein Geruch wie aus salziger See, mal der Duft einer Sumpfrose.

Bianca riecht, wie Hanni roch, nach Erde, nur dunkler. Ihre Aura war dunkel, eben wie ein Brunnen. So kommen Farbe und Gerüche zusammen, es ist phantastisch, Frauen können in Farbe riechen.

Sobald mich die Hand einer Frau berührt, wittere ich ihren Charakter wie ein Hund. Ich suche durch ihre Hand hindurch nach ihrem Wesen, ihrer Eigenart, nach ihrer Seele. Ist sie eine Polizistin, eine Kannibalin, ein Reh, eine Kuh? Will sie Dienerin sein oder über einen Mann herrschen? Eine Berührung reicht mir, und ein Bild entsteht.

Bianca ist eine junge Marone im Salzmantel. Brünett und füllig, mit imposanten Titten und einem breiten Hintern, der sich durch ihren Kittel wie zwei Bowlingkugeln abhebt. Sie riecht nach Wildkastanien und Weihnachtsmarkt.

So viele Masseurinnen ich auf meinen Lesereisen quer durch die Republik erlebte, nie erinnerte ich mich später an ein Gesicht. Selten an einen Namen, noch weniger an eine Stimme. Nur wie eine roch und sich ihre Hände anfühlten, das blieb.

Ein Geruch kann bleiben, kann in den Kleidern haften, der Druck einer Hand kann sich für immer einbrennen wie ein Muttermal. Bis auf Maria darf mich im Moment keine Frau außer einer Ärztin oder Masseurin berühren. Ich gerate ins Schwärmen, denke ich an Biancas Hände.

Meine Arme sind wie Flügel ausgebreitet, ich halte mich zwar noch an der Stange fest, lasse sie aber schon viel öfter los. Dazu bewege ich nicht einmal meine Füße, ich schwebe. Die Frau in der Kassenhalle hatte recht, es tut gut, mit sich selbst Kontakt aufzunehmen.

Ich muss an Al Pacino denken. Er brillierte 1992 in »Der Duft der Frauen«. Es war das Remake eines alten italienischen Films aus dem Jahr 1974. Pacino war wunderbar.

Ich muss lachen, es ist gut, dass ich nicht schwul geworden bin, dass ich noch immer Interesse an Frauen habe. Ich las bei einem Franzosen, dass er den Frauen entgegenlief, nur um sie zu riechen. Ein Zauberer auf den Spuren seiner Leidenschaft.

Die Brüste der Amerikanerin, die vorbeischwimmt, erinnern mich an meine Kindheit. Meine Mutter hatte wunderschöne Brüste. Die wenigsten Männer sprechen über ihre Mutter. Es ist eine Grauzone, kein Mann lässt sich gerne in seine Karten schauen.

Meine Mutter badete mich täglich in einer Schüssel aus Blech. Der Anblick ihrer Brüste, die über meinem Kopf hingen, brachte mir inneren Frieden. Schwenkte sie mich von einer Seite auf die andere, war ich augenblicklich glücklich. Ich war beseelt von ihren Händen, dem

Duft ihrer Haut und ihrem aufreizenden Lachen. Ich war ihr Prinz und konnte über sie verfügen. Es war wie im Paradies: füttern, baden, schlafen, kacken.

Ich habe später viele Versuche gemacht, dieselbe Befriedigung bei anderen Frauen zu bekommen, aber es ist mir nie gelungen. Entweder waren diese Frauen nicht stark genug, oder es lag an der Form ihrer Brüste, der Größe der Wanne oder der Wassertemperatur. ES WAR NICHT MEHR DASSELBE.

In den Augen meiner Mutter war ich immer außergewöhnlich – Phillip der Besondere, Phillip der Einmalige.

Als sie starb, war es damit vorbei. Ich war frei, so sagten es jedenfalls meine Kollegen.

Fast alle Männer, die ich kenne, schleppen lebenslang ihre Mutter auf dem Rücken umher und wollen es nicht wahrhaben. Männer fühlen sich dazu zu schwach. Alte Männer reden kaum über ihre Mütter und wenn, dann idealisieren sie etwas von ihnen aus der Vergangenheit. Junge Männer umgehen das Mutterthema, sie schieben es weg, bis sie nicht mehr anders können, als an SIE zu denken.

Ich tat das nie oder wenn, dann unbewusst. Fast alle Männer, die ich kenne, sprechen von ihrer Mutter wie von einer Mutter aus einem Märchen. Prominente sind schon eher bereit, ihre wirklichen Gefühle zu benennen. Auch kranke Männer, gebrechliche, die sich dann an ihre Mutter in Dankbarkeit erinnern. Aber einfach so, die Mutter als Mensch …

Meine Fingerkuppen sind schon ganz schrumpelig, doch es tut gut, so zu liegen, ich ruhe wie in Abrahams Schoß. Ich lächele ein wenig vor mich hin, die junge Amerikanerin lächelt zurück. Sie hat ihr Haar zu Zöpfen geflochten, was sehr erotisch aussieht. Ich hebe die Hand zum Gruß. Sie sollte sich nicht täuschen, ich bin nicht der, der ich scheine, sie muss sich vor mir in Acht nehmen.

Wer oder was wollte ich eigentlich sein? Ich habe mich durch ein paar mittelmäßige Inszenierungen geschummelt und Rilke-, Heine- und Hesse-Gedichte rezitiert. Die Frauen haben mir sehnsuchtsvolle Blicke, parfümierte Briefe und sehr oft auch Blumengebinde zugeworfen. Es war nicht so wie bei Klaus Kinski, dem sie Unterwäsche und andere Kleidungsstücke zuwarfen, um ihrer Leidenschaft Ausdruck zu verleihen, aber es waren doch sehr beachtliche Dinge, die ich von ihnen bekam, Geschenke, die ich mir leider viel zu selten gemerkt habe, geschweige denn aufgehoben. Da schlummern noch ein paar Briefe in einer Kiste und Figurinen aus der Zeit um Goethe, keine wertvollen Sachen. Vielleicht hätten sie mir Geld zuwerfen sollen. BARGELD, so wie man es in Griechenland und Jordanien bei Familienfeiern macht. Sie sahen mich und haben mich für wert befunden, ich sollte dankbar sein.

Die Amerikanerin sieht nun schon bei jeder Wende zu mir herüber. Wenn ihr Arm zurückschnellt, scheint sie mir zuzuwinken. Ja, sie winkt mir wirklich zu. Ich lächele, hebe die Hand und grüße zurück. Sie grüßt mich wieder. Ein schönes Spiel. Ich grüße noch einmal und belasse es dann dabei. Vielleicht sind es doch nur ihre ausholenden Armbewegungen, die sie bei jedem Schwimmstoß macht.

Ich liebe Brüste. Kleine, große, hängende, runde, flache, dicke, dünne Brüste. Ich war frühreif, einer, der Frauen mit fünf Jahren schon an die Wäsche wollte.

In den Fluren unseres Hauses, das für mich ein Palast war, mein Kinderpalast, gab es viele Möglichkeiten, die Frauen zu beobachten. Wenn sie sich im Badehaus umzogen und vor dem Zubettgehen in ihren Kammern verschwanden. Ich sah Brüste jeder Größe und Art. Hintern, Waden, Hände, die zum Mieder tasten, fleischige Nacken, sanfte Nacken, kräftige Unterschenkel, dürre Unterschenkel. Aber ich sah nie ALLES.

Ich versuchte mir die Frau im GANZEN vorzustellen. Nie gab es Gelegenheit, zum Beispiel meine Amme in ihrer ganzen Nacktheit zu betrachten. Entweder drehte sie sich um, oder ihre Bewegungen waren zu nebensächlich. Ich verlor fast den Verstand beim Betrachten eines drallen Hinterteils, das sich vor meinen Augen entblößte.

Niemand wusste um meine Leidenschaft. Wenn die Frauen die Wäschekörbe herausstellten, lauerte ich hinter einer Ecke, lief dann von Korb zu Korb und schnupperte wie ein Hund an Büstenhaltern, Schlüpfern oder Unterröcken. Der Geruch von Seife und Eau de Cologne machte mich völlig kopflos.

Es kam vor, dass ich den schlafenden Körper einer Schaffnerin stundenlang beobachtete, um die Ansätze ihrer Brust zu erhaschen. Erwachte sie plötzlich, so gab ich vor, etwas zu suchen, und stahl mich weiter, immer bedacht, von niemandem entdeckt zu werden.

Ich muss sechs oder sieben Jahre alt gewesen sein, als ich mit der Leiter, auf der ich stand, zusammenbrach, weil ich meine fast neunzigjährige Amme beim Umkleiden beobachtete. Sie verschnürte gerade ein riesiges Brustzelt hinter ihrem Rücken, als ich das Gleichgewicht verlor und mit der Leiter umfiel. Sofort rappelte ich mich wieder auf, als sie, von dem Lärm aufgeschreckt, in der Tür stand. Auf ihre erstaunte Frage, was ich auf der Leiter zu tun hatte, antwortete ich, es sei langsam Zeit, mich nützlich zu machen.

Sie schüttelte den Kopf und schlurfte zurück in ihr Zimmer. Ich sah den Ansatz zweier mächtiger Brüste, die durch ihr Zelt nur provisorisch im Zaum gehalten wurden.

Der alte Mann über mir grüßt nett von der Decke. Ich stoße mich von der Haltestange ab und schwimme zügig zur Treppe hinüber. Ich habe immer noch einen muskulösen Oberkörper, so dass mir die Schwimmerei leichtfällt, aber im Moment geht gar nichts mehr. Erschöpft steige ich aus dem Wasser.

Als ich an der dicken Frau vorbeigehe, lächelt sie mich zum ersten Mal an. Ich gebe ihr Zeichen, dass wir uns morgen wiedersehen werden, sie scheint sich darauf zu freuen. Wir sind eine Gemeinschaft, die Amerikanerinnen, die Zwillinge, die dicke Frau und ich. Wir werden uns morgen wiedersehen, zur gleichen Zeit, an gleicher Stelle und um Jahre verjüngt.

Ich schlinge mir das Handtuch um den Bauch und gehe zur Umkleidekabine für Herren.

Erst befürchtete ich, mich nicht mehr zu erinnern, aber ich habe mir den Code doch gemerkt. Ich öffne den Garderobenschrank und nehme den Bügel mit meinen Sachen heraus. An anderen Tagen hätte ich alles in ein furchtbares Knäuel zusammengestopft, um es dann zügig in die Umkleidekabine zu tragen. Ich hätte mich so schnell ich konnte angekleidet und wäre dann mit tropfnassem Haar aus dem Wellenbad gestürmt, so als würde jemand auf mich warten.

Ich bemerke, ich bin ruhiger geworden. Ich nehme

den Bügel mit meinen Sachen und gehe hinüber zur Umkleidekabine. Ich hänge ihn an die Wand und verschließe hinter mir die Tür.

Es ist eng in der Kabine. Draußen auf dem Gang tobt das Badeleben, hier drinnen ist es still. Die Möglichkeit, hinter mir zu verriegeln, gefällt mir. Es ist still hier. Fast so still wie beim Zen, das ich als Neunzehnjähriger praktizierte. Ich muss lachen, ich fühle mich nicht schlecht in dieser Enge. Für einen Moment betrachte ich mich in dem kleinen Spiegel. Ich habe dicke Augenränder und sehe blass aus. Ich bin Phillip Kaufmann, denke ich, ich habe eine Menge Lebenszeit hinter mir und will noch viele Frühlinge erleben. Das ist ein schöner Vorsatz.

Mein ganzes Leben lang machte ich mir Sorgen über mich und die Welt. Ich war ein Eingeschlossener, wie alle Kindmänner. Ich lebte wie im Turm, andererseits konnten meine Talente sich so entwickeln.

KARL MAY SCHRIEB AUCH IM KNAST.

Die Sorgen wurden für mich wie ein Hafen, ich hielt mich an ihnen fest. Eine Sorgenburg ist sicher wie eine Festung, an einem Glücksgedanken hingegen kann man sich nur schwer festhalten. Glück zu ertragen fiel mir immer schwer. Ich grübelte schon als Knabe, wie und warum ich lebe, wohin es mit mir gehen wird, ob es überhaupt noch weitergeht. Eine Menge Kopfsalat, ja, diese Grübeleien hinterließen Spuren in meinem Gesicht.

Ich fahre mir mit der Hand durch das Haar, es ist tropfnass.

Meine Mutter fuhr mir täglich mit der Hand durchs Haar. Ich mochte es, obwohl mir ihre Hände in gewisser Weise fremd blieben, fremder jedenfalls als ihr Geruch.

Ihren Geruch kann ich mir sofort in Erinnerung rufen, auch die Art ihrer Berührungen. Bis heute kann ich mich auch an den Druck ihrer Hände erinnern. Der Druck ihrer Hand, der Geruch ihrer Haut, das süße Gefühl, in ihren Händen aufgefangen zu sein, das alles brannte sich mir ein. In den Momenten ihrer größten Einsamkeit wusste ich, dass sie mich berührt, weil sie mich brauchte. Der Druck war dann immer fordernd, wie von einer anderen Frau.

Ich habe lange nicht mehr an meine Mutter gedacht.

Ich suchte immer nach ihrer Hand, bekam aber oft nur den Saum ihres Kleides zu fassen. Für einen siebenjährigen Jungen ist es gleichgültig, welche Enden ein flatterndes Kleid hat. Ich hatte mir den Geruch ihres Kleides gemerkt, sie hatte es oft getragen, vielleicht weil sie um meine Liebe zu dem Kleid wusste. Es war ein grünes, beinahe durchsichtiges Kleid aus Kunstseide.

Ich lief neben ihr die Straße entlang, ich reichte ihr bis zum Knie. Ich konnte das Nylon ihrer Strümpfe riechen, es roch wie Sand und Plastik. Fasste sie meine Hand, roch ich das Azeton ihrer Fingernägel und die Seife, die sie benutzte.

Ich war froh, an ihrer Hand zu gehen. Zwanzig, dreißig Jahre später konnte ich das mit hinüberziehen in meine Welt. In jeder Rolle, die ich spielte, legte ich etwas von diesen Erinnerungen an. Ihr Kölnisch Wasser, die Seifen, ihr Nagellack. Alle Frauen, die nach ihr kamen, waren entzückt von der Gabe, mich in jede einfühlen zu können. Dabei war es immer SIE, an die ich dachte. Angefangen hatte es mit IHR.

Ich nehme die Unterhose und die Socken aus dem Netz und ziehe mich langsam an. Ich tue es so, wie ich es mein

Leben lang tat. Erst die Unterhose, dann die Socken, dann alles andere, nie umgekehrt. Vielleicht werde ich erst als alter Mann meine Angewohnheiten ändern und mit den Socken beginnen.

Ich stelle einen Fuß auf das Bänkchen, da rebelliert mein Rücken. Ein Schmerz, der mich von Kopf bis Fuß halbiert, zerreißt mich fast.

Auf dem Gang rufen Mütter nach ihren Kindern. Kinderfüße hetzen an der Kabine vorbei, sie patschen durch das Wasser, das sich auf dem Boden angesammelt hat. Zwei erwachsene Füße folgen ihnen, ich höre Kinderlachen.

Ich verharre noch eine Weile, um so meinen Rücken zu entlasten, dann nehme ich meine Schuhe auf.

Erschöpft setze ich mich wieder auf die Bank. Mein Körper wird alt. Plötzlich bemerke ich meine Müdigkeit. So war es immer, allein fühlte ich mich immer müde, mit anderen Kollegen und Freunden eher hyperaktiv und später auf der Bühne regelrecht maßlos, wie losgelassen und außer mir.

Ich werde noch ein paar Minuten sitzen bleiben, ich habe keinen Termin. Ich muss überhaupt nichts tun oder planen. Ich bin ein freier Mann, der sich ein paar Minuten in einer Umkleidekabine ausruht.

Maria fehlt mir. Heute früh hatte ich keine Lust, länger als üblich mit ihr zu telefonieren. Jetzt fehlt sie mir. Vor fünf Jahren bekam sie Brustkrebs. Als sie erfuhr, dass es Krebs ist, war ihr Leben von einem Moment auf den anderen entschieden. Sie gestand mir später, dass sie geahnt hatte, dass es irgendwann mit ihr so kommen würde. Am Tag, als sie von Doktor Eggert das Urteil erfuhr, weinte sie, es floss aus ihr wie aus einer alten Quelle. Sie hatte nun das Urteil gesagt bekommen, vor dem sie sich schon als Kind gefürchtet hatte.

Ich war völlig perplex, als sie mir von ihrer Vorahnung erzählte. Ich hatte von diesen Feuerproben gehört, das Leben im Angesicht der eigenen Sterblichkeit als einzigartig zu empfinden, aber nie hätte ich es mit Maria in Verbindung gebracht. Sie hatte den Krebs gefürchtet, weil ihre Mutter an dieser Krankheit gestorben war.

Als ich Maria kennenlernte, hatte jeder von uns seine Vorahnungen. Sie hatte die Angst, den Weg ihrer Mutter zu gehen, ich die Angst vor dem Weg meines Vaters.

Wenn man sich kennenlernt, sind alle Wünsche und Vorhaben irgendwie märchenhaft. Das Vergangene scheint eine andere Realität zu sein, und die Gegenwart ist wie ein Geschenk, das man ungeduldig auspackt und von dem man nicht weiß, was man damit anfangen soll.

Zu Beginn unserer Liebe war Zeit ein Strom, auf dem wir zu zweit fuhren.

Ich werde jetzt aufstehen und die Umkleidekabine verlassen. Vielleicht gehe ich in ein Café oder zum Thailänder am Bahnhof. Aber meine Füße wollen noch nicht, ich scheine an dem Bänkchen zu kleben. Maria will mir nicht aus dem Kopf. Die Welt draußen dreht sich auch ohne mich.

ES WAR EINE SCHEISSZEIT. Nachdem sie ihre Diagnose erfahren hatte, haben Maria und ich versucht, das Beste daraus zu machen. Darin sind wir von Anfang an geübt. Maria, die Amazone, und ich, der grübelnde Krieger.

Ich wische mir übers Gesicht, ich fühle mich wie neunzehn. Das ist mein Problem, ich kann den alten Mann nicht von dem Jungen trennen, ich fühle mich wie ein altes Kind. Es muss anderen Männern auch so gehen, ich wette darum. Warum suchen sich so viele Sechzigjährige junge Frauen? Warum dieser Quatsch mit den Skateboards? Ich lache mich schlapp, wenn ich sehe, wie ein Greis versucht, einer Frau zu gefallen, eine kurze Hose trägt und SKATEBOARD fährt. Unglaublich!

Nur eine junge Frau, die ein Kopftuch trug, und ich befanden sich noch in dem Wartezimmer von Marias Arzt. Ich wollte in den Katalogen von Perückenherstellern blättern und versuchte meine Gedanken zu sammeln.

Doktor Eggert erschien mit Maria in der Tür und fragte: »Ist das Ihr Mann?«

Maria stand hinter seinem Rücken und sagte: »Ja.«

Ich ging zu ihnen hinein.

Ich wusste, dass von diesem Moment an für Maria und mich alles anders werden würde.

VON EINEM AUGENBLICK AUF DEN ANDEREN WAREN WIR GETRENNT.

Es gab unser WIR nicht mehr. Von jetzt an gab es nur noch Maria und ihren Krebs und mich mit meiner lächerlichen Bereitschaft, das Richtige tun zu wollen.

Nebenan hat ein Vater mit seinen beiden Söhnen die Umkleidekabine bezogen. Sie streiten um die Socken. Wessen Socken zu wem gehören, wer sie im Zweifelsfall zu tragen hat. Der eine Junge quengelt, der Vater beruhigt ihn. Dann ist wieder Stille.

Die Kälte kriecht mir bis zum Haaransatz. Wenn ich hier noch länger sitzen bleibe, werde ich gar nicht mehr nach draußen wollen, aber ich muss heute ja nicht auftreten, ich muss keinen Rilke lesen, keinen Hesse, nicht einmal einen Auftritt für die nächsten Tage muss ich vorbereiten.

Noch ein paar Minuten, dann werde ich gehen und mir in der Fußgängerzone ein Fischbrötchen kaufen. Ich werde mich an eine Bude stellen und dazu ein Glas Weißwein trinken. Ja, es tut mir gut, allein zu sein. Ich gebe meinem Alleinsein einen Sinn: DAS ZEN DER UMKLEIDEKABINE. Ich werde es meinen Kollegen weiterempfehlen.

Ich weiß nicht, wohin die Reise mit mir gehen wird. Fast alle Frauen, die ich kannte, wussten oder hatten wenigstens eine Ahnung, wohin ihr Weg sie führen würde. Frauen sind stärker als Männer, sie nehmen ihr Schicksal in die Hand. Sie glauben an ihre Intuition, sie vertrauen ihrem Lebensfluss. Männer stellen unnötige Fragen, erwarten von irgendwem eine Antwort. Ich muss lachen. Diesen Unsinn habe ich wirklich mal geglaubt.

Als Maria von ihrem Krebs erfuhr, hatte sie eine Riesenangst um ihre Brüste. Doch das Erste, was Eggert sagte, war: »Wir werden die Brust erhalten.«

Es klang wie Gottes Wort und setzte ihren Zweifeln vorübergehend eine Grenze. Nur ein paar Narben sind geblieben, an der linken Achselhöhle und am linken Brustansatz.

Gleich nach ihrer letzten Chemotherapie hatte sie mich aus dem gemeinsamen Bett geworfen. Sie hatte sich geschämt für ihre Unlust; ich war insgeheim froh darüber.

Wenn ich es heute bedenke, war es auch meine Unlust, die ich mir nicht eingestehen wollte. Ich sah Maria nicht mehr so wie früher, als wir uns kennenlernten. Sie ging immer noch aufrecht, vielleicht aufrechter als je zuvor, aber ihre Jungfräulichkeit war weg. Sie war verletzt, beinahe tödlich, das verkraftet niemand. Die Narben würden verblassen, die Verletzungen jedoch nie. Es hatte etwas anderes nach ihr gegriffen, das ihr Ende bedeuten konnte.

Tod – ich hatte dieses Wort nie gemocht, obwohl ich in allen Stücken, in denen ich spielte, damit konfrontiert wurde. Selbst in den schlechtesten Inszenierungen strahlte das Wort eine mächtige Kraft aus.

Unsere Rollen hatten sich verändert. Vorher waren wir wie zwei Kinder, die Vater und Mutter noch brauchten. Aber Kinder können sich nicht wirklich helfen, wenn eines todkrank wird. Dann muss der andere übernehmen, das zu tun, was er vielleicht selber suchte.

Also wurde ich von heute auf morgen alt. Maria war sowieso immer die Weise, die Eule, die Seherin, nun war ich ihr Vater und ihr Wächter. Alles Kindliche war wie weggebrannt, wir sollten nicht mehr unvernünftig sein. Unser Tagesablauf drehte sich nur noch um Arztbesuche, Diagnosegespräche und die Dauer eines weiteren Krankenhausaufenthaltes.

Es gab eine Bank vor dem Klinikum, da wartete ich einmal zwei Stunden auf sie. Ich malte mir ein anderes Leben aus. Ein Leben ohne Maria, nur mit mir allein, fernab von all dem Klinikgeruch und den todbringenden Nachrichten. Ich traute mich nicht, meine Phantasie anzunehmen, ich empfand es als Verrat. Ich glaubte wohl nicht mehr daran, dass wir noch eine Chance haben durften.

Das WIR hatte der Krebs gefressen, ich war nur noch ich. Maria ging es ähnlich. Sie war nur näher an sich dran. Es war ihr Krebs, sie musste an sich denken.

Als wir die Praxis von Doktor Eggert verließen, waren wir uns in einem einig: Maria würde nicht sterben, nicht jetzt. Sie hatte Eggert durch ihre Ärztin empfohlen bekommen und Erkundigungen bei anderen Frauen eingeholt. Sie vertraute ihm, ohne dass sie ihn vorher gesehen hatte.

Es war kein blindes Vertrauen, sie spürte das Wesentliche, worauf es ankam. Nicht jede Frau entwickelt in dieser Zeit Selbstvertrauen. Immerhin steht die ganze Welt kopf, nichts ist mehr wie zuvor.

Maria hatte ein untrügliches Gespür für das, was sie brauchte. Ich sah auch andere Frauen, solche, die sich an nichts festmachen konnten, am wenigsten an sich selber. Oder die es nicht wollten, die lieber sterben wollten.

Später an diesem Tag standen wir vor dem Literaturcafé in der Fasanenstraße. Es war Frühling, die Straße war voller Touristen. Maria war nervös, sie zitterte am ganzen Körper. Ich wollte sie beruhigen und redete ein wenig Unsinn, um sie abzulenken.

»Mach dir keine unnötigen Gedanken. Nachher gehen wir zum Italiener etwas essen. Alles wird gut.«

Ich kann einer Frau das Geschlecht ihres ungeborenen Babys voraussagen, aber an diesem Tag ahnte ich überhaupt nichts.

Dann gingen wir los. Maria hielt den Befund in der Hand, ein Riesencouvert, und wir liefen, wie wir immer liefen, ließen einen Meter Platz zwischen uns. Doch an diesem Tag wurde mit einem Schlag alles anders.

Ich sehe meine Hände an. Wer weiß, was mit mir wird? Noch habe ich schmale, feine Hände, die Hände eines jungen Mannes, doch die Flecken auf meinen Handrücken erzählen mir etwas anderes.

Man sollte seine Hände nicht betrachten, denke ich, es kann Unglück bringen, man kann sowieso nichts ändern. Ich weiß aus Erfahrung, dass das Schicksal verrückt spielen kann, wenn man nicht mitmacht. Man darf sich nicht gegen den Strom stellen.

Ich habe schon als Kind an etwas Höheres geglaubt, nicht an einen Onkelgott mit weißem Bart, eher an einen allumfassenden Geist, der für uns da ist, wenn wir ihn rufen. Ich hatte es vergessen. Später hatte ich vergessen, dass es gut ist, an etwas zu glauben, das außerhalb von uns ist. Das für jeden von uns sorgt, wenn wir danach rufen.

Dr. Eggert schilderte uns den Ablauf. Chemo, um die Lymphknoten, die schon befallen waren, zu verkleinern, dann OP, weitere Chemos und schlussendlich die Bestrahlungen.

Maria sagte: »Wir haben jetzt eine Aufgabe.«

Und ich Idiot fragte Eggert, ob etwas dagegen spräche, wenn ich in den kommenden Wochen meine Rilke-Lesungen weitermachen würde. Schon im selben Augenblick war mir die Frage peinlich.

Das Leben gehe weiter, sagte der Arzt, und für Maria sei es nur gut, weil die meisten Männer sowieso nur stören würden, wenn die Chemotherapie beginne.

ES MUSSTE JA NICHT ALLES SO WERDEN, WIE WIR UNS DAS MEHRMALS AUSMALTEN. ES KONNTE ABER ALLES SO SEIN.

Wir sahen uns die Aufnahmen auf dem Bildschirm an. Der Tumor war einen Zentimeter groß, aber jeden Tag wurde er größer, Stunde um Stunde, Tag um Tag. Er wuchs sehr schnell. Ein kleiner Punkt wie auf der Landkarte ihres Lebens, der sie töten konnte.

Ich fühlte mich im selben Moment von Maria abgetrennt, so als hätte sie sich für einen anderen Mann entschieden. Ich wusste, sie würde es überleben, aber auch, dass sie niemals mehr die Frau sein würde, die sie vorher war.

Wir gingen hinaus; Maria hielt das Couvert mit den Aufnahmen wie die Sterbeurkunde eines ungeborenen Kindes in der Hand. Ich lief voraus und sie mir hinterher. Bisher war sie es immer gewesen, die uns anführte.

Als wir wieder auf der Straße standen, waren wir jetzt zwei: Maria und Phillip.

Die andere Welt

June und Mina sind nicht zu Hause. Ich bemerke auf dem Weg zum Cottage, wie ich mehrmals das Wort vor mich hin murmele: ZU HAUSE.

Im Küchenfenster brennt Licht, die Gardinen sind zurückgezogen, aber ich kann weder June noch Mina entdecken. Ich mache also kehrt und laufe zur Straße zurück.

Ich habe Zeit, es ist noch nicht einmal Abend. Die wenigen Touristen, die unterwegs sind, um sich auf die Gasthöfe zu verteilen, sind zu ertragen. Nach der Baderei habe ich ein weiteres Mal versucht, ein Fahrrad zu mieten, wieder ohne Erfolg. Diesmal war es der Sohn der Vermieterin, der mich auf den Beginn der kommenden Saison verwies.

Am Dorfkrug kommt mir ein funkelnagelneuer Rolls Royce im gemütlichen Tempo entgegen. Ein alter Mann und eine ebenso alte Frau sitzen wie leblos im Fond. Es ist ein grüner, englischer Kasten mit vergoldeten Türklinken und versilberten Stoßstangen. Er erinnert mich sofort an den Rolls Royce von John Lennon. Ich hatte das Foto damals in der Zeitung gesehen: John vor seinem Rolls mit Hängebart und in indischen Klamotten, der Rolls in bunten Farben schillernd. Das Foto stammte aus seiner Maharashi-Phase, Lennon hatte ihn mit Blumenmustern und geheimnisvollen Sanskritzeichen bemalen lassen und posierte nun als erfolgreicher Popstar davor, als einer, der über den Dingen steht.

Ich war sehr beeindruckt von einem Rolls Royce, aber mehr noch von John Lennon, meinem Lieblingsbeatle. Damals wollte ich auch eine Welt bemalen, erst recht einen Rolls, obwohl ich heute meine Zweifel habe, ob ich es auch wirklich getan hätte. Ich wäre gerne reich gewesen und hätte so meine Herkunft gegen einen Rolls Royce eingetauscht, aber daraus wurde nichts, ich blieb zu lange in meiner eigenen grauen Welt hängen.

»Aus Trübseligkeit lässt sich nichts Gutes schaffen«, hat Fontane geschrieben. Daran denke ich in diesem Augenblick, als der Rolls langsam an mir vorbeifährt. Er hält kurz an der Kreuzung an und biegt dann ab, obwohl das Signal auf Rot steht.

»Drinnen saßen stehend Leute, schweigend im Gespräch vertieft,

als ein totgeschossner Hase übern Sandberg Schlittschuh lief.«

Prompt fällt mir dieser Altberliner Quatsch ein, kein Fontane, eine herrliche Lyrik.

Ich bin mir nicht sicher, ob ich meine Berliner Vergangenheit heute gegen einen Rolls eintauschen würde, denke ich. Mein altes, gemütliches Grau gegen einen bemalten Rolls Royce.

Am Wuldeweg biege ich ab. Ich brauche gar nicht erst zu dem ockerfarbenen Haus hinsehen, ich hätte es mit geschlossenen Augen zeichnen können. Dutzende Male bin ich morgens an diesem Haus vorbeigejoggt. Einem Reetdachhaus mit vielen kleinen Fenstern auf einem kargen Grundstück, das sich weitflächig bis zur Straße erstreckt. Nie habe ich jemanden in das Haus hineingehen oder herauskommen sehen. Sooft ich daran vorbeilief, schien es verlassen und unbewohnt.

Kann sein, dass ich immer an den falschen Tagen dort vorbeilief, sicher kamen am Wochenende Leute aus Hamburg oder verbrachten dort ihre Sommerferien, und der Zufall wollte es, dass ich nie jemanden sah.

Für mich jedoch blieb das Haus seltsam unbewohnt.

In den sechziger, siebziger Jahren nannte man es den »Ziegenstall«, es gehörte damals Valeska Gert, einer berühmten Bourlesketänzerin aus den Zwanzigern. Wir waren zu viert bei ihr eingedrungen.

Valeska stand im Türrahmen, klein, mit kurzgeschnittenen Haaren. Sie trug ein japanisches Seidenkleid.

»Ohne Maske, Kleiner«, sagte sie und musterte mich von Kopf bis Fuß. »Kommt rein.«

Sie bezog sich auf meinen Schnurrbart, den ich mir am Nachmittag angemalt hatte. Ich fühlte mich ertappt und lächerlich. Es war das erste Mal, dass mich jemand auf meine Maskeraden direkt ansprach. Ich wusste, was sie meinte, es lag gar nicht an dem Schnurrbart. Mein ganzes Gehabe war ein Versteckspiel, meine Posen, meine Verschlossenheit.

Valeska hatte mich im ersten Augenblick GESEHEN, und es verwirrte mich sehr, so als würde mir einer die Decke wegnehmen, die mich schützt. Es wird für sie nicht bedeutend gewesen sein, aber für mich war es eine Offenbarung.

»Du kannst uns gleich etwas vorlesen, wenn du schon zum Maskenball unterwegs bist. Ich weiß, du kannst das«, sagte sie, und wir gingen mit ihr ins Haus.

Die Bude war klein, die Decke hing friesisch tief, wie es bei alten Bauernhäusern üblich ist. Ein paar schwarzgekleidete Typen aus der Hamburger Boheme saßen um einen Couchtisch. Künstlertypen, keine Hippies, eher Intellektuelle.

Valeska drückte mich in einen Korbsessel und schob mir zwei Reclamhefte zu. Das eine war Heinrich Heines »Wintermärchen«, das andere der »Taugenichts« von Eichendorff.

»Lies laut! Die quatschen hier zu ville«, sagte sie und setzte sich neben mich.

Ich hatte keine Wahl, ich entschied mich für den Eichendorff und legte los. Es war der erste Moment in meinem Leben, in dem ich mich außerhalb einer Deutschstunde von der Leine ließ. Nach einer Weile hörten sie mir zu, zu guter Letzt waren alle still.

Ich las eine halbe Stunde aus dem »Taugenichts«, ich kannte den Text, er floss mir über die Zunge. Ich las intuitiv, ohne Kitsch oder falsche Tönen, ich las so gut ich konnte, das heißt, ich ließ mir Zeit.

»Aber glauben, dass der Plunder eben nicht der Plunder wäre, sondern ein hochwichtig Wunder, das gelang mir nimmer mehr.«

Woher hatte Valeska gewusst, dass ich vorlesen konnte? Ich hätte mit meinen Kumpanen ein Haus weiter gehen können, da tobte eine Gartenparty, und eine Menge lustiger Vögel warf mit Alkohol nur so um sich.

Meine Gefühle waren das Einzige in dieser Zeit, woran ich mich festhalten konnte, alles andere war für mich unsicheres Gelände. Ich hielt mich immer für nicht gebildet genug, nicht ausstaffiert genug, um dem Leben im Ganzen zu genügen. Ich hatte oft Ängste, in jeder Hinsicht zu versagen. Immer wenn ich mich laufen ließ, kam die

Angst, etwas falsch zu machen, mich vor irgendwem lächerlich zu machen. Also ließ ich mich selten laufen. Irgendein Idiot konnte mich immer aus der Fassung bringen. Um dem vorzubeugen, wäre ich am liebsten unsichtbar gewesen.

Ich bekam Siegerurkunden in Leichtathletik, war in den Jugendgangs geachtet und schlich um die Ecken, mit hängenden Schultern. Ich war damals ein schlaksiger Typ, die Haare hingen mir bis auf die Schultern, das Hemd trug ich offen, die Hose schlotterte lässig auf meinen Hüften, dazu noch der angemalte Schnurrbart. Ich sah aus wie Jesus unter der Treppe.

Irgendwann hatte ich ein Bild eines Wandervogels aus der Jahrhundertwende gesehen, ein Typ, der barfuß durchs Land zog. Langhaarig und nur mit einem Beutel bewaffnet. Das hatte mir sehr imponiert, ich wollte auch so sein wie er. Frei wie ein Vogel, von niemandem abhängig, der Junge, den man nicht packen konnte.

Ich las aus dem »Taugenichts«, und in diesem Moment floss mir das Herz über. Meine Seele jauchzte, und alle am Tisch freuten sich mit.

In der nächsten Nacht passierte mir die Sache mit dem Mädchen. Einer von den Typen, die bei Valeska herumhingen, hatte sie als Dank zu uns auf den Zeltplatz geschickt, und der kleine Johannes hatte sie abgefangen und zu mir ins Zelt gebracht. Somit hatten sich zwei Typen und ein Mädchen für meine Entjungferung eingesetzt. Ich war froh, ich hatte es endlich hinter mir.

Ich friere, ich gehe nicht mehr weiter. Hätte ich geahnt, was später aus mir werden würde, hätte ich keine Zeile vorgelesen. Ich wäre nicht so weit gegangen.

Ich fühle mich leer, ich will nach Haus zurück. Wenn ich so weiter irre, werde ich wie Carl Blechen, der große Maler der Romantik, früher oder später in der Heilanstalt landen. Heilanstalt ist an sich ein schönes Wort, es verspricht so vieles. Maria und ich verehren Blechen, sie wegen seiner Aquarelle, ich wegen seiner Scheu und dem Licht, nach dem er suchte.

Blechen wurde zweiundvierzig Jahre alt, das ist nicht viel. Kunst macht sterblich, und Sterblichkeit macht Kunst.

Ich bin also unsterblich, dabei schaffe ich es ja nicht einmal, ein einigermaßen gutes Gedicht zu schreiben, ich musste es mir zeitlebens bei den Vorvätern ausleihen. Ich brauchte einen Anstoß, der mich weiterbrachte, den Rat, das Vorbild. Aber das hat mich auch von mir abgelenkt. Wenn ich nicht so viele Vorbilder gehabt hätte, wäre ich viel schneller zu mir gekommen.

Der Wind bläst viel zu stark, das Watt ist noch weit. Warum gehe ich noch immer die alten Wege? Noch dazu, wenn der Winter nicht vorbei ist und der Frühling doch so nah. ICH FÜHLE MICH WIE HAMLET IM MATSCH. Es ist sinnlos, in seinen Erinnerungen herumzuwühlen. Alles geht vorbei, alles ist endlich, Blechen war es auch. Warum will mir das nicht in den Kopf?

Manchmal würde ich am liebsten sterben. Ja, sterben wäre eine Möglichkeit, wenn ich nur nicht zu feige wäre, mir das Leben zu nehmen. Hesse hat zeitlebens versucht, sich aus der Welt zu katapultieren, aber er hat trotzdem gelebt.

ER WURDE FÜNFUNDACHTZIG.

Am Watt, keine paar hundert Meter von mir entfernt, hinter den Feldern, gehen die Paare spazieren. Ein Mann und eine Frau, die einander umschlungen halten, wie es sich für ein Paar gehört. In der Ferne sehe ich zwei Hunde, die ihnen mit dem größtem Vergnügen vorausrennen. Sie tun es ohne besonderen Grund, einfach, weil sie ihr Hundeleben genießen und sich auf das Futter nachher freuen.

ES IST SO FURCHTBAR ENDLICH, was ich sehe.

Ich bin ein KINDMANN, mit dem kommt man nicht weiter in einer Welt, wo es praktisch zugeht, wo die Vernunft regiert und es Paare gibt, die auf ihren Wegen bleiben, und Hunde, die nicht an Zäune pissen.

ICH BIN NICHT PRAKTISCH.

Was hat das dann noch alles für einen Sinn?

Ich gebe mir alle Mühe, mein bisheriges Leben nicht als unwesentlich und piepnormal zu betrachten. Ich könnte mir auch ein Zertifikat von einer höheren Instanz ausstellen lassen. Gibt es so etwas? Und wenn ja, wer stellt die Urkunde aus? Der ADAC, die Kirche? PHILLIP KAUFMANN, SIE HABEN NICHT UMSONST GELEBT.

Kann es sein, dass ich mir den Abend bei Valeska nur erfunden habe, um mich vor mir selber wichtig zu machen? Namhafte Tänzerin entdeckt junges Genie! Ich weiß es nicht. Ich fühle mich im Moment wie ein Eimer ohne Boden.

Ich drehe jetzt um, ich will zurück, nach Hause. Ich werde versuchen, artig und vernünftig zu sein.

Als wir spät in der Nacht Valeskas Haus verließen, nahm sie mich zum Abschied am Arm. Ich wusste nicht, was ich sagen sollte, ich war noch ganz erfüllt von der Vorleserei, doch ich brachte nichts heraus.

»Pass auf dich auf, junger Mann«, sagte Valeska. »Du kannst jederzeit wiederkommen, mit oder ohne Bart.«

Nein, das kann ich nicht erfunden haben, das muss die Wahrheit sein, ich erinnere mich genau an die Worte.

Ich drehe jetzt ab, ich werde mich vor den Fernseher setzen und einen »Tatort« ansehen. Ich werde mir Mühe geben, nicht mehr meinen kruden Gedanken zu folgen. Ab sofort werde ich vernünftig sein und fernsehen und Chips essen, so wie es alle Menschen am Sonntagabend tun.

Hamlet geht jetzt duschen.

Ich sehe zum Watt hinüber.

Hinter den Hügeln, die im Sommer mit hüfthohem Dünengras bewachsen waren, da wo morgens Seeschwalben und Austernfischer zu Tausenden hocken, liegt es:

DAS WATT!

Still, friedlich, wie die bildhafte Sehnsucht meiner aufgeregten Seele.

Ich sehe noch eine Weile den Wolken nach, die landeinwärts ziehen. Ich könnte noch irgendwo einkehren, vielleicht in Keitum, es mir in einem Gasthaus gutgehen lassen. Stattdessen drehe ich mich um und laufe zum Cottage zurück.

Maria hatte angerufen. Wir vereinbarten, dass ich sie an meinem Geburtstag vom Bahnhof Westerland abholen werde. Ich war richtig angefeuert von dem Gedanken, mit Maria die Gegenwart zu feiern, und machte ihr sofort Vorschläge für meinen Geburtstag.

»Wir nehmen die Räder und fahren über Land. Ich entwerfe uns ein Insel- und Restaurantpaket. Ich habe Sehnsucht nach dir. Wie geht es dir ohne mich? Vermisst du mich nicht? Sag doch! Vermisst du mich?«

Sie sagte: »Natürlich vermisse ich dich, Phil. Du bist ja schon ein paar Tage weg. Lass uns aber nicht den ganzen Tag verquatschen. Ich möchte mit einem guten Gefühl zurück nach Berlin.«

Ich entgegnete, dass ich nicht vorhätte, unser Zusammensein zu verquasseln.

»Es geht mir gut. Ich freue mich auf uns. Wir nehmen uns alles, was wir brauchen. Wenn du nicht da bist, liebe ich dich umso mehr«, sagte ich aufgeregt.

Maria kennt mich so nicht. Sie wurde ganz hibbelig, ich steckte sie mit meiner Vorfreude an. Wir machten Pläne. Wir würden Muscheln suchen, und wie wir es erlebt hatten, die Anfänge unserer Liebe finden. Sie legte zuerst auf.

Ich hatte ihr nichts von meinen Spaziergängen erzählt, von meinen Erinnerungen und Gedanken. Ich ahnte, dass Maria in Berlin ähnliche Ausflüge machte. Ich hatte immer befürchtet, dass sie nur bei mir blieb, weil sie nach etwas sucht, das ihre Sehnsucht stillen soll. Ich befürchte, dass sie es bis heute nicht gefunden hat. Was für einen Grund gab es sonst, bei einem Kindskopf wie mir zu bleiben? Wir hatten nie darüber gesprochen.

Um das Haus pfeift der Wind, und aus der Glotze erklingt die Abspannmusik der Tagesschau. Ich hänge im Sessel und fühle mich nicht schlecht. Ich habe mir ein paar belegte Brote gemacht und eine Flasche Wein geöffnet und freue mich jetzt auf den »Tatort«. Mit einem Auge wohne ich einer einfach gestrickten Handlung bei: Arzt sucht Mörder seiner Frau, Kommissarin befragt ihn nach seinen Motiven. Das andere Auge schläft schon und will nicht gestört werden.

Ich übe mich im Artigsein, so wie ich es als Kind schon immer tat. ARTIG. Ich habe dieses Wort immer gefürchtet. Artig sein hieß, nichts zu machen. GAR

NICHTS. Man musste wie durchsichtig sein, sollte keinen Schmutz machen. Der Katalog war endlos, das totale Zen. Artig, artig.

Irgendwann muss das Wort durch den Schornstein in meinen Kinderpalast hereingeflogen sein, und ich nahm es bei mir auf. Es erschien mir so hilflos und verloren. Der Gewinn war enorm, man ließ mich in Ruhe. Artig sein hieß für mich, alles zu lassen, was ich mir wünschte. Also ungefragt hinauszugehen oder auf der Straße fremde Leute um Geld zu bitten oder dicken Mädchen miese Sachen zu sagen und in der Nase zu popeln. Artig wurde mein Schwesterlein, ich vertraute ihr.

Jeden Tag erfand ich etwas Neues, das ich lassen konnte, solange, bis es mir langweilig wurde oder weil es nichts mehr zu lassen gab.

Ich wollte es wieder loswerden, aber da war es schon zu spät.

Ich muss damit aufhören, das andere Auge meldet sich. Ich denke zu laut, es kann nicht schlafen.

In den Kinderjahren gelang es mir nicht, das »Artig« abzuschütteln, es klebte an mir wie eine Trophäe. Wenn andere Kinder spielen gingen, saß ich vor dem Fenster und schaute nur hinaus. Als ich älter war, ließ ich es bei einem Mädchen, mit dem ich die Nacht verbrachte, einfach liegen.

Das Mädchen war zwar schön, aber nicht besonders klug. Ich musste ihre gesammelten Tonbänder anhören, die sie mit den Stimmen ihrer Idole aufgenommen hatte, ehe wir es miteinander machten. Sie liebte männliche Synchronstimmen, die sich auf Katastrophenfilme spezialisierten, sie wusste um meine Begabung als Rezitator und erhoffte sich einen Karrieresprung durch mich. Ihr Wunsch war es, Fernsehansagerin zu werden.

Erst als wir die Bänder durchhatten und ich ihr sagte, dass sie Chancen habe, dieses Fach einmal auszufüllen, fielen wir übereinander her. Ich nahm es mir tagelang übel, ein Mädchen zur Liebe verführt zu haben, bloß um bei ihr unterzukommen. Sie bot mir ihren Körper an, der zwar blass und etwas mager war.

Dafür hörte ich mir ihre Sprecher an, gab ihr recht und erging mich in Plattitüden. Der Akt, den wir körperliches Miteinander nannten, war Nebensache. Ich kannte nicht einmal ihren Namen. Sie wollte meinen auch nicht wissen, wir hätten uns auch Nummern zurufen können. Sie nannte mich während der Rangelei Knud nach dem berühmten Synchronsprecher Knud Kunsen, dem sie als Kind schon einmal geschrieben hatte, der ihr aber nie geantwortet hatte. Ich sprach sie einfach mit du an. Trotzdem machte es Spaß, bei ihr zu liegen.

Die ganze Nacht vögelte sie also ihren Knud. Was soll's! Ich konnte damit leben. Danach aßen wir unzählige Käsebrote, die wir zusätzlich mit Wurst belegten.

Sonst habe ich keine Erinnerung mehr an das Mädchen. Ich erinnere mich nicht einmal, ob wir es nackt miteinander machten oder in unseren Kleidern. Aber irgendwie muss es ja gegangen sein. Wir trieben es auf ihrer Schlafcouch, die sie den ganzen Abend liegend besetzte, als müsse sie ihr Haus verteidigen. Während ich versuchte, ihren Katastrophensprechern etwas Leben abzugewinnen, lag sie einladend auf den Kissen und wartete, bis alle Bänder durchgelaufen waren.

Auf dieser Schnappcouch habe ich das Wort »artig« liegengelassen. Für ein paar Wochen fühlte ich mich wie von einer schweren Last befreit. Ich betrat den Raum meiner eigenen Welt, zwar schuldbewusst, das Falsche zu tun, aber doch irgendwie befreit.

Aber dann war es wieder da, hing eines Tages verheult in der Tür und machte mir Vorwürfe, es zurückgelassen zu haben. Ich hatte Mitleid und nahm es wieder auf. So blieb es bei mir, bis zum heutigen Tag. Artig, artig.

Der »Tatort« macht schlapp, die Handlung ist undurchsichtig, die Schauspieler sprechen den Text, als würden sie aus einer Speisekarte vorlesen. Ich verstehe schon lange nicht mehr, wer was ist oder wer wann sich schuldig gemacht hat.

Es geht um Schuld, das habe ich verstanden, aber warum diese Schuld, darüber sind sich alle nicht im Klaren. Gut und Böse wabern konzeptlos durcheinander.

Nach Stand der Dinge soll der Anlass für den Mord ein dickes rumänisches Kind sein, das die Kommissarin adoptieren will, der Arzt aber nicht. Würde er meiner Meinung nach auch nicht dürfen, da er noch immer den Mörder seiner Frau sucht. Kann aber sein, dass ich da etwas missverstanden habe.

Jetzt läuft auf meinem rechten Auge ein eigener Film ab, und auf dem Linken schaffe ich es gerade noch, der Geschichte zu folgen, die mich zutiefst verunsichert. Doch ich halte durch. Artig, artig.

Mein rechtes Auge macht mich verrückt. Der Arzt hat nun endlich den Mörder seiner Frau gefunden, ein mir völlig unbekannter Mann aus der Kölner Unterschicht. Die Kommissarin will nun auch den dicken rumänischen Jungen nicht mehr adoptieren, es ist ein heilloses Durcheinander. Sie sagt, sie sehe nun keine Notwendigkeit mehr darin, da ja der Mörder gefunden sei. Außerdem sei der Junge sowieso erwachsen genug, um eigene Wege zu gehen. Er sollte vor Jahren von der Frau des Arztes angenommen werden, die nun aber tot ist.

Es kommt jetzt Licht ins Dunkel, und ich folge der Geschichte mit neuem Interesse. Mittlerweile kann der Junge auch sehr gut deutsch sprechen, was dem Verständnis der Geschichte nur zuträglich sein kann. Er hat während der Sendung eine Sprachschule besucht, obwohl er ja direkt nichts mit dem Mord an der Frau zu tun hat. Alle Schauspieler sind trotzdem von ihm begeistert. Auch der Arzt, der jetzt, nachdem er gesehen hat, was für eine Entwicklung der Bursche macht, ernsthaft überlegt, ihn doch noch zu adoptieren, um den Tod seiner Frau besser verarbeiten zu können. Schlussendlich lachen alle über die Kommissarin, die einen Witz erzählt, den ich nicht mehr nachvollziehen kann.

Ich bin sehr müde, der Krimi ist ein Lehrstück über die Unsichtbarmachung eines Individuums. Nur den Mörder kann ich mir merken, er gefällt mir. Ihm ist es piepegal, wie er bei den Leuten ankommt.

Ich schlafe schon fast. Ich habe artig alles aufgegessen und beim »Tatort« bis zum Schluss durchgehalten, ich bin zufrieden mit mir. Im Laufe meiner Bühnenarbeit habe ich viele Tricks entwickelt, anderen Leuten zu vermitteln, dass ich vernünftig sein kann. Ich kann mich bis zum heutigen Tag jedem Fremden anpassen. Manchmal so gut, dass nichts mehr von mir übrigbleibt.

Ich gebe auf, ich werde heute garantiert durchschlafen. Es wird das erste Mal sein, seit ich auf der Insel bin.

Am nächsten Morgen schnappe ich mir Junes Rad, das unangeschlossen am Baum lehnt, packe meinen Beutel, lege eine Flasche Wasser in den Korb und schiebe es zur Straße. Ich habe nie in Betracht gezogen, ein Damenrad zu fahren, es stellt sich jedoch heraus, dass es die bequemere Variante ist.

Ich schwinge aus alter Angewohnheit mein rechtes Bein über die imaginäre Stange und trete in die Pedale. Es geht gut voran. Wo ist der Unterschied zwischen einem Damen- und einem Herrenrad? Außer der Stange?

Ich habe den Eindruck, dass es mühsamer zu lenken ist, aber letztendlich sicherer die Spur hält.

Ich bin früh am Morgen erwacht und habe schon nach dem Aufstehen eine wunderbare lebensbejahende Energie und Freude bemerkt. Ich spürte den Wunsch nach Veränderungen. Nicht einmal ein Anruf, der mir den Tag versauen sollte, brachte mich auf die gewohnte Bahn, meine Mundwinkel zeigten über Minuten nach oben. Ich hatte mich im Vorbeigehen im Spiegel der Vitrine gesehen, als ich aus dem Haus huschte. Gegen zehn hatte sich dennoch mein Handy gemeldet und eine Nachricht von Zettel hinterlassen, dass ich bereit sein solle; ein Journalist der Sylter Zeitung werde anrufen, um mich zu meinem Geburtstag zu befragen.

Ich reagierte nicht darauf, nahm mir aber vor, Zettel gegen Mittag anzurufen, schickte ihr dann doch noch vor dem Verlassen des Hauses eine SMS, um ganz sicherzugehen, dass sie mich nicht unterwegs anrufen würde.

Ich nehme den Radweg nach Keitum, trete kräftig in die Pedale und fühle mich nach Tagen zum ersten Mal gut. Ich habe mich für eine positive Gangart entschieden, will heiter sein. So steht es geschrieben!

Ich strampele los und bemerke im gleichen Augenblick, wie allein schon der Gedanke an das Gute mich zum Lächeln bringt.

Das Watt liegt linksseitig ein paar hundert Meter von mir entfernt in der Vormittagssonne, der Himmel ist tadellos. Mein Blick wandert über eingezäunte Wiesen und

Felder, mal zu einer Bäumchengruppe hin, mal zu einer Schafherde. Vier, fünf Tiere stehen in der Gruppe zusammen und fressen. Ein friedliches Bild, das meinem Herzen Nahrung gibt. Ein paar Möwen kreisen am Himmel, und die Stare sammeln sich, Amseln sitzen in den Sträuchern. Der Frühling soll kommen. Kein Mensch ist weit und breit zu sehen. Genüsslich sauge ich die Luft durch die Nase und fühle mich frei und ungebunden wie in den besten Tagen meiner verlorenen Jugend. Meine Fußspitzen berühren die Pedale, und lächelnd stemme ich mich gegen den Wind.

Kurz vor Braderup biege ich von der Hauptstraße ab und wähle einen kleinen Zubringerweg, der querfeldein hinunter zum Watt führt. Eigentlich scheint er mir für eine Radtour ungeeignet. Matsch und Geröll machen es an sich unmöglich, entspannt den Weg zu fahren, dennoch folge ich gewissermaßen meinen Füßen. Ich spüre jede Anhöhe, jeden Erdwurf und muss ordentlich in die Pedale treten. Es ist die freie Wildbahn, die ich suche. Abenteuer liegt in der Luft.

Reste vom Dünengras hindern mich schneller zu fahren, dennoch gewinne ich eine kindliche Freude daran, über Stock und Stein zu hoppeln, und nehme jedes Hindernis als willkommene Abwechslung.

Kurz vor Munkmarsch bemerke ich, wie mein Körper droht schlappzumachen. Hinter einer Mulde passiert es dann. Vor einer wie aus dem Nichts auftauchenden Bodenwelle muss ich abbremsen und kann gerade noch das Rad hochziehen, ehe ich über den Lenker hinweg in den Matsch fliege.

Ich trage keinen Helm, weil Helme einfach bescheuert aussehen. Ich registriere meinen Sturz wie in Zeitlupe. Eigenartigerweise lasse ich den Lenker nicht los, auch nicht, als ich schon in vollem Fluge bin. Es ist gespenstisch, ich verliere total die Kontrolle.

Mit der rechten Wange lande ich auf dem Boden. Er ist noch hart gefroren, es tut sehr weh. Tock, tock, klingt es in meinem Kopf wie das Hämmern eines Buntspechts. Mit der Wange am Boden schlittere ich den Weg entlang. Steinchen und Geröll zerschneiden mir Nase und Wange, und ich stoße mehrmals mit der rechten Augenbraue an.

Meine Hüfte knackt, und das linke Knie droht in die Kette zu geraten, dann nehme ich nichts mehr wahr. Ich überlasse mich ohnmächtig der Erkenntnis, nichts gegen den Lauf der Dinge machen zu können, dieser fremden Energie, die mich auf den Boden zwingt.

So schabe ich den Schotterweg entlang und komme schließlich zum Liegen. Um genau zu sein, pralle ich mit dem Kopf gegen eine Bodenwelle und finde endlich Halt.

Um mich zu orientieren, bleibe ich ein paar Momente liegen.

So schlimm ich den Sturz auch empfand, ich fühle mich seltsamerweise gut und wie bei mir selber angekommen. Es ist kein unangenehmes Gefühl, würde nur mein Gesicht nicht so brennen.

Noch immer halte ich den Lenker mit beiden Händen fest. Das Weiß meiner Fingerknöchel tritt hervor, es ist das Erste, das ich wahrnehme. Ich brauche eine ganze Weile, um die Finger auseinander zu bekommen. Mein rechter Fuß steckt irgendwo in den Speichen vom Vorderrad, die linke Hüfte qualmt, meine Schulter fühlt sich wie ein frisch gehobeltes Brett an. Glücklicherweise habe ich mir nichts gebrochen. Vorsichtig rappele ich mich auf, wobei ich den Lenker wie eine Krücke benutze. Dann nehme ich mir das Rad vor.

Das vordere Schutzblech ist verbogen, der Sattel steht quer. Durch eine leichte Drehung bringe ich alles wieder in seine alte Fassung.

Nachdem ich meine Kleider geordnet und keine weiteren Verletzungen registriert habe, schiebe ich das Rad eine kleine Anhöhe hinauf, die zur Hauptstraße führt. Dort lehne ich es an eine Bank und setze mich erschöpft.

Die Knochen tun mir weh, aber die Wange blutet nicht mehr, nur meine Knie schmerzen noch und schicken Stromstöße in Richtung Leiste.

Ich blinzele in die Sonne, die warm auf meine Wangen scheint.

Ich fühle mich leicht, der Sturz hat sämtliche Grübeleien verjagt. Ich würde auf der Stelle einschlafen, wenn die Landschaft nicht so gesprächig wäre.

Es ist ein ungewöhnlicher Platz, einzigartig, ein herrlicher Ausblick. In der Ferne die Baumgruppen, Felder, die an die Ansiedlungen von Keitum und Archsum grenzen. Ein paar Friesenhäuser hinter wild bewachsenen Feldsteinwällen, Kreuzwege, die zur offenen Marsch hinausführen.

Von diesem Anblick beeindruckt, lasse ich mich an die Rückenlehne der Bank sinken und verschränke die Arme hinter dem Kopf. Der Himmel ist wolkenlos, nur ein paar Möwen kreisen über dem Watt, und fernab tummeln sich Enten und Haubentaucher im Schlick der Priele.

Ich schließe die Augen. Da ist EIN WILDES POCHEN. Es ist mein Herz. Es meldet sich wie ein Untermieter, den ich seit Jahren angehalten habe, bis zur Erschöpfung zu arbeiten, bloß, weil er die Miete nicht mehr bezahlen konnte. Das ich drangsaliert und geschunden habe und das sich nun bemerkbar macht und schreit: LASS MICH ENDLICH MAL IN RUHE.

Ich spähe in die Sonne. Sie scheint so kraftvoll, dass ich ihr Licht nicht mehr aus meinen Pupillen herausbekomme. Ich werde ganz matt davon.

Wie viele Bühnenauftritte habe ich mir in den letzten Jahren verschrieben? Es müssten allein im letzten Jahr über dreihundert gewesen sein. Die ganze Republik habe ich bespielt. War in Landschulheimen, überheizten Stadthallen, in Theatern und Mehrzweckhallen aufgetreten, überall habe ich meine Spuren hinterlassen. Rilke, Hesse, Eichendorff, Heine, Büchner, Storm, die Grimms.

DIE REVOLUTIONÄRE DES HERZENS.

Ich saß an der Rampe, unermüdlich im blassmilchigen Licht, das Buch vor mir, immer im selben Sessel, der an den Armlehnen schon graue Stellen aufwies. Mal mit leiser, mal mit lauter Bühnenstimme. Einer Stimme, die mir vertrauter geworden ist als die, mit der ich draußen unterwegs bin und die mir fremd wird, sobald ich ein Theater verlasse. Die ich manchmal noch zum Bestellen eines Bieres benutze oder zum Gemurmel unter Fremden. Viele hielten mich in den letzten Jahren für einen Ausländer.

Jeder Bühnenboden einer Theaterklitsche in Rostock oder Wanne-Eickel war mir vertrauter als die Erde meiner Väter. Die Inspizienten der gesamten Republik kannten meinen Namen. Toiletten und Garderobenschränke waren mir so vertraut, dass ich bei meiner Ankunft instinktiv die Lichtschalter fand. Ich brauchte NIEMANDEN MEHR DANACH FRAGEN.

Die Gänge, Zuschauerräume und Hinterbühnen waren mein Zuhause. Die Hotels, die Pensionen, die Zimmer, Toilettenbecken, Duschvorhänge, Sitzmöbel und Schlafcouchen – ICH KANNTE SIE ALLE. Marias Telefonstimme war mir auf Jahre vertrauter als jede andere.

Kam ich für ein Wochenende mal nach Haus, mussten wir uns neu definieren. Es gab für das Private einfach keine Rollenstrukturen mehr, auf die wir zurückgreifen konnten. Ich fühlte mich in Berlin über Jahre wie ein Gast, wie ein Tourist, der eine fremde Stadt besucht.

Dreißig Jahre machte ich das so, und die Damen dankten es mir. Mein Techniker alterte in dieser Zeit derart, dass ich es mit der Angst bekam. Ich hatte ihn vor dreißig Jahren von der Tourneeorganisation »Wiesenkönig« angeheuert, da war er noch ein junger Mann gewesen, der ohne weiteres in kurzen Hosen arbeiten konnte. Jetzt regierte ein Greis über Licht und Ton. Warum hatte ich mir in letzter Zeit die Gesichter meiner Mitarbeiter nicht besser angesehen? Ich hätte eine Menge über mich selbst erfahren.

Grau, wie der Bühnenboden, den wir in jede Halle schleppten, waren wir geworden. Hundertfünfzig Rilke-Verse hatte ich in den Theatern hinterlassen, einige sogar nach der Vorstellung handschriftlich an die Garderobenspiegel geklemmt. Als Denkzettel für meine Kollegen, die diese Art Flaschenpost zu schätzen wussten. Es waren versteckte Botschaften an die Hinterbliebenen, die meine Freiheit beneideten.

Keiner meiner Kollegen verstand, dass ich lieber an ihrer Stelle gewesen wäre, als Abend für Abend in einer anderen Stadt. Dutzende Abende hatte ich fiebrig an der Rampe verbracht, krank, aber nie schlapp, und meine Dichter rezitiert, als ginge es um mein Leben. Hatte sie intoniert, gefaucht, geschrien und in die vorderen Reihen gespuckt, dass mir im Nachhinein angst und bange um meine Gesundheit wird.

Die Sonne tut ihr Bestes, sanft liegt das Licht auf meiner Wange, und doch klappere ich mit den Zähnen, es klingt wie ein Jambus. Selbst jetzt noch denke ich an meine Arbeit. Von Kollegen habe ich Traumzahlen von mehr als fünfhundert Vorstellungen pro Jahr gehört, was nicht zu steigern war. Der Gedanke, ebenso wie sie mein Leben verspielt zu haben, lässt mich schauern.

Ich dehne mich und werde mit einem Mal so müde, dass ich auf der Stelle nur noch schlafen will. Ich verschränke die Arme im Nacken und schließe die Augen.

Gestern, nach dem Bad, habe ich mir ein Fischbrötchen am erstbesten Stand in der Fußgängerzone im Pulk einer Rentnergruppe gestattet. Sie begannen, nachdem eine Menge Alkohol geflossen war, zu singen.

»Wer soll das bezahlen, wer hat so viel Geld?« Und dann: »Wir kommen alle, alle in den Himmel.«

Sie sangen die Lieder ihrer Jugend. Lieder aus der Zeit meiner verklemmten Kinderzeit. Sie waren nicht zu bremsen, ich machte mich sofort davon.

Das war gestern. Jetzt scheint die Sonne warm auf meine verletzte Wange. Ich atme die Luft ein und spüre mit einem Mal eine tiefe Dankbarkeit. Die Bühne hat mich befreit, vom ersten Tag an, als ich sie betrat.

Eine Welt aus Pappwänden, mit Styroporbäumen und Plastikrasen. Ein sicheres Gelände für jeden, der nach etwas anderem sucht, der den Stumpfsinn und die Gleichmacherei hinter sich lassen will, wo es nur Waschmittel, Zahnspangen und Hodenbrüche gibt, Rentenbescheide und Kriegsanleihen. Ich muss lachen, das waren die Sprüche eines Neunzehnjährigen.

Schon als Kind hatte ich mir eine Welt erschaffen, hatte sie in den geheimsten Winkeln und Ecken unseres Palastes erfunden. Sie hatte meine Einsamkeit erträglich gemacht. In den dunkelsten Fluren, da wo keiner hinkam, wo man als Kind mit sich allein sein kann, erschuf ich mich in dieser Welt. Stühle und Tische, Rauputz und knarrende Dielen wurden meine Gesprächspartner, Gardinen, Kordeln und liegengelassene Laken, Bänder der Damen, Haken und Feger meine Accessoires. Ich brauchte nicht viel, und schon donnerten die Geschütze meiner Schlachten, die ich austrug, wurden Verletzte gepflegt, jammerten die Mütter.

Die Einsamkeit macht mir auch heute noch nichts aus, ich war schon immer gerne mit mir allein. Ich wurde ein Träumer, die Frauen halfen mir dabei, sie waren meine fatalen Glücksbringer. Sie zupften mir den Gehrock zurecht, streiften mir den Kragen meines Hemdes glatt. Ich stellte mich keck in Pose, mit Stock und Zylinder, und rief ihnen Geschichten zu, die ich spontan erfand. So fing alles an. Und jetzt?

Der Wind fährt mir ins Gesicht, meine Joppe fühlt sich klamm an. Mir wird ganz schlecht bei dem Gedanken, mein Leben ausschließlich als Spiel verbracht zu haben.

Ich höre Stimmen und öffne die Augen.

Ein Mann und eine Frau stürmen den Hügel hinauf. Sie tragen gelbe Regenjacken, die Frau schreitet energisch voran. Die Frau ruft schon von weitem: »Jetzt sind wir extra aus List gekommen, um auf unserer Bank zu sitzen.«

Sie bleibt vor meiner Bank stehen und schüttelt den Kopf, augenscheinlich erstaunt darüber, dass ich nicht sofort aufspringe und ihr die Bank abtrete. Der Mann hebt schüchtern die Hand zum Gruß, sagt aber nichts.

»Wir sind extra wegen unserer Bank hierhergekommen. Ja, da staunen Sie, was?«

Sie sehen vollkommen vernünftig aus. Ich könnte ihnen ohne weiteres die Schlüssel meines Wagens anvertrauen.

Ich setze mich auf. Hilfesuchend schaue ich zu dem Mann. Er lächelt verlegen und blickt in den wolkenlosen Himmel.

»Das kann doch nicht ihr Ernst sein«, sage ich leise und erhebe mich.

»Sie könnten doch rutschen. Sie stellen einfach Ihr Fahrrad an den Baum dort, und wir setzen uns gemütlich neben Sie«, sagt die Frau. Die beiden machen keine Anstalten, weiterzugehen.

»Unglaublich«, murmele ich und gebe dann resignierend die Bank frei.

Vielleicht hätte ich an anderen Tagen um meinen Platz gekämpft. Hätte auf mein Erstrecht gepocht oder von meinem Unfall gesprochen, von der Müdigkeit.

Ich schiebe das Rad langsam den Hügel hoch, vollkommen mechanisch, als hätte ich das ein Leben lang geübt. Ich drehe mich auch nicht mehr um, ich gehe einfach weiter.

Das Fahrrad lässt sich nur mühsam schieben. Meine Sachen fühlen sich kalt an.

DU HAST DIE ALTE KACKE ZU TRAGEN. DU KANNST GAR NICHT ANDERS, DU BIST SO. DU WIRST DICH AUCH NICHT ÄNDERN. IM GRUNDE BIST DU NUR ZU FEIGE, DIESEN PENNERN EINE ZU WIENERN. WEIL DU IMMER DER NETTE SEIN WILLST.

So geht es in meinem Kopf hin und her, ich mache mir Vorwürfe und fühle mich grausig, wie nach einer verlorenen Schlacht.

Auf dem Hügel angekommen, drehe ich mich noch

einmal um. Da steht die Bank, und die beiden sitzen nebeneinander, sie haben ihre Gesichter der Sonne zugewandt. Die Frau hält die Augen geschlossen.

Ich bin enttäuscht von mir. Ich habe zu leicht aufgegeben und mich überrumpeln lassen. Ich bin es gewohnt, als Erster das Feld zu räumen. So war ich ständig auf der Flucht vor irgendwem – vor den Jugendgangs, vor Rentnern, vor kläffenden Hunden, vor Frauen, die mich bedrängten, vor Männern, die mich mit ihren Krankengeschichten vollquatschten. Ich war ein Fluchttyp und werde mich auch niemals ändern können. Wie denn auch? In ein paar Tagen werde ich sechzig sein.

Das Gesicht meines Vaters war immer verbeult, selten sah ich ihn anders. Wenn er sich morgens rasierte, stellte er sich mit der Klinge bewaffnet vor den klitzekleinen Spiegel und überlebte diese Prozedur nur, indem er sich ganz auf sich selbst besann. Wäre er unaufmerksam gewesen, hätte er sich schlimm verletzen können.

Das war einer der wenigen Momente, der sich bei mir eingeprägt hat, wo er ganz bei sich war. Wie er den Rasierpinsel und das Rasiermesser führte, ich bewunderte ihn dafür, sein konzentrierter Blick, seine gerade Haltung. Ich weiß nicht, warum ich jetzt an meinen Vater denken muss. Er war sicher oft gestürzt in seinem Leben und sah deshalb so verbeult aus. Er war kein Held, sondern einer, der schnell aufgab.

Ich schiebe das Rad über die kleine Dorfstraße bis zum Friedhof Keitum und schaffe es gerade noch bis zum Eingang. Dort lehne ich es an das Mäuerchen und bleibe für einen Moment erschöpft daneben. Irgendein Idiot hat das Tor ausgehängt, es baumelt haltlos an einem Haken.

Dort auf der anderen Seite des Friedhofs die Giebel der Severinkirche. Sooft ich auf der Insel war, habe ich sie besucht. Ein paar Meter weiter beginnen die Gräberreihen, die kleinen Wege, die Pappelalleen. Ich mache mich los und freue mich, wieder etwas Ruhe zu haben.

Ich laufe die Gräberreihen ab, der Kies knarzt unter meinen Schritten. Es grünt schon, die Hecken tragen Kronen. Auf den Grabsteinen schimmert das Abendlicht. Kein Mensch ist weit und breit zu sehen, wunderbar.

Ich denke an meinen Vater, an sein Gesicht. Jetzt bin ich schon so alt und denke immer noch oft an ihn. Irgendwer riet mir einmal, nicht mehr an ihn zu denken, das ergebe ab einem gewissen Alter keinen Sinn mehr. Das sei Kinderkacke, kümmere dich um dich und um dein Leben. Die Eltern sind tot und damit genug. Ich pfeife drauf, ich denke an ihn. Nach jedem Sturz, nach jeder Beule. AUCH EINEM FAST SECHZIGJÄHRIGEN FEHLT MANCHMAL DER VATER.

Ich habe ein Recht darauf, einen Friedhof abzulaufen und an meinen Vater zu denken. Und ich mache es auch gern, es beruhigt mich. Es zeigt mir, dass ich noch am Leben bin. So wie die Mäuerchen und die Kirche, die meine Lieblingskirche ist. Ich liebe auch Kirchen auf Postkarten. Ich mochte das schon in Vietnam und Thailand, dort die Tempelstätten der Urahnen. Ich mag auch den Kitsch der Katholiken, den Vatikan, seidenumspannte Gebetbücher und güldene Altare.

ICH LIEBE KITSCH. Ich weiß, es ist Müßiggang, auf Friedhöfe zu gehen und an den eigenen Vater zu denken und in nostalgischen Erinnerungen zu versinken, aber ich brauche jetzt diese Oase.

Ich bin verwundet, will meine Wunden lecken. Erst

fliege ich auf die Fresse, dann lasse ich mir meine Bank wegnehmen. Friedhofsspaziergänge sind gut für die Seele, wenn man sich im Krieg mit den Gelbjacken befindet.

Die Grabsteine sind allesamt sorgfältig gepflegt. Ich überfliege die Namen, starke, norddeutsche Namen wie Jensen, Wolfsen und Severin. Ich sehe die Namen fremder Grabsteine.

Die Rasur war der einzige Moment, wo mein Vater einen gelösten Gesichtsausdruck hatte. Sorgen plagten ihn unentwegt. Die Vorgesetzten im Amt, das Leben mit meiner Mutter, die Verwandtschaft und sein Körper, der ihm zu schaffen machte.

Er hatte viele Gründe, sich nicht so gern zu haben, sonst hätte er nicht so viel gesoffen. Er hätte wie ich abhauen sollen, aber dafür war er zu anständig. Er war auch einer, den man einen Kindmann nennt, ein Kindskopf. Er hatte ein weiches Gesicht und Kinderaugen. Seine Familie hatte auf ihn eingewirkt, bis nichts mehr von ihm übrig war, und er hatte sich gefügt.

Bevor sie ihn in den Krieg schickten, war er ein selbstbewusster Kerl gewesen, später war er gebrochen. Wie alle Männer, die man in den Krieg geschickt hatte. Er war nur froh, wenn er zu Hause war. Er war ein Lämmchen, alle hatten ihn gern. Meine Mutter mochte ihn auch, aber nur, wenn er stark war. Er war allerdings sehr selten stark. Es ist schwer, einen schwachen Mann zu lieben, denke ich.

Irgendwann starb mein Vater.

Mit jedem Schritt über den Friedhof geht es mir besser. Es ist still hier, es beruhigt, seinen eigenen Schritten zuzuhören. Drüben in der Severinkirche brennt noch

Licht. Mein altes Thema, seit ich mit Eichendorff lebe. Manchmal schummele ich eigene Texte in die Gedichte – die Leute merken es nicht. Es ist eine fixe Idee, und ich tue es für den Jungen, der ich einmal war. Es freut mich, ein Schulterschluss mit dem alten Rebellen, zusammen gegen die Gelbjacken. Würde ich es vorher ansagen, wäre der Effekt gleich Null. Ich hasste die Belehrungsattacken der sechziger Jahre, ich kam aus der Arbeiterklasse, ich glaubte nicht an ihre Thesen.

Mein Vater konnte sich nicht durchsetzen. Ich hätte ihm gerne geholfen. Ich sah seine Sorgen und Nöte und wusste immer, wenn er vom Amt gekränkt zurückkam. Er ging nicht gern zur Arbeit, und weil er musste, trank er, um alles zu vergessen. Ich hätte ihm sagen können, dass er vorsichtig mit sich sein sollte, er hätte auf mich zählen können, aber er sprach selten mit mir, und später verloren wir einander ganz.

Es ist beruhigend, durch die Gräberreihen zu gehen. Auf einem Grabstein steht der Name eines Reeders, daneben der seiner Frau. Gottfried und Erna Johannsen, gebürtige Schlindt.

Es ist gut und versöhnlich, wenn Mann und Frau im Tod zusammenliegen. Sie sind nicht allein, und vielleicht haben sie sich etwas zu sagen, was sie im Leben nie sagen konnten. Ich würde meine Eltern auch gerne zusammenlegen, aber allein die Überreste meines Vaters wiederzufinden ist unmöglich. Man hatte ihn vor zwanzig Jahren umgebettet. Wohin, konnte ich nie in Erfahrung bringen.

Ich laufe die kleinen Pappelalleen ab. Ein paar Krähen hocken sich abwechselnd auf den Weg, sie stören mich nicht, ich fühle mich gut, ich bin der einzige Mensch hier, es ist wie damals, als ich durch die leeren Parks lief.

Immer den Kopf voller Flausen und Geschichten, immer den Kopf voller Sorgen um das Glück meiner Eltern.

Auf einem Grabstein lese ich: »Erinnern wir derer, die uns nicht vergessen.«

Erinnerungen sind wie Baumrinde, sie zeigen die Jetztzeit an, und mit den Jahren erkennst du sie nicht mehr, weil die Bäume gewachsen sind und die Rinde sich verändert hat. Baumringe kann man datieren, aber sie werden erst sichtbar, wenn der Baum tot ist, die Rinde bleibt, und die Erinnerungen bleiben ebenfalls.

Bevor ich nach Asien abhaute, dachte ich völlig anders über meinen Vater und meine Mutter. Ich malte sie mir in schönsten Farben. Ich tauschte dann einfach die Gesichter, klebte meinem Vater einen Bart an und ließ Mutter zur Sängerin werden. So wurden sie zu Zarin und Zimmermann, das perfekte Paar. Es war gut so. Man soll die Menschen, die einem am wichtigsten sind, nur dann zu dem machen, was sie sind, wenn man es auch aushält. Und jeder weiß, wann es so weit ist. Nur ein gefällter Baum lässt sich innen vermessen.

Mein Vater war nie ein venezianischer Kaufmann, auch kein cleverer Buchhalter, kein Gewinnertyp. Weder ein holländischer Zahlmeister noch ein stolzer Kapitän auf der Fahrt ins Glück. Mein Vater war ein weicher, sensibler Mann, der krank von dem Krieg war, erschöpft von der anderen Welt.

Meine Mutter war auch keine Tänzerin, keine professionelle Sängerin, aber wenn sie sang, klang es schön. Meine Mutter war eine ganz normale Frau, die Tag und Nacht für uns sorgte, um Vater und mich durchzubringen. Sie hatte nichts Besonderes, sie dachte nur immer, dass sie etwas Besonderes war, und das war das Einzigartige an ihr. Sie dachte, sie sei eine große Persönlichkeit, eine Sängerin oder eine Schauspielerin, eine, die anders ist als die anderen, und diese Vorstellung gefiel ihr.

Für mich war sie einzigartig schön, wie alle Mütter für ihre Jungs schön sind. Wir bewohnten auch keinen Palast und hatten auch keine Bediensteten, wie ich mir oft einbildete. Es gab da ein paar Untermieterinnen, die aus Schlesien kamen und uns bei der Miete halfen. Mehr war es nicht. Vater und Mutter waren kein Traumpaar, aber sie liebten einander.

Ja, sie müssen sich geliebt haben, sonst wäre ich nicht hier und würde auch nicht älter werden können. Sie flogen mir durch den Kopf wie Eisvögel, von denen ich als Kind immer geträumt hatte. Aber die Eisvögel, blau gefiedert und stolz und würdevoll, mit einem großen Schnabel, die ich so liebte, sie gehörten einer Welt an, die mir verschlossen war, die mir erst nach Vaters Tod eröffnet wurde.

Von da an lebte ich mit meinen Vögeln, die ich so sehr liebte. Ich wollte immer ein Vogelfänger werden oder Bauchredner, einer, DER MIT SICH SELBER SPRICHT, das waren meine geheimsten Wünsche.

Und heute ließ ich mich einfach von meiner Bank vertreiben!

Maria würde sich an die Stirn tippen, ein Wunder, dass sie noch bei mir ist.

Ich gehe von Grabstein zu Grabstein. Komischerweise macht es mir nichts aus, die Zeit zu verschenken. Vielleicht sind es die Gräber, die Friedhofsstille, die mir Selbstvertrauen verleihen. Ich fühle mich plötzlich leichter. Mir fällt ein altes französisches Chanson ein: »Doch mit der Zeit geht alles vorbei, und man vergisst die Art, die Stimme, das Gesicht. Wozu die vielen Fragen, wenn das Herz zerbricht. Lösch nur das Feuer, lösch die Glut, brauchst nicht zu grübeln, es ist gut.«

Ich gehe zur Pforte zurück. Sie haben ein Hinweisschild aufgestellt. Sollte kein Streugut verfügbar sein, sei man selbst haftbar.

Jetzt kommt der Frühling, denke ich.

Das Rad steht noch da, so wie ich es vor einer Stunde verlassen habe.

Ich nehme es am Lenker und schiebe es ohne Eile bis zur Straße. Ich habe keine Lust aufzusteigen, ich will es schieben.

Ich friere ein wenig, der Abendwind kriecht mir unter die Joppe. Wie kommt es, dass Kinder eigene Wege gehen? denke ich. Ohne Eile schiebe ich mein Rad voran. Ich habe Zeit, weit und breit ist niemand zu sehen.

Für ein paar Momente bin ich der einzige Mensch auf der Welt.

Und plötzlich ist Nacht

»Deine Seele will weiter.«

Ich antworte nicht, ich denke mir meinen Teil. Ich genieße, was Maja, meine Physiotherapeutin mit spirituellem Hintergrund, mit ihren Händen macht. Sie ist eine Heilerin. Noch vor Jahren hätte ich über den Begriff »Heilerin« gelächelt, heute habe ich die Gewissheit, dass es Frauen gibt, die mit ihren Händen heilen können. Männer vielleicht auch, aber ich habe noch von keinem gehört.

Maja streicht mir über den Nacken, es tut gut, ich bin verspannt wie eine Tapetenrolle. Die Energie, die sie an mich weiterleitet, ist von Gott, vom heiligen Geist oder kommt aus dem alles umfassenden Licht.

Anfangs distanzierte ich mich von ihrer Methode, ich ließ es mir nur nicht anmerken, um sie nicht zu verletzen. Nach einer Behandlung entdeckte ich diese göttliche Kraft. Noch Stunden nach einer Behandlung fühlte ich mich völlig schmerzfrei.

Ich hatte überall auf der Welt Frauen mit derartigen Begabungen erlebt. In Indonesien, wo speziell alte Frauen diese Gabe ausüben. Meine innere Kirche fand ich immer nur draußen, nie in Hannover oder Berlin. Älterwerden heißt wohl, mehr auf der Stelle treten, eher finden als suchen. Nie fand ich etwas vor der eigenen Tür, immer nur, wenn ich ganz weit weg war von meinem normalen Leben.

Maja legt ihre Hände auf meine Schultern, Arme und Bauch. Sie wandern auf mir, und ich gebe mich ihren Berührungen hin. Wer zum Teufel hat diesen Unsinn vom Loslassen erfunden? LASS LOS! Was denn um Gottes willen. Wen oder was soll ich loslassen? WIE MACHT MAN DAS?

Ich spüre, wie meine Lebensenergie wieder durch meinen Körper fließt, ich spüre sie bis in die Fußspitzen.

Maja schweigt, das ist gut so. Ich bin der Einzige, der hier spricht, wenngleich im Moment nur innerlich. Maja stört mich nicht durch irgendwelche Kommentare. Ein Mann und eine Frau, die nicht stört. Ich komme mir ein wenig schuldig vor. Der Pascha monologisiert unter den Händen einer Frau, und sie stört ihn nicht.

Ich kann ein gewisses Wohlbefinden nicht leugnen. Ich brauche nichts weiter zu tun, als hier zu liegen. Selten genug gibt es für mich eine derartige Situation, speziell wenn ich mit einer Frau allein im Raum bin. Meistens tue ich irgendetwas. Majas Hände sagen: »Guter Freund, es ist alles okay. Du darfst mal für eine Zeit deinen Kopf verlieren, du brauchst nichts weiter tun, als die Verbindung mit Gott aufzunehmen. Ich bin dein Medium und für dich da.«

Oh, lieber Gott, schick deine Engel zu uns nieder. Zu denen, die wie wir verloren und hilflos sind.

Majas Hände gehen auf meinem Körper spazieren. Ich halte meine Augen geschlossen. Mit geschlossenen Augen sieht man klarer, man kann das Wesentliche vom Unwesentlichen unterscheiden. Maja macht keine Geräusche. Sie hat etwas Großmütterliches an sich, ich liebe

Großmütter. Ich vertraue Maja. Ich kann sein, wie ich bin, und das gelang mir als Kind nur bei den alten Frauen. Bei denen ließ ich mich fallen. FALLEN. Ich muss plötzlich an Paul Bowles denken. Ein Roman von ihm handelte von einem jungen Mann, der in den Gassen von Marrakesch zugrunde geht. Das muss die Angst jedes Zivilisten sein, irgendwo auf der Welt verlorenzugehen, zu fallen und von niemandem bemerkt zu werden. Nur Soldaten fallen, Zivilisten gehen zugrunde.

Ich war mein Leben lang ein kleiner Soldat, in jeder Disziplin. Ich stehe noch heute jeden Morgen früh auf. Ich hasse es, unpünktlich zu sein, ich öffne jeder Frau die Tür und kann sehr hart gegen mich selbst sein.

Es ist ein Irrtum, zu glauben, dass man Einfluss auf seine eigenen Verhaltensweisen hat. Im Moment lasse ich mich sein, wie ich bin. Sollte das etwas mit der göttlichen Energie zu tun haben, so bin ich zutiefst dankbar und liege sehr gern mit mir herum. Meine Augen sind geschlossen, und ich sehe in meiner imaginären Welt zwei Oberkellner, wie sie in einem bayerischen Landgasthaus die Tische abräumen. Sie haben alle Hände voll zu tun.

Heute früh war es für mich unmöglich, aus dem Bett zu kommen. Die Rückenschmerzen waren derart stark, dass ich nur mühsam aufstehen konnte. Ich fiel auf die Knie, eine völlig neue Erfahrung. Bis heute machte mein Körper immer alles mit, er folgt fast jeder noch so blöden Anstrengung, die ich mit ihm unternehme. Heute früh war das mit einem Schlag anders. Ich sah mich als Greis. Wände, Tischchen, der Schrank, das Zimmer, alle Dinge bekamen ein anderes Gesicht. Es durchfuhr mich wie ein Blitz: Ja, ich werde älter.

Ich hatte von einem Eisvogel geträumt. Einem Riesenvogel mit blauem Gefieder und einem nach unten gebogenen Schnabel. Er war mir auf die Hand geflogen und dort sitzen geblieben. Ich erwachte schweißgebadet, das Laken klebte mir am Rücken, und die Angst vor diesem Tier, das ich sofort als Todessymbol ansah, nahm mich total ein.

Meine alte, verfluchte TODESANGST. Sie ist mir geläufig wie der Mond.

Minuten später rappelte ich mich auf und hatte das Bedürfnis, mit Jensen zu telefonieren, meinem alten Weggenossen. Ich folgte einer Intuition, war beunruhigt, ich wollte nur wissen, was er so macht und wie es Bienchen, seiner Frau, geht. Wie sie ihre OP überwunden hat und wie alles läuft. Ich hatte das Bedürfnis, über diese Dinge mit ihm zu reden.

Gegen neun rief ich ihn an, da war er noch nicht im Büro. Gegen zehn rief Jensen mich zurück. Sie hatten Bienchen nach einer erfolgreichen OP in eine Klinik in Hamburg-Barmbek gebracht. Bienchen war erblindet. Analyse: Gerinnsel im Gehirn. Jensen war außer sich, ich bemerkte es sofort an seiner Stimme. Er wirkte gehetzt, was er sonst niemals war.

»Ein Schlaganfall ist es nicht, aber wer weiß das schon? Ihre Mutter hatte auch so ein Schicksal.«

Ich fragte ihn, wie er die letzte Nacht geschlafen habe.

»Irgendwann schläft man immer ein«, antwortete er.

Jensen flog der Boden weg. Er war sich nicht mehr sicher. Niemand gab ihm Auskunft über Bienchens Zustand, die Ärzte am allerwenigsten. Ich ahnte, diese Unsicherheit würde ihn in den nächsten Stunden und Tagen mürbe machen.

Ich kannte dieses Gefühl. Anfänglich würde er noch ruhig bleiben, dann aber würden Fragen und Zweifel kommen, sollte sich dann immer noch keine erlösende Antwort einstellen, kein Zeichen der Hoffnung, dann würde Jensen auf einer Achterbahn der Gefühle durch das All fliegen, nichts würde sein, wie es mal war. Jensen konnte nichts weiter tun als WARTEN. Nach ein paar Minuten legten wir mit den besten Wünschen auf.

Die Gedanken an Jensen machen mich völlig hilflos. Gut, dass Majas Hände da sind. Das Schicksal lässt sich nicht beeinflussen, wir sind sterblich wie alte Bären.

»Da muss er lernen von den Dingen. Anfangen wieder wie ein Kind, weil sie, die Gott am Herzen hingen, nicht von ihm fort gegangen sind.«

Rilkes Pilgerfahrten kann ich abrufen wie Zettels Handynummer. Er war uns mit seinen Gedichten voraus.

Jensen war immer sachlich, ich kenne ihn als verlässlichen Partner. Jensen ist eine Bank. Er ist ein Realist. Über vierzig Jahre hat er meine Lesungen gebucht, wir kennen uns von Jugend an. So aufgelöst wie heute morgen hatte ich Jensen noch nie erlebt.

»Ich sage dir, wenn die Glocke der Endlichkeit läutet«, sage ich in die Stille hinein, »fliegt dir das Leben um die Ohren.«

Maja antwortet nicht. Es ist vielleicht besser, zu diesem Thema zu schweigen. Ich halte meine Augen geschlossen und lausche in die Stille, dann sage ich: »Als ich abgehauen bin, hatte ich nichts, nur ein paar spinnerte Träume von einem besseren Leben.«

Wie komme ich jetzt auf meine Flucht? Maja lief als junges Mädchen auch früh von zu Hause weg, sie hat es mir einmal erzählt. Sie kannte sich darin aus.

»In Kuta gab es eine Oase, wenn man den Weg nach

Legian nimmt, versammelten sich die Touristen. Beatniks und Mädchen, die für ein paar Wochen von ihren Männern wegwollten, um zu bummeln, um Drogen zu konsumieren. Du kennst das ja. Pilze, Dinge, wo über Tage alles blank und offen liegt. Die sehnten sich nach einem Netz ohne Boden, wollten raus aus ihrer sicheren Welt.«

Maja schweigt, ich halte tapfer meine Augen geschlossen.

»Ich habe eine Menge Frauen, speziell in Asien, gesehen, die es jede Nacht mit wechselnden Kerlen trieben. Sie taten es mit Surfern, die von Sydney rüberkamen, sie machten es mit den Kellnern. Mit allem, was männlich und anders als die deutschen Männer schien. OHNE BEOBACHTUNG, darum ging es. Sie machten es sogar mit den Indonesiern, die sie im Urwald auftrieben. Da flogen eine Menge Sachen durch die Luft, und wenn du dir was eingefangen hattest, war das nicht ungefährlich.«

Ich bemerke, wie ich in den Slang meiner Jugend verfalle, und finde es im gleichen Moment peinlich, Maja mit meinen alten Geschichten zu kommen. Sicher liegt es daran, weil ich meine Augen geschlossen halte.

»Bloß nicht mit den Deutschen. Deutsche Männer würden sie zu sehr an zu Hause erinnern. Das erzählten sie sich morgens schon beim Frühstück, die Mädchen aus Hannover, Hamburg und München.«

Maja schweigt. Ich weiß nicht, warum ich mich dermaßen aufrege.

»Aber kaum kam Post und nur der Verdacht, dass er es zu Hause mit der besten Freundin treibt, schwupp, waren die Koffer gepackt und mit der ersten Maschine zurück nach Frankfurt.«

Maja lacht, ich weiß, dass sie ähnliche Dinge erlebt hat.

»Ich sage dir, wenn der Boden wegzufliegen droht, macht man die verrücktesten Sachen.«

Ich halte meine Augen geschlossen, ein wunderbarer Zustand. Es tut mir gut, so zu liegen.

Meine Rückkehr nach Berlin fällt mir ein. Damals hatte ich meinen Boden wiedergefunden, als ich den Funkturm sah. Schlagartig, ich hatte mich auf diesen Moment gefreut.

Ein Typ hatte mich in seinem Bulli von Nürnberg mitgenommen, und da war der Funkturm: Ich war wieder zu Hause. Ich war dermaßen glücklich, wieder Boden unter den Füßen zu haben, dass ich alle Unsicherheit vergaß. Die Stadt, die ich vor Monaten verlassen hatte, die Leute, die mich so quälten, das Gefühl für IMMER eingesperrt zu sein, mich in ihren kleinkarierten Abmachungen zu verlieren, das alles war mit einem Schlag vorbei. Als hätte es nie existiert. Ich war wieder da. Ich war ganz einfach nur glücklich und wollte wieder neu beginnen.

Maja schweigt, sie lässt mich einfach in meinen Einsichten liegen.

»Die Seele will weiter«, sagt sie nach einer Weile leise. Ihre Hände liegen auf meinem Bauch, es ist gut, wenn man nicht immer etwas tut.

Die Zeit heilt alle Wunden, und die Konten werden kleiner. Schuldkonto, Liebeskonto, Leidkonto. Wer liebt, macht ein Leidkonto auf, hatte mir ein Analytiker auf einer spanischen Insel gesagt. Maria und ich hatten auf der Lava gehockt und uns gestritten.

»Na fabelhaft, was für eine Einsicht«, hatte ich ihn angeschrien. »Dann will ich mal gleich zur Bank und mir das Angesparte auszahlen lassen.«

»Du bekommst alles mit Zinseszins zurück.«

Ich bemerke, wie unruhig ich bin. Meine Füße zittern, ich lasse sie zittern. Was soll's? Ich glaube, jeder Mensch schleppt eine Menge Gepäck mit sich herum. Warum sollen also meine Füße nicht zittern, bepackt, wie ich bin?

Alle Welt bemüht sich um Klarheiten, um Analysen, um sicherzugehen, falls der Moment kommen sollte, wo die kleine Welt wackelt. Wenn er für immer geht, wenn sie für immer geht, wenn die große Welle kommt. Wenn die Bilder, die wir in der Glotze sehen, zur Realität werden. DA STOCKT DAS BRÖTCHEN IM HALS DES BETRACHTERS.

»Du musst ruhiger werden«, sagt Maja und streicht mir mütterlich mit der Hand über die Stirn.

»Ja, ich weiß«, sage ich.

Jensen und Hanni und meine Ankunft, die Bilder purzeln in meinem Kopf herum. Alle Menschen tragen Filme mit sich herum, aber die wenigsten sprechen darüber.

»Das ist gut. Lass es heraus«, sagt Maja.

Ich seufze noch einmal, diesmal kommt es wie aus einem Brunnen. Ich bin sehr erschöpft, es sind die Auftritte, die Arbeit auf der Bühne, aller Quatsch meiner letzten dreißig Jahre.

Als Hanni auf die Intensivstation vom Urbankrankenhaus kam, war das ein Moment, wo meine Welt innehielt. Mit einem Mal waren alle wach. Meine Kumpels Albert und Helge und ich. Wir hatten alle eine Riesenangst, Hanni könnte sterben, der Gedanke ließ uns hellwach werden. Aber Hanni überlebte, es ging weiter. Es geht immer weiter, ich habe es unzählige Male erlebt. Bloß, man vertraut nicht darauf.

Maja macht wirklich keine Geräusche, ich höre nicht einmal ihren Atem. Es muss wunderbar sein, neben ihr im Bett zu liegen, denke ich. Sie legt ihre Hände behutsam auf meine Augen. An sich ertrage ich das nicht, aber bei Maja ist es etwas anderes.

Ich sollte den ganzen Tag die Augen so geschlossen haben. Es ist wie Nacht, nachts ist alles klarer, man denkt, man sieht die Dinge, wie sie wirklich sind. Das macht die Dunkelheit, die macht alles konkreter. Auch wenn es nicht stimmen sollte, mir gefällt der Gedanke, es so zu sehen. Majas Hände sind warm wie Kinderhände. Ich spüre meinen eigenen Puls.

In Bali hatte mir am Strand von Kuta eine Indonesierin ihre Hände auf meine Augen gelegt, und ich explodierte fast. Ich schrie und zeterte und wollte weg, die Frau bekam richtig Angst. Danach heulte ich stundenlang, ich weiß bis heute nicht, warum, ich heulte fast so viel, wie ein See Wasser hat.

Ich höre das Ticken des Reiseweckers, der irgendwo im Raum steht.

»Bienchen wird es überleben«, sagt Maja nach einer Weile. »Ich bete für sie.«

Ach du meine Güte, denke ich.

»Gebete verhindern nun wirklich nichts.«

»Wenn Obama das kann, kannst du es auch«, sagt sie und lacht.

»Man kann das Schicksal nicht zwingen.«

»Das hast du gut gesagt.«

Es tut gut zu lachen. Ich lachte in letzter Zeit sehr selten. Mit Stan und Olli kann ich immer lachen und manchmal mit einem Fremden, aber mit mir selbst fällt es mir schwer. Maria hat mir das auch gesagt.

»Wir werden alle von Engeln beschützt. Du musst nur darum bitten. Versuch es mal, es funktioniert immer. Ich habe es tausendmal probiert, und es hat immer geklappt.«

Es ist angenehm unter Majas Händen. Ich fühle mich von ihr nicht bedrängt. Sie nimmt ihre Hände von meinem Gesicht. Ich höre, wie sie zum Schrank geht und etwas herausholt.

»Ich gebe dir was Nervenstärkendes, deine Hände sind so unruhig.«

Ich höre, wie sie eine Schublade schließt. Meine Hände sind wirklich unruhig, ich bemerke es jetzt auch. Immerfort fummele ich an der Liege herum.

»Nimm das mal! Wenn es dir guttut, bestell ich es dir.«

Ich kann orten, was sie macht. Es ist viel besser, mit geschlossenen Augen jemanden wahrzunehmen. Ich konnte das schon als Kind, wenn eine unserer Frauen in mein Zimmer kam. Ich konnte jede an ihren Bewegungen erkennen. Was sie taten, was sie vorhatten, sogar, woran sie dachten.

»Für dein Herz und für die Nieren«, sagt Maja jetzt. »Die sind etwas dick, das kommt von deinen Nerven.«

Ich höre, wie sie leise die Tür hinter sich schließt. Vor dem Fenster muss ein Amselpaar nisten. Ich höre ein aufgeregtes Schnattern, sonst nur meinen Atem und das Summen der Pumpe, die den kleinen Springbrunnen in der Ecke bewegt.

Es fühlt sich nicht schlecht an, so zu liegen. Ich achte auf meinen Atem, er kommt von selbst, ich brauche nichts zu tun. Ein wohliges Gefühl der Zuversicht durchströmt meinen Körper.

Kinder müssen verzeihen, hatte mir ein Typ auf Bali

gesagt. Es war ein Beatnik, ein Deutscher, der am Strand von Kuta Beach überwinterte. Er hatte mir die Karten gelegt, ich war schon seit drei, vier Uhr früh unterwegs.

Ich hatte keine Chance mehr gesehen, einen Flug nach Frankfurt zu erwischen. Das hatte mich total kopflos gemacht, der Typ musste die Panik in meinen Augen gesehen haben. Verzeihen ist die heilige Formel, hatte er gesagt, sich selbst und anderen. Wer das nicht kann, bleibt für immer kleben.

Die Worte prägten sich bei mir ein. Der Bursche war schon seit Monaten auf der Insel, ich vertraute ihm. Mehr hatte er nicht zu mir gesagt, nur noch, dass ich auf mich achten und keine Angst vor meinen Leuten zu Haus haben solle. Vergeben und verzeihen. Später habe ich noch sehr oft an diesen Typen gedacht.

Vorsichtig öffne ich meine Augen, über mir an der Decke baumelt ein ockerfarbenes Lämpchen. Damals wollte ich nur zurück. Es war ein Alleingang, den ich gemacht hatte, noch mal sehen, wie es ist, nach dem ersten großen Trip, und dann konnte ich gar nicht schnell genug wieder zurück. An dem letzten Abend hatte mich eine Frau angesprochen.

»Du, ficken?«

Das sagten sie zu jedem, der wie ein Ausländer aussah. Ich hatte es ein-, zweimal mit einer Indonesierin gemacht, aber ich hatte immer Angst, mich anzustecken.

Wir lagen beieinander im warmen Sand und rieben uns mit den Händen ab. Sie hatte Sand zwischen den Schenkeln, und ich rieb und rieb, mehr war nicht möglich. Ich kam nicht in sie hinein. Ich glaube, sie praktizierte den alten Hurentrick, indem sie Daumen und Zeigefinger zusammenbrachte, und ich steckte ihn in ihre Hand.

Damals betete ich inständig, Gott möge mir ein Rückflugticket schenken, während ich bei dem Mädchen lag. An das Gebet erinnere ich mich, an das Mädchen nicht. Tage später konnte ich zurück, weil ich mich durchsetzte, mich nicht einfach mit einer Absage abspeisen ließ.

Ob sich das Mädchen noch an mich erinnern würde? Sie hatte mir meine Angst leichter gemacht.

Ich muss an Bienchen denken, die jetzt irgendwo in einer Klinik liegt und vielleicht eine Sauangst hat, blind zu bleiben oder sogar zu sterben.

Als Kind betete ich oft. Ich erinnere mich an das erste Mal, als ich Gott um Hilfe anrief. Ich tat es ganz intuitiv. Es war ein besonderer Moment. Ich muss sechs oder sieben gewesen sein. Ich zog mir die Bettdecke über den Kopf, damit niemand etwas mitbekommen sollte. Ganz leise sagte ich: »Lieber Gott, ich weiß nicht, was los ist, aber bitte hilf mir.«

Ich hatte als Kind oft große Angst. Gott, oder was ich damals dafür hielt, musste mich erhört haben, denn von einer Nacht zur anderen verließ mich die Angst. Meine Gedanken, die mich zuvor wie Spinnen besetzten, kamen und gingen nach wie vor, aber es störte mich nicht mehr. Ihre Macht, mich zu quälen, die Verpflichtung, jedem noch so bescheuerten Gedankenweg zu folgen, war von Zauberhand aufgehoben. Ich hatte meiner Einsamkeit ein Bett gemacht, Gott war da.

Ich bleibe noch eine Weile so liegen, bis Maja zurück ist, dann werde ich ins Cottage gehen. Oder ich mache vorher im Supermarkt noch ein paar Besorgungen. Ich werde nur etwas Reis und Gemüse einkaufen, gerade so viel, wie es für mich reicht.

An der Decke hängt ein Windspiel, ein Flügelwesen

oder ein Engel, ich kann nicht erkennen, was es wirklich ist. Es dreht sich im Kreis. Es beruhigt ungemein, wenn man sich auf etwas Derartiges einlässt, wenn einem der Boden abhandenkommt. Ich werde gleich aufstehen und gehen. Und dann freue ich mich auf die Nacht. In der Nacht kann man auch die Dinge sehen, die andere nicht sehen, die nur zu einem selbst gehören. Menschen nehmen Gesichter an, die sie bei Licht nicht besitzen, und manchmal entstehen da heraus die Träume, die in der Nacht folgen.

Ich glaube, ich habe mich als Kind nie sehr gerne gehabt. Ich fand mich zu schüchtern. Es war oft nur so ein unangenehmes Gefühl, wenn ich mit mir allein war, nichts Schlimmes, ich kann nicht sagen, dass ich mich ablehnte, kein Kind lehnt sich selber ab. Nein, es war nur unangenehm, mich derart zu empfinden, so ängstlich, so scheu. Wovor ich Angst hatte, weiß ich nicht, vielleicht vor dem Alleinsein, vor dem Gefühl, mit mir zu sein, als wäre ich nicht genug.

Später begriff ich mehr von mir. Das kam mit den Jahren, so wie ich die Frauen, die mich interessierten, anders sehen lernte. Aber richtig gemocht habe ich mich erst sehr viel später und auch nur partiell. Ja, partiell, ein gutes Wort. Ich fand mich immer zu wenig stark, zu verzagt.

Das Ding über mir an der Decke beginnt sich zu drehen. Maja wird gleich wiederkommen, ich höre ihre Schritte. Es sind wohl immer die Kindergeschichten, die uns in der Seele zwicken.

Traum nach schwerer Einschlafphase (Ab heute kein Alkohol!). Ich halte zwar 89 Kilo, werde aber auf 70 Kilo runtergehen. Strengste Disziplin ist nötig. Wein geht gar nicht mehr, meine Nieren dampfen. Träumte von Jensen, der irgendwo in Indien herumhängt. Ich hatte schon zwei Tickets gebucht, um ihn dort rauszuhauen, gab es aber auf.

Das ist der Schlüssel meines Lebens: Ich fühle mich schuldig. Ich hätte mein Lebensglück für meinen armen Vater gegeben. Meine Hände, mein Herzblut, alles, ich hätte alles für ihn getan. Ich, der Kreative, der Poet und Rilke-Kenner. Er, der Versager und der Unhold.

Er war nur wegen mir gestorben, so muss es gewesen sein, das schleppe ich lang mit mir herum. Das ertrage ich nicht. Es ist zwar der normale Lauf der Dinge, einer stirbt, der Nächste rückt nach, aber ich empfand es ALS NICHT RICHTIG. Daher meine große Schuld.

Schuld, Schuld.

Zettel hat mir gestern Abend noch einen Artikel einer Berliner Zeitung zugeschickt. June hat ihn mir durch die Tür geschoben, was ich ganz einmalig finde.

Eine Ankündigung zu einer Lesung im Mai, nett geschrieben. Sie nennen meinen Namen, sie heben mich hervor. Das müsste doch reichen? Aber ich steckte ihn einfach weg.

Nie werde ich es aufgeben, in den dritten Rang hinaufzuschauen. Immer werde ich auf der Seite meines Vaters sein. So wie in Gelsenkirchen. Ich versuchte die ganze Lesung über, denen im Rang zu signalisieren, dass ich sie sehe. Ich schaffte es zwei Stunden lang, bis ich mir den Nacken verriss, bis die erste Reihe murrte. SCHULD! SCHULD!

Ich gehe ins Café. Alle sehen auf, als ich eintrete. Ich bestelle mir eine heiße Schokolade und trinke sie in einem Zug aus. Neben meinem Tisch steht ein Mann mit wallendem Haar. Er beobachtet mich misstrauisch aus den

Augenwinkeln und bellt alle paar Sekunden wie ein Hund. An der Stirnseite zwei ältere Frauen, Mutter und Tochter. Sie beobachten diejenigen, die sie beobachten.

Ich versuche mich auf ein paar jung gebliebene Endsiebziger zu konzentrieren, die am Ende der Theke stehen und mit ihren Handys spielen. Der eine hat wohl Hüftbeschwerden, er biegt sich schmerzerfüllt von einer Seite auf die andere.

Ich bemerke, wie mir der Gedanke an mein eigenes Älterwerden auf den Magen schlägt.

Wenn ich in den letzten Tagen alte Männer am Strand beobachtete, ging es mir so, dass ich zwischen Mitleid und Hochmut hin und her schwankte. Ich empfand keine Spur von Solidarität. Die meisten versuchen ihren Verfall zu verschleiern, indem sie sich sportlich und kraftvoll geben, den Strandkorb hin und her wuchten und die Ohren ihrer Umstehenden mit viel zu lautem Lachen strapazieren.

ALTE MÄNNER SIND NICHT WITZIG.

Je mehr ich darüber nachdenke, desto mieser fühle ich mich. Nur keine O-Beine, keine künstliche Hüfte, denke ich, und bitte nicht einnässen, um Gottes willen, lieber Gott, und keine lauten Witze, um bei den Mädels aufzufallen.

Nach fünf Minuten finde ich meine Gedanken langweilig. Auch wenn die Gerüche dieselben wie vor einer Stunde sind, der Kuchen zwar noch schmeckt, die Selbstgespräche zu Ende gehen und es draußen nichts weiter zu sehen gibt als die immergleiche Fußgängerzone.

Ich werde leer wie ein Glas, sage ich mir und verspüre augenblicklich meine gewohnte Unruhe. Ganz gleich, ob ich dieses flaue Gefühl in der Magengrube nun hier unter den Touristen empfinde oder in der Wartehalle eines

Bahnhofs, alle Männer, die sich durch ihre Karrieren bolzen, müssen einmal im Jahr herunterkommen, rede ich mir ein, aber diese Leere macht mir Angst.

Ich beobachte einen Grauschopf, der mir gegenübersteht. Zug um Zug führt er die Kuchengabel zum Mund, kaut, schluckt, konzentriert und ganz bei sich. Er nimmt sein Alter gelassen. Vielleicht ist es der erste Moment an diesem Tag, an dem ihn seine Frau und seine beiden Töchter, die neben ihm lustlos im Essen stochern, in Ruhe lassen.

Du musst dein Publikum mögen, denke ich, du darfst nicht darauf warten, dass sie dich annehmen.

Auf der Bühne muss ich leer sein wie ein Glas, ich kann diesen Zustand sehr schnell erreichen. Da ist die Leere die Basis, um mich mit Rilke zu äußern. Wie gehen andere Männer mit ihrer Leerzeit um? Sie arbeiten sich täglich durch Zahlenberge, Tag für Tag, Nacht für Nacht, Jahr für Jahr, in gestärkten Hemden, maßgeschneiderten Anzügen, diszipliniert und ohne Murren. Die meisten jedenfalls.

ABER WAS MACHEN SIE MIT IHRER LEERZEIT?

Wie verbergen sie ihr andauerndes Überfordertsein, wie verbergen sie ihre Angst zu versagen, wie die schlaflosen Nächte?

Mein Kinn schmerzt, meine Wange glüht, mein rechter Ellenbogen droht durch den Tisch zu wachsen. Ich habe fast eine halbe Stunde so abgestützt in derselben Stellung durchgehalten.

Ich sehne mich nach Maria, sie würde mir die Antworten auf meine Fragen geben. Maria füllt meine Leere aus. Wenn ich von einer Lesung aufgekratzt und müde wie Odysseus nach Hause komme, dann ist sie da.

Seit meiner Kindheit hatte ich den Hunger verspürt, von jedermann GESEHEN WERDEN zu wollen. Ob in den Augen der Zuschauer oder in den Augen eines anderen Gegenübers. Wie war ich? War ich genug? War ich klug, charmant, kraftvoll, fein? Wie fanden sie mich, überzeugend? Bin ich zu sachlich, zu empfindlich? Mir selbst gab ich selten eine Antwort. Die meisten Schauspieler sind Kinder, die in Türmen leben, und wenn sie mal herauskommen, haben sie eine Menge zu erzählen.

Eine alte Schauspielerin fällt mir ein. Sie spielte in einem mittelmäßigen Boulevardstück die Hauptrolle. Die Leute liebten ihre burschikose Art, sich durchzusetzen. Während des gesamten Spiels starrte sie auf einen Herrn, der vor ihr in der ersten Reihe saß. Nach dreißig Minuten hielt sie es nicht mehr aus und fauchte den Mann an. »Was haben Sie gegen mich? Was starren Sie mich fortwährend so an!«, schrie sie ihn an, zur Überraschung des Publikums.

Der Mann erschrak.

»Wie kommen Sie darauf?«, stammelte er.

»Machen Sie mir doch nichts vor. So unbeweglich Sie dasitzen ... Ich wette ...« Und dabei fuhr sie mit der Hand durch die Luft, »... Sie haben wirklich etwas gegen mich.«

Sie ließ den Mann mit einem Gefühl von Schuld und Sühne zurück. Er wagte es nicht, die Vorstellung zu verlassen. Ich hätte es getan, ich wäre nicht sitzen geblieben. Sie wollte gesehen werden, auch von einem Unbeweglichen.

Der Regen lässt nach. Ich sehe vor dem Fenster Passanten, die ihre Schirme einziehen. Es gibt für mich nichts zu tun. Ich werde leer und leerer. Wären die Kellnerinnen nicht, die freundlich hinter dem Tresen stehen, aufmerksam, hübsch, ich würde es noch weniger mit mir aushalten.

Nach einer halben Stunde habe ich sie alle durch, es gibt nichts mehr zu schauen. Nachdem ich noch eine Weile so vor mich hin geschaut habe, gehe ich hinaus. Niemand sieht mir nach.

Wieder auf der Straße, fühle ich mich gut. Ich stiefele los, wieder Richtung Bahnhof. Mir ist es egal, wo ich heute noch landen werde. Maja hat von Christus gesprochen, der ihr regelmäßig in ihren Träumen gewisse Lösungen überbringt, was sie tun solle, was sie lassen möge und so weiter.

Mit neunzehn wollte ich zu den Rosenkreuzlern, einer religiösen Sekte, die Rundbriefe an die Berliner Haushalte verschickte. Mir gefielen ihre Regeln und Gebote: Du sollst nicht dies und jenes tun, du solltest lieber dies und das lassen. Du solltest nicht rauchen und nicht so viel Fleisch essen. Ich stellte mir einen Verein gutmütiger Greise vor, die einmal in der Woche zusammenkamen, um die Jüngeren unter ihnen aufzunehmen.

Ich wäre damals einerseits gerne in ihren Club eingetreten, andererseits störte mich vieles. Es war eine gleichermaßen schlimme wie schöne Zeit. Damals fühlte ich mich haltlos. Ich hatte Fragen zu meiner Existenz und suchte nach einer Lösung, sicher auch nach einem Heiland, der mich nach Hause bringen sollte. Aber Christus war mir nicht nah genug, ich brauchte etwas anderes. Einen anderen Gott, er sollte gütiger und weiser sein, moderner und undeutscher. Ich war ja auch nach Asien geflohen, um so etwas wie Buddha zu finden. Buddha stand auf meiner Liste der Götter ganz weit oben. Ich hatte keine konkrete Vorstellung von einem Gott, nur den Wunsch, dass er mich heilen und für mich da sein sollte.

Vielleicht war es ein Hafen, vielleicht Menschen, die mich aufnehmen würden, denen ich trauen konnte. Es hätte auch eine Gemeinschaft sein können. Ein Clubhaus, ein Heim. Ich wäre mit vielen gegangen, vielleicht sogar mit jeder. Ich suchte die Liebe oder was ich dafür hielt. Die Mädchen, die ich kannte, suchten auch.

In den Sechzigern wollten sich alle selbst finden, es war groß in Mode, sich selbst zu suchen.

Ich wusste um meine Makel und Eigenschaften, SIE GEFIELEN MIR NICHT. Ich fand fast alles an mir furchtbar. Mein schlaksiges Aussehen, meine Unsicherheiten, meine Armut. Ich suchte nach einem Anderen, nach einem, der mich von mir erlösen würde, ich empfand mich selbst so wenig genug.

Ich sehe in einem Schaufenster buntbemalte Leuchttürme und moosgrüne Glasbojen, Seesterne und Postkarten. Wäre Maria jetzt hier, würden wir uns in endlosen Diskussionen über das Erwachsenwerden streiten.

Maria hasst diese Fragen an mir: Wer bin ich, warum bin ich nicht anders? Bin ich genug für diese Welt? Wer treibt uns an? Ich kann sie verstehen. Es ist zwar abwechslungsreich mit mir, aber auch ungemein anstrengend. Ich neige zu philosophischen Betrachtungen, hat ein Journalist einmal über mich geschrieben, als ich in Böblingen ein selbstverfasstes Vorwort zu Rilke las.

Aber ich kann auch WITZIG sein.

Männer kennen das Frage-Antwort-Spiel genau. Mammi soll ihnen die Entscheidungen abnehmen. Ein Versuch ist es immer wert. Frauen sind da prinzipiell anders. Obwohl, Maria hat es immer gefallen, sich in meinen Armen zu verlieren, aber sie will mich auch als Mann und nicht immer nur als Bedürftigen.

An einer Hauswand sitzt ein Russe mit seinem Akkordeon. Ein dicker Mann, seine Gesichtszüge verraten ein hartes Leben. Er trägt einen wattierten Anorak und schwere, mit Nieten beschlagene Schuhe. Neben ihm liegt ein zotteliger Hund. Ich will stehenbleiben und gehe doch an ihm vorbei. Das Akkordeon jammert eine alte Melodie, die nach Wolga und Schiffen klingt.

Vor der Drogerie Douglas stehen einige ältere Leute und lauschen konzentriert einem jungen Mädchen, das Kosmetikartikel billig anbietet. Sie hält sich an dem Mikrofon fest und trägt ein lila Halstuch. Heiser verspricht sie Hilfe bei Falten und welker Haut. Die Leute scherzen, und dann fliegen Kosmetikartikel, Seifenpäckchen, Schminkfläschchen durch die Luft. Fröhlich reißen sie die Artikel der jungen Frau aus der Hand.

Ich gehe weiter. Zettel hat mir heute früh einen Hinweis auf das kommende Interview mit einer Journalistin namens Ewert gesimst. Nicht ohne mich an meine nächste Lesung zu erinnern:

»VERGISS NICHT RECKLINGHAUSEN. DU HAST NUR NOCH WENIG ZEIT!«

Ich flaniere durch die Geschäftsstraße, der Himmel ist schön klar, der Wind frisch.

Es ist gut, ab und zu den Einbruch der Realität zu spüren, denke ich, während ich zurück zum Wagen laufe.

Später fahre ich nach List, die Straße hinunter, die von einem bis zum anderen Ende der Insel führt. Am Hafen stelle ich den Wagen neben einen dänischen LKW, der mir in seiner Größe imponiert, und laufe über den freien Platz, an den Buden vorbei, die noch geschlossen haben.

An der Kaimauer bleibe ich stehen und sehe wie ein zurückgelassener Tourist auf das Meer. Ruhig liegt es da, keine Bewegung, in der Ferne die Küste Dänemarks.

Ich empfinde eine tiefe, bodenlose Leere in mir. Da ist nichts, kein Gedanke, der mich bewegt. Nichts, das totale Zen. Wahrscheinlich bin ich mir in diesem Augenblick so nah wie nie zuvor. Vielleicht haben die Anwendungen, die Unterwassermassagen, die Entschlackungskuren, mein monologischer Eiertanz ihr Übriges getan. Jetzt ist aber nichts.

Ich stehe über eine Viertelstunde nur so da, starre auf die Möwen, die in zwanzig Metern Entfernung am Himmel kreisen, oder auf die Küste von Dänemark. Als ich endlich genug habe, laufe ich, so schnell ich kann, zum Wagen zurück. Rastlos, ruhelos, unbeständig, wie einer, der noch viel vorhat. Ich setze mich in den Wagen und fahre zurück.

In Kampen biege ich ab und nehme die Straße nach Keitum, über Land. Ich möchte Sinatra hören, habe jedoch die CD nicht mit. Ich suche im Radio, aber sie spielen ihn nicht. Ich lasse das Fenster herunter und lausche auf den Gesang der Vögel. Aber ich kann ihren Singsang nicht deuten, was mich noch mutloser macht. Das muss es sein, denke ich, das ist der Alterungsprozess. Das ist die absolute Leere.

Ich kann nicht anhalten, aussteigen, irgendwas Sinnvolles tun. Immer wieder klingt eine mahnende Stimme in mir: »TU WAS, MACH WAS, NUTZE DEN TAG.«

Ich kann es nicht.

Ich fahre die ganze Insel ab, nehme die Straße nach Rantum. Ich sitze hinter dem Steuerrad wie ein Fisch im Glas. Draußen sind die anderen, drinnen bin nur ich.

Als junger Mann stritt ich mich mit jedem, der es darauf anlegte, über den Begriff der sogenannten Realität. Ich verteidigte meine Ansichten über Innenschau und Realität bis aufs Messer. Außen war die Realität, die man sieht und die konkret ist und somit auch anerkannt wird. Innen hingegen waren Gefühle, und Gefühle waren UNKONKRET.

Gefühle wurden mit Zauberei gleichgesetzt. Ich hatte einen schweren Stand damals, ich war so ein SCHLUPFLOCHKANDIDAT, ein Träumer. Wer spricht schon mit Vögeln? Vor allem, wer kann auch noch behaupten, zu verstehen, was sie uns sagen wollen?

Jetzt gefällt mir meine Eingeschlossenheit, langsam habe ich die Straße im Griff. Ich lasse die Scheibe wieder hochfahren. Es ist ohnehin klamm genug.

Vor meiner großen Flucht war ich zu einer Demonstration ins Henry-Ford-Haus nach Dahlem gegangen, um die Kommunarden Teufel und Langhans zu sehen. Da hatte ich mit einem Studenten über dieses Innen und Außen diskutiert. Stundenlang hatten wir gestritten. Ich erinnerte an die Inder, DIE AUCH AN ETWAS GLAUBEN, WAS SIE NICHT SEHEN.

Vielleicht ging es mir damals gar nicht so sehr darum. Vielleicht fand ich es einfach nur schön, meine Energie loszuwerden.

Ich war noch nie in Indien gewesen, aber ich hatte in dieser Zeit viel Herrmann Hesse gelesen. Ich hatte mir einiges aus seinen Erzählungen zusammengebaut. EINE TRAUMWELT. Eine Welt, in der ich ein anderer Phillip war, einer, den ich vor mir selber gut fand. Ich glaubte nicht an die Marxisten, ich war von ihrem Kommunismus nicht überzeugt. Ich war gegen Krieg und nie in Vietnam gewesen.

Ich fahre langsamer. Das alles ist doch längst vorbei.

Als ich vor Kampen wieder ankomme, geht die Sonne unter. Ich sehe zum Watt hinüber. Das Licht ist umwerfend. An der kleinen Brücke, über die ich so oft mit Maria gegangen bin, füttern zwei Frauen die Möwen.

Es gibt so viel Gutes auf der Insel zu entdecken: den Frühling, das Watt, Trottoirs, Grasflächen, lange Strände, das kommende Grün. Ich aber suhle mich in Betrachtungen meiner Endlichkeit. Ich habe verloren, was mir so wichtig gewesen war: das alte Viertel, Hanni, meine Jugend.

Blitzartig schoss mir Alberts Gesicht durch den Kopf, eines Freundes aus alten Tagen. Er hatte Magenfalten wie sein Vater, eine hohe Stirn und Lippen wie ein Mädchen. Und wenn er lächelte, wusste man, er fühlt sich im Recht.

Wir hatten in seinem Zimmer gestanden, und er hatte wie immer die Balkontüren ganz weit aufgerissen, um die Restsonne zu bekommen.

»Manchmal müssen wir uns Menschen und komplizierte Situationen schaffen, um sie zu begreifen. Um dann an denen vorbeigehen. Das ist nun mal so. Das ist der Preis der Freiheit. Um dich frei zu fühlen, musst du allein sein. Ich bezweifele, dass du das aushältst.«

Albert war damals der Einzige, dem ich so authentisch gegenübertrat.

»Ich glaube, mir bleibt gar nichts anderes übrig.«

Ja, ich glaube, das waren damals meine Worte. »Mir bleibt gar nichts weiter übrig.«

Verrückt, wie wenig ich mich mochte. Kein Wunder, dass ich in einen anderen Körper schlüpfen wollte.

»Warum bist du nur so versessen auf dich?«

Ich wusste gar nicht, wovon Albert sprach. Die Einsamkeit war so ziemlich das Einzige, was mir Angst machte. Ich wusste, ich musste Hanni verlassen, und gleichzeitig rief ich sie jeden Tag an, um mich zu versichern, nicht allein auf der Welt zu sein. Ich brauchte sie wie eine Rückfahrtkarte nach Hause.

Ich fahre los, der Fahrtwind ist erlösend, Marias Gesicht mahnt.

»Bravo, verschenk nur immer deine Zeit«, hätte sie jetzt gesagt. »Jeder normale Mensch genießt diese wunderbare Natur, aber Herr Kaufmann grübelt und grübelt und haut sich in die Fresse. Bravo, nur weiter so.«

Wenn ich an Maria denke, ertrage ich mich besser. Sie ist mein Code, der Schlüssel zu mir selbst.

Ich beschleunige den Wagen.

Maria kann sehr literarisch sein, obwohl es in den meisten Fällen nur ganz lächerliche, pseudotherapeutische Vorhaltungen sind, aber ich schätze ihre Ironie. Ja, rief ich. JA, ICH HAU MIR AB UND ZU IN DIE FRESSE. WEIL KEINER WEITER DA IST, DER ES FÜR MICH MACHT.

Ich lache aus vollem Hals.

Als ich zum dritten Mal vor Kampen ankomme, fühle ich mich eigentümlich gut. Gerade noch habe ich überlegt, June anzurufen, sie hatte versucht, mich telefonisch zu erreichen. Ihre Schwester ist aus München gekommen, und wir hätten Kaffee und Kuchen zu uns nehmen können, aber ich verspüre im Moment keine Lust auf Familie.

Vor dem Cottage parke ich den Wagen und schleiche mich wie ein Dieb zur Straße zurück. Ich will heute niemanden mehr sehen, will zum Strand, denke nur noch an Muscheln, an Steinchen und Sand.

Als ich den Sandweg, der zum Strand führt, erreiche, ist die Sonne verschwunden. Ein fetter roter Feuerball ist, wolkenumgarnt, in den Schoß der großen Mutter gefallen.

Das Meer liegt ruhig da. Wohin das Auge reicht, friedliche Stille. Hier und dort sehe ich ein paar Kinder, Hunde, Paare, die im Abendlicht spazieren gehen. Ich blicke zur Sonne, die am Horizont versinkt.

Ein kleiner Tod, denke ich, ein vertrautes Licht.

Meine alte Unruhe klingelt an, ich laufe zurück. Bis auf zwei zurückgelassene BMW ist der Parkplatz komplett leer.

Ich fahre nach Westerland.

Eine Querstraße vor der Sylter Quelle parke ich den Wagen und steige aus. Auf dem Weg zum Haupteingang des Wellenbades erfasst mich eine enorme Unruhe. Kann sein, dass es der Wind ist oder die einbrechende Dunkelheit? Ich mache kehrt und laufe ziellos durch die Straßen.

Mittlerweile ist es stockdunkel. Die wenigen Leute, die noch unterwegs sind, gehen in die Restaurants, die ganzjährig geöffnet haben. Ich suche nach einem noch geöffneten Straßencafé. Unschlüssig und zweifelnd, das Richtige zu tun, haste ich so eine Weile an den Kneipen und Bars vorbei.

Ich fühle mich mit einem Male so verloren wie damals als Jugendlicher. Kein Schritt zu weit nach links, kein Schritt zu weit nach rechts. Besser, du lenkst dich ab. Nur gucken, nur schauen und nichts weiter. Berührst du den heiklen Punkt, der dich lähmt, geht eine Mine hoch, und der ganze Schmerz alter Geschichten und Wunden explodiert in dir.

Spätestens, als ich Leysieffer ein zweites Mal an diesem Tag betrete, weiß ich, was mit mir los ist. Etwas in mir starb, ich spüre es. Ich konnte nichts dagegen tun. Wenn ich eine gute Lesung hinter mich gebracht hatte, wenn der Abend gut gelaufen war, wenn ich fiel, dagegen hatte ich nichts. Ich konnte damit immer umgehen.

Aber es gibt Minenfelder. Verlorenes Tageslicht, Türen, die sich nicht öffnen lassen, Träume, Redensarten, Erinnerungen, Fotos – die Auslöser können ganz simpel sein. Eine leere Straße, ein altes Pflaster, die Erinnerung an ihr sorgenvolles Gesicht, ein Brief, der nie ankam … Da tritt man hinein und geht verloren.

Ich konnte nichts dagegen tun. Es war wie sterben, es war ein SCHEISSGEFÜHL, für andere nicht zu erkennen.

Alle Leute, die ich sehe, die Männer mit den Kurzhaarköpfen, die mageren Frauen, sie scheinen so sicher, irgendwie aufgehoben, sie sehen so selbstbewusst aus.

Ich aber hatte die Gewissheit, bei mir selbst am allerwenigsten zu Hause zu sein. Bei diesem Jungen, der sein Leben lang seinen Beutel durch die staubigen Straßen schleppte. Der nicht bleiben will, immer nur treiben, nur flanieren.

ES WAR EINE ILLUSION. Ich war schon längst nicht mehr der, für den ich mich hielt.

Ich stelle mich am Tresen nach einer deftigen Linsensuppe an. Vor mir steht ein Modellauto, eine Spardose für die Angestellten, in die man Trinkgeld einwerfen kann. Ein VW-Bus mit aufstellbarem Dach, bemalt wie in den Sechzigern üblich. Eine schöne Sonne ziert seine Front, und an den Seiten gibt es die damals so geschätzten galaktischen Verzierungen, Sterne und Meteoriten, sehr viel Blau. Man kann das Trinkgeld in das Dach einwerfen.

Dieses kleine Modellauto ist Zeichen einer Zeit, die ich längst verlassen habe. Ich fühle mich erlöst, ich habe das Symbol meiner Qualen gefunden, die schrecklichen Erinnerungen sind weggeräumt, freie Bahn für freie Bürger.

Ich stelle mich mit der Suppe an einen der vielen Stehtische. Es tut mir gut, einfach nur bei den Leuten zu stehen.

Zügig löffele ich meine Linsensuppe und sehe zu den Leuten an den Nebentischen – normale, dicke, dünne, hübsche, hässliche Gesichter. Wir essen und träumen uns fort, bei Lachsauflauf und Thainudeln.

Draußen auf der Straße folgen zwei junge Typen in Jeans, die ihnen bis in den Knien hängen, drei indonesischen Mädchen, die augenscheinlich nach Hause wollen. Die Gesichter der Mädchen sind überschminkt, jede hat eine billige Tasche am Arm, eine raucht. So zotteln sie gemächlich die Friedrichstraße hinunter, immer so, dass die Burschen ihnen folgen können.

Ich sehe ihnen nach, bis sie um die Ecke verschwunden sind. Ganz sicher werden sie heute Abend bei Nasi Goreng zusammensitzen, denke ich. Ich liebe Nasi Goreng noch immer, aber nur so, wie es die Indonesier zubereiten. Mit viel Sambal und lockerem Reis und obendrauf ein gebratenes Ei.

Ich stelle den leeren Teller zurück auf den Tresen und gehe hinaus.

Die Friedrichstraße ist unbelebt. Im Sommer herrscht hier buntes Treiben, jetzt ist es zu kalt, um länger zu flanieren. Die Leute sind auf dem Weg zum Abendessen. Bilder von Kuta fallen mir ein. Das kleine Dorf vor Legian, wo ich wochenlang ein Palmenhaus bewohnt hatte. Ich sah die Häuschen und kleinen Vorgärten, die einzige

Straße, die nach Denpasar führte, dann das Posthaus. Es war eine gute Zeit. Ich war allein, unabhängig, hatte mein erstes Geld als SCHAUSPIELER verdient und war nach meinem ersten Bühnenerfolg nach Bali getürmt, um mich zu genießen, mich ganz allein. Weder Hanni noch eine andere hatte ich mitgenommen. Nur ein Fahrrad besaß ich in der Zeit und ein paar Shorts und zwei Shirts. Es war ganz wunderbar. Das pure Leben. Um fünf Uhr wurde ich von dem Geschrei der Kakadus geweckt, dann hieß es Mangos sammeln, Tee trinken und so weiter bis zum Abend. Der begann schon gegen siebzehn Uhr, wenn auf Bali die Lichter ausgingen und die Insel in einen leichten Halbschlaf versank. Nur die Fackeln in den Gärten brannten.

Ich fuhr, so oft ich konnte, mit dem Rad die holprige Dorfstraße hinunter, um mich an dem Lichtermeer sattzusehen. In den Vorgärten hatten sie Opfergaben ausgelegt, um die Götter milde zu stimmen; der Geruch von Vanille und Sandelholz lag in der Luft. Die Fackeln und Feuerstellen, die glimmenden Opferstäbchen gaben ein gemütliches Licht. Ihr Schein sollte den Fremden eine Orientierung sein.

Irgendwann brach ich die Reise ab, wohl an dem Tag, als Post aus meinem alten Viertel kam. Ich flog zurück, mit einem schlechten Gewissen, zu lange nur mit mir unterwegs gewesen zu sein.

Am Abend habe ich heftige Darmkoliken. Die Zeiten, in denen ich als Jugendlicher locker eine Literflasche Lambrusco geschafft habe, sind längst vorbei. Mehrmals renne ich zwischen Küche und Toilette hin und her, bis ich mich leer und ausgehöhlt fühle. Ich entscheide, für diesen Abend nichts weiter zu tun. Ich will mich einfach irgendwo im Zimmer niederlassen und diese Ruhe aushalten, bis Hoffnung auf ein neues Licht in mir ist.

Castaneda ließ einen Typen die halbe Nacht in einem leergeräumten Raum seinen eigenen Platz suchen. Am nächsten Morgen erwachte der Mann in einer Ecke des Zimmers. Er war während der Suche nach dem Platz eingeschlafen und hatte ihn so gefunden. Das Beispiel hat mir damals imponiert. Ich setze mich in den Sessel neben die Tür und schaue nur vor mich hin.

Ich muss über eine Stunde so gesessen haben. Neben allerlei galaktischen Bildern, die vor meinem geistigen Auge entstanden, sehe ich immer wieder auf die Teile der griechischen Kaffeemaschine, sehe Gesichter, die ich nur schemenhaft erkennen kann, weil sie zu schnell wechseln. Frau Holle, die Titelfigur aus einem meiner ungeliebten Kindermärchen, folgt dem Fernsehserienpferd Ed und anderen Tieren, und es kristallisiert sich nach einer geraumen Zeit ein bleibendes Bild heraus, das mir vertraut ist.

ICH SEHE MEINE ALTE BUDE. Albert und ich hatten uns zwei Zimmer in einem abbruchreifen Haus in einem der ärmsten Viertel Berlins geteilt. Das war vor mehr als vierzig Jahren.

Albert trat mir das hintere der beiden Zimmer ab, nachdem ich Hanni verlassen hatte. Bis auf eine Matratze, einen kippeligen Stuhl und einen selbstgebauten Holztisch gab es nichts weiter in diesem Raum. Es war ein dunkler Raum, alle Wände waren tiefschwarz und braun gestrichen. Farben, die in den Sechzigern jede Wohngemeinschaft hatte. Von der Wand, an der mein Bett stand, lief Tag und Nacht Wasser, weil dort ein tiefer Riss in der Wand war. Wie ein kleiner Fluss rann das Regenwasser in mein Bett, auf das Laken und manchmal direkt auf mein Gesicht. Jede Nacht, in der ich nicht zur Ruhe kam, weil mich Schuldgefühle plagten, Hanni verlassen zu haben, perlte es wie Tränen die Wand herunter.

Ich schlage die Augen auf. Blitzartig geht mir durch den Kopf, dass ich das alte Crowley-Tarot mitgenommen habe, das mir schon damals eine Menge Fragen beantwortet hat. Wo gehe ich hin, wer bin ich eigentlich? Was ist mein Weg, und wird es eventuell noch mehr Ärger geben?

Ich stehe auf und zerre mit einiger Anstrengung den Koffer unter dem Bett hervor. Da liegt das Tarot zwischen den Büchern und anderen Sachen, die ich für die Kurzeit eingepackt habe. Ich befühle die leicht speckigen Karten, manche sind an den Ecken eingeknickt.

Ich setze mich auf das Bett, mische die Karten und ziehe eine: Es ist die Königin der Scheiben.

»Die Königin der Scheiben hat den mühsamen Weg durch die Wüste beendet und ist jetzt in eine grünere und fruchtbarere Gegend gelangt. Sie sitzt ruhend auf einer mächtigen Ananasfrucht, genießt die erquickende Oase und hat Zeit, auf den langen mühsamen Weg zurückzuschauen …«

Ich bin verblüfft, die Karte trifft meinen momentanen Seelenzustand. Ich lese weiter: »Der Ziegenbock vor ihr stellt die Zeugungskraft dar, Voraussetzung für NEUENTSTEHENDES LEBEN. – Hinweis: Du hast eine Durststrecke hinter dir und bist jetzt in eine fruchtbarere Umgebung gelangt. Du kannst jetzt ausruhen und dich dir selbst und deinen körperlichen Bedürfnissen widmen.«

Frage: »Auf welche Weise hast du deinen Körper, dein Äußeres vernachlässigt?

Schenke deiner Gesundheit und der Schönheit deines Körpers mehr Aufmerksamkeit als bisher. – Ich schenke meinem Körper liebevolle Aufmerksamkeit; er beschenkt mich mit Lebenskraft, Lebensfreude und Gesundheit.«

Irgendwann schlafe ich ein. Gegen vier Uhr erwache ich schweißgebadet und setze mich auf. Und um fünf geht überhaupt nichts mehr. Ich kann nicht mehr einschlafen. Durch die Kartenlegerei habe ich ein noch düsteres Feld aufgemacht, ich kann nicht mehr kontrollieren, was in mir vorgeht. Ich werde panisch, als ich daran denke, wie viel Lebenszeit mir noch bleibt. Klaus Meine, der Sänger der Rockgruppe Scorpions, fällt mir ein. Gestern habe ich an einem Kiosk gelesen, dass die Jungs aufhören wollen. Nur noch zwei Jahre wollen sie Bühnenarbeit machen und dann Schluss. Himmel, und ich werde in ein paar Tagen SECHZIG. Was mache ich danach?

Ich habe die Befürchtung, langsam verrückt zu werden. Verrückt an mir selbst. Auch wenn ich einige Alternativen durchspiele, dieses Ereignis nicht weiter wichtig zu nehmen, die runde Zahl ist es nicht nur: Es bleibt die unverrückbare Erkenntnis, NICHT MEHR VIEL ZEIT ZU HABEN.

Ich überlege ernsthaft, ob es sich noch lohnen würde, mir einen Sommermantel zu kaufen. Einen, wie ihn Steve McQueen in dem Film »Bullitt« getragen hat. Es soll mein Geburtstagsgeschenk an mich werden. Ein weißer Trenchcoat mit Schulterklappen und aufgesetzten Taschen.

LOHNT SICH DER KAUF ÜBERHAUPT NOCH?

Die Fülle meiner Grübeleien lässt mich immer wacher werden.

»Irgendwann ist mit der Bühne Schluss«, rufe ich vom Bett in die Dunkelheit. »Irgendwann werde ich mit derart altmodischen Gedichten nicht mehr unterwegs sein können. Rilke interessiert bald keine Sau mehr. WAS DANN?«

Ich wälze mich im Bett herum, bis ich es nicht mehr aushalte und aufstehe, um mir ein Glas Wasser aus der Küche zu holen. Der Mond steht immer noch am Himmel, ich interessiere mich nicht mehr für ihn.

Um mich abzulenken, beginne ich das Zimmer aufzuräumen. Ich muss etwas tun, ich will nicht aufgeben, nicht mehr Sklave meiner Kreisgedanken sein.

Ich nehme alle Sachen aus dem Schrank und lege sie auf das Bett. Die Pullover, dann die Unterhemden, die Socken und die Unterwäsche und dann alles andere. Danach lege ich die Hefter und Bücher vom Fensterbord dazu. Es entsteht ein schöner Haufen. Die CDs habe ich schon bei der Ankunft in den Schubläden verstaut, jetzt hole ich sie wieder heraus. Bis auf den Terminkalender, einen in Leder verpackten Timer mit allem Zubehör, lege ich die Stifte und Blocks dazu. Den Timer lasse ich auf der Fensterbank, ich will morgen früh Zettel davon berichten, dass ich nicht mehr der bin, für den sie mich hält.

Phillip Kaufmann trennt sich von den alten Sachen, in Erinnerung an seine Jugend. WEIL ER DIE SCHNAUZE VOLL HAT. Ich will reinen Tisch machen.

Ich brauche dazu kein Licht. Ich habe dasselbe Zeug wie seit meiner Jugend mitgenommen. Damals besaß ich nur noch keinen Timer. Nur ein paar Jeans, die spanischen Stiefel, ein paar Sandalen, die Ledergürtel, die ich mir auf der spanischen Insel Gomera gekauft hatte. ICH SCHLEPPTE DAS ZEUG SCHON SEIT JAHREN MIT MIR HERUM.

Ich gehe in die Küche und setze Wasser auf. Ich will

Vata-Tee trinken. Einen Ayurveda-Tee, den mir Maria mitgegeben hat, der gut für den Kopf ist, wenn man zu viel denkt. Ich werde jetzt Tee trinken, sage ich mir. Dann werde ich mich wieder hinsetzen und nichts tun. Einfach nur so, wie ich es in meiner Jugend auf den endlosen Zen-Wochenenden getan habe, sitzen und den Berg meiner Erinnerungen und Gedanken kommen und gehen lassen. Bis zum Morgengrauen, und wenn es sein muss, den ganzen kommenden Tag.

»Lass dich leer werden«, hatte Ilse, meine Atemtherapeutin aus Schauspieltagen, gesagt. »Tu nichts, Phillip. Du musst leer werden. Atme, lass es kommen und gehen, lass dich einfach nur sein …«

Pflasterarbeiten

Als ich in Berlin ankam, besaß ich nichts, jedenfalls nichts von Bedeutung. Nur so viel, wie ich mir noch zutraute, verlieren zu können. Eine Hose, wie sie in den Sechzigern in den Asienläden angeboten wurde, wonach sich halb Berlin umdrehte. Ein paar Sandalen, ein Indienhemd, einen Beutel, mit dem ich die letzten sechs Monate umhergelaufen war – ich hatte die Sachen einem Rückfahrer für drei Mark abgekauft.

Und fünf Mark hatte ich.

Denke ich heute daran, was diese Summe für mich damals bedeutete, so kommen mir beinahe die Tränen. Ein Vermögen, mit dem man in Indonesien eine Übernachtung bekommen konnte, einen Raum mit Rattanbett und Kommode, einem Duschbad unter freiem Himmel, inklusive einem Typen, der das Frühstück bringt. Bestehend aus süßen Bananen, einem Keks und schwarzem Tee und das alles, NACHDEM DIE KAKADUS DICH MIT IHREM GEMECKER GEWECKT HATTEN.

Für zwei amerikanische Dollar kam ich für eine Nacht in Kabul in einer Fixerhöhle unter, für fünfzig amerikanische Cent aß ich mich an einer Autobahnraststätte am Schwarzen Meer an Reis mit Rosinen satt und durfte noch mit einer Schale köstlich cremigem Joghurt die untergehende Sonne genießen.

ICH WAR STERBLICH UND REICH.

Das Leben war's, das Einzige, was zählt.

Mit schulterlangen Haaren, dem schmalen Gesicht, kein Männlein, kein Weiblein, sah ich HINREISSEND AUS. Ich war einer, der nicht zu fassen war. Der immer unterwegs war, einer, der in den Wäldern schlief, der sich von Wurzeln und Beeren ernährte. Unaufgeregt, bescheiden, zeitlos.

Einer, der nichts brauchte, der nichts wollte, der sich vor der Zivilisation verbarg, vor ihren verlogenen Gesetzen, vor den Scheinheiligkeiten moralinsaurer Politiker und Pfaffen. Einer, der sich nicht umkrempeln ließ. Ein Eigenwilliger mit athletischem Körperbau und Knackarsch.

Denke ich allein an die unzähligen Lederjacken, die ich mir zulegte, um wenigstens eine Spur von Ungebundenheit zu sichern, wird mir ganz traurig zumute.

Die eine Lederjacke hatte mir der Typ geschenkt. Ein dunkelbraunes Nappalederteil mit Brusttaschen und Schulterklappen. Kurz hinter Nürnberg hatte er sie mir umgehängt, und ich gab ihm dafür das andere Indienhemd. Sein Auto, ein umgebauter Campingbus, stank nach Diesel, und ich fror nicht nur der Kälte wegen. Wir näherten uns Berlin.

Soweit ich mich erinnere, hatte er mir auch ein paar Schuhe überlassen, ausgeleierte Turnschuhe von Puma; außerdem hatte er mir ein paar Mark zum Weiterkommen gegeben. Ich war nicht mittellos. Ich hatte meine Jugend und fünf Mark. Ich besaß eine ganze Menge.

Ich erinnere mich nicht mehr an das Gesicht dieses Typen. Er trug ein Jackett mit aufgesetzten Lederstücken an den Ellenbogen. Er war um die dreißig oder vierzig, für mich also uralt. Eine Generation, der man sich nicht ohne weiteres anvertrauen konnte. Aber das Gesetz der Straße hieß: VERTRAUEN FINDEN. Ich hatte mir nicht einmal seine Adresse notiert. Obwohl ich fast alles aus dieser Zeit aufgehoben habe. Ich hätte den Typen gerne noch einmal wiedergesehen.

Er hatte mir geraten, nach Hause zu gehen. Ich hatte ihm nicht gesagt, dass das für mich keine Alternative war.

Den ganzen Film wollte er von mir hören. Was ich ein halbes Jahr in Asien gemacht hatte, wovon ich leben wollte, wie es weitergehen sollte mit mir. Mit mir? Was sollte mit mir weitergehen? Mein Leben hatte ja noch nicht einmal angefangen.

Ich hatte dem Typen von mir erzählt. Aber nicht alles. Ich erzählte sowieso nie irgendjemandem etwas Entscheidendes aus meiner Vergangenheit, nicht einmal Hanni, obwohl sie fast alles von mir wusste.

Wenn man loszieht, erzählt man fremden Leuten das, was man sich wünscht. Also Ziel und Ort und den ganzen Wunschzettel eines Ertrinkenden. Ich weiß, dass ich mich damals so fühlte. Kehrt man zurück, geben sich die meisten weltmännisch, auch wenn sie in geflickten Hosen und völlig abgebrannt von Gibraltar oder sonst woher kommen. Sie fühlen sich immer im Vorteil. Hätte ich geahnt, wie es sich manchmal auch anfühlt, durch die Welt zu schippern, ich bin nicht sicher, ob ich es dann noch tatsächlich gewollt hätte.

Es fühlt sich anders an, wenn man sich nach etwas sehnt, als wenn man tatsächlich geht. Die Sehnsucht ist ein toller Motor. Meist bleibt es bei der Sehnsucht, und manchmal ist es besser, man lebt sie nicht aus. In meinem Fall war es richtig.

Ich sehe auf den Kleiderstapel; die Dinge schreien mich nicht mehr an. Etwas ist in mir passiert, seit ich hier untergekommen bin. Mir ist ganz mulmig zumute. Sicher, ich hänge noch an den Ledergürteln, den Sachen von damals, sie geben mir das Gefühl, noch am Leben zu sein. Aber ich brauche sie nicht wirklich. Eichendorff hat es so schön besungen:

»Mein irres Singen hier ist nur ein Rufen aus den Träumen …«

Ja, es ruft aus meinen Träumen, wenn ich die Sachen aus meiner Jugend besehe, ich schäme mich dafür nicht. Ich glaube, meine Sehnsucht ist wieder auf ihren alten Platz zurückgekehrt.

Als ich loszog, war es nicht anders, ich suchte nach einem Zauberland, meinte Goa oder ganz Indien. Es waren Klischees, voller Harmonie, bebildert aus einer Fototapete, mit Kindern in weißen Gewändern und Blumen in den Haaren, am Strand meiner Träume. Einfach die pure Lust am Leben, ohne den täglichen Mief und Tanz ums Geld und Dinge. Man wird glücklich alt und geht friedlich zugrunde. So hatte ich es mir vorgestellt. Was ich dann fand, war eine andere Geschichte.

Ich bekam ein ganz irres HEIMWEH NACH ZU HAUSE und schickte Hanni über fünfzig Briefe aus der Türkei, aus Persien, Afghanistan und Pakistan. DU BIST ALLES, WAS ICH HABE. DU BIST DIE, DIE MICH ERLÖSEN KANN. OHNE DICH BIN ICH NICHTS.

Es waren furchtbar traurige Briefe eines Ertrinkenden. SIE war mein einziger Strohhalm, ich dachte an nichts anderes. Ich war nur noch in meinen Gedanken vorhanden. Als es mit uns vorbei war, hat sie alle Briefe mitgenommen. Für Hanni waren sie der Beweis, dass ich sie liebte, wahrhaftig LIEBTE.

Wir hatten uns vor meiner Abreise in einem Club kennengelernt, wir hatten miteinander geschlafen, ich wollte zu ihr ziehen, aber dann packte ich meine Sachen und floh nach Asien.

Ich werde, wenn ich zurück in Berlin bin, nachsehen, ob noch ein paar Briefe in meinem Besitz sind.

Ich suchte nach einem Platz, wo ich mich fallenlassen konnte, wo ich zu Hause sein konnte. Ich folgte einfach meinem Drang zu gehen.

Es geht immer um das eigene Drehbuch. Wenn es schlecht oder unvollkommen geschrieben ist, geht es nicht. Wenn es zu perfekt ist, geht es auch nicht. Man muss es gut und echt geschrieben haben, um es dann umsetzen zu können. Nicht in jedem Detail, aber die Fakten müssen stimmen. Betrügt man sich, kommt nur Betrug heraus. Damals stimmte mein Drehbuch. Heute ... Ich habe es wohl in den letzten Jahren nicht mehr so oft gelesen oder auch nur angesehen. Kann sein, dass ich es umschreiben müsste. Weiß der Teufel, wem ich in letzter Zeit nachging. Meinem Terminkalender? Den Lesungen? Maria? Meiner Lust bestimmt nicht. Aber wer kann schon das machen, was er wirklich will?

Meine Sehnsucht, von irgendwem aufgefangen und geliebt zu werden, war damals so stark, dass ich zufrieden war, nur davon zu träumen. Ich saß einmal zwei Tage in einem Bus auf der Wüstenstraße von Meshed nach Kabul hinter einem Mädchen und machte mir ein Bild von ihr. Kein einziges Mal sprach ich sie während der ganzen Fahrt an. Ich hätte es tun können, ich hielt mich jedoch absichtlich zurück. Vielleicht wollte ich nicht enttäuscht werden. Ich malte sie mir in den tollsten Geschichten aus.

Ihr Nacken war gebräunt, ihr Haar schimmerte goldbraun. Zwei Tage und Nächte lebte ich mit ihr ein komplett ausstaffiertes Leben. Bis wir in Kabul alle ausstiegen. Da sah ich sie etwas abseits stehen und den Gepäckträger anblaffen, weil er sie übersehen hatte. Da war es vorbei, noch ehe es begonnen hatte, meine Sehnsucht verschwand schlagartig. In meiner Phantasie hatte sie alle Vorzüge, die eine Frau haben musste, und jetzt entpuppte sie sich als Highschool-Studentin auf Bildungsreise, mit Fotoapparat und Alukoffer, als geifernde Hexe.

Es ist gut zu träumen, es ist gut, sich nach etwas anderem zu sehnen. Man muss nur mit der Enttäuschung fertig werden, wenn es dann nicht eintrifft.

Als ich in der Ferne den Funkturm sah, der seine eiserne Spitze in den Berliner Himmel streckte, kamen die Erinnerungen hoch. Meine Perspektivlosigkeit, meine Nichtfamilie. Warum Berlin? fragte ich mich, mir stand doch die ganze Welt offen. Ich hätte doch in Nürnberg oder sonst wo bleiben können. Was mache ich wieder hier? Gibt es die alten Kumpel noch, und wo soll ich jetzt überhaupt hin? Sicher war nur: Zurück wollte ich nicht. Auf keinen Fall zurück.

In meinem Kopf wirbelten die Gedanken, da war einfach nichts, woran ich mich festhalten konnte. Kein konkreter Plan, keine Vision, kein Ziel. Ich war wie aufgewacht aus meinen zerplatzten Träumen und versuchte mich an den Scherben festzuhalten. AN DEN RESTEN MEINER NIEDERLAGEN.

Als dann noch das Morgenlicht am Himmel erschien, öffnete sich in mir eine Schleuse; mir schossen die Tränen in die Augen, und ich heulte wie ein Kind. So wie ich monatelang schon nicht mehr geweint hatte.

»Du wirst das schon machen, Junge. Du schaffst es.«

Ich habe die Worte des Typen bis heute nicht vergessen. Weiß der Teufel, sie kamen in einem Moment, in dem ich nichts Konkretes dachte. Ich sah nur den Funkturm, wie er sich in den Morgenhimmel reckte, und ein paar Rücklichter, und das war's.

Ich blinzle in die Dunkelheit. Da steht der kleine Tisch, das Bett, der Koffer, die Dinge, die in den letzten zwei Wochen zu meinem Leben gehörten. Ich empfinde eine tiefe Traurigkeit. Ein Vorteil des Alterns ist: Man ist für seine Gefühle selbst verantwortlich.

Vielleicht hatte ich auch nie Mitleid mit mir. Immer war ich wie getrieben, richtiges Mitleid hatte ich bisher nur mit Hunden oder Katzen und Pferden oder mit Leuten aus dem Fernsehen, die üble Schicksale erlebten und krank waren.

Mein Körper sollte funktionieren und mich ansonsten in Ruhe lassen. Falten waren mir egal, die kann man überschminken, aber die Gelenke und der Rücken, das musste funktionieren.

Zwar schickte mir mein Körper von Zeit zu Zeit Nachrichten wie Briefe: Mach das nicht wieder, pass auf, du trinkst zu viel, schläfst zu wenig, sei achtsamer, geh nicht immer drüber! Ich hörte, was er mir mitteilte, aber in letzter Zeit brach der Kontakt irgendwie ab. Ich hörte, was mein Herz mir sagt, es war jedoch das Herz eines Fremden. Meine innere Stimme wurde leiser und leiser und sprach wenig verständlich, wie in einer mir unbekannten Sprache.

Vielleicht nahm ich alles doch auch zu leicht, die Bühne, die Lesungen. Die Gedichte, die ich mir auslieh, meinen Körper, meinen Geist, eben alles, was mich trägt für das tägliche Rennen. Ich stand trotz der Routine immer noch unter Druck, diszipliniert und perfekt zu sein, alles richtig und es allen recht zu machen. In den Nächten vor den Premieren war es am schlimmsten. Der Druck wurde dann so stark, dass ich ihn oft nicht mehr aushielt und mich betrinken musste. Erwachte ich, ging es mir beschissener als vorher, und der Druck zu versagen, zu erkranken oder schwach zu sein, war immer noch da.

Wenn ich morgens zur Bahn unterwegs war, wenn ich den Flieger erreichen musste, wenn ich auf die Proben stolperte, das erste Gespräch mit Kollegen führte, immer war auch der Druck dabei, nicht rechtzeitig anzukommen, nicht genug vorbereitet zu sein, es alles nicht zu schaffen. Er war wie ein alter Kumpel, mit dem ich ständig in Kontakt war; er gehörte einfach zu mir.

Die meisten Männer leiden unter diesem Existenzdruck, man sieht es ihnen bloß nicht an. Männer können sich gut tarnen, viel besser als Frauen, jedenfalls was die Schwächen angeht. Und wenn sie geschäftlich unterwegs sind, sie irgendwo in der Warteschleife hängen, verfliegt der Druck, die Angst zu versagen, und tiefe Müdigkeit legt sich auf die Gesichter, und man sieht die innere Anstrengung nur noch als Ermattung eines langen Kampfes darin. Kaufleute, Journalisten, Händler, Machtträger aus Politik und Kirche, alle bekommen mit der Zeit denselben matten, übermüdeten Gesichtsausdruck. Sie ähneln waidwunden Rehen, die sich nach einem sicheren Unterschlupf sehnen, wenn man sie auf den Gates der Flughäfen beim Telefonieren trifft.

ES GEHT UM SICHERHEIT. TODSICHER!

Ich war auch so einer, ich raste auch immer so durch mein Leben. ICH TRUG BLOSS ANDERE KLAMOTTEN UND HATTE DIE HAARE LÄNGER.

Ich muss lachen, ich lache aus vollem Hals, mitten in der Nacht. Würde ich mich dem Leben einfach überlassen, ohne zu fragen, würde mir etwas FEHLEN.

Alle Künstler haben Existenzängste. Wann kommt das nächste Engagement? Was steht über mich in der Zeitung? Bin ich überhaupt noch da, mache ich Sinnvolles? Bin ich es wert, diesen unnützen Beruf zu machen? Lebe ich nicht eigentlich nur von der Hand in den Mund? Was halten die anderen von mir?

Auf keinen Fall wollte ich ein Bettler sein, der um Anerkennung buhlt. Deshalb war ich so früh unterwegs, auf der Suche nach einem Halteplatz, außerhalb meines jetzigen Lebens, wo alles zusammenkommt: Liebe, Arbeit, Kunst. Ich habe diesen Platz nie gefunden, vielleicht bei Maria, aber der innere Druck, es nicht gut genug zu machen, der blieb. Man denkt, man kann ihm entfliehen, wenn man »neu« beginnt, aber das ist ein Irrtum. DU NIMMST ALLES IN DIR MIT.

Als ich in Kabul nichts weiter besaß als ein paar Dollars, eine verfilzte Decke und meinen Beutel, da war ich frei von Druck und innerem Zwist. Damals hätte ich diese Grundgesetze in mir vielleicht für immer ändern können. Aber nie lange an einem Platz, ging es ständig weiter, und ich machte mir die halbe Nacht Gedanken darüber, das Frühstück zu verpassen, zu verschlafen, obwohl es in allen Absteigen nichts weiter als Tee und Gebäck gab. Nicht weil ich Hunger hatte, ich wollte nur DABEI SEIN.

Ich trebte die große Straße hinunter, immer bereit, einen Ort zu finden, wo ich bleiben konnte, aber ich fand ihn nicht. Nicht in Afghanistan, nicht in Persien, nicht auf Bali oder Tioman, der kleinen Insel im Südchinesischen Meer.

DAS SCHEINT EINE STRUKTUR ZU SEIN, DER ICH FOLGE!

Jeder, der mal eine Zeitlang auf der Straße unterwegs war, in Hauseingängen übernachtet hat oder durch Wüsten getrampt ist, weiß um die tägliche Suche. Es geht nicht nur um Geld oder Brot, wenn es auch so aussieht. Es geht vor allem um alte Rechnungen, es geht sogar um RACHE, um UNVERZEIHLICHES, um SCHULD und Schuldgefühle.

Ich kenne mich mit Bettlern aus, auch wenn sie Nadelstreifen tragen. Bis heute sehe ich jedem Bettler, dem ich auf der Straße begegne, nicht in die Augen. Sie suchen die Augen ihres Gegenübers, um zu binden, um Schuldgefühle zu erzeugen.

Deshalb weiche ich jedem Bettler aus. Für jeden Bettler ist es ein Triumph, von einem Fremden in die Augen gesehen zu werden.

Wäre ich nicht bei Hanni und Albert untergekommen, vielleicht wäre ich auch einer von denen geblieben.

Schuld. WEIL DU GEGANGEN BIST, JAKOB.

Ich weiß nicht, woher ich diese Worte hatte, aus der Bibel, dem Alten Testament? Diesen Vorwurf trug ich schon jahrelang mit mir herum. Jeden, den ich auf der Straße traf, der sich nach einem Bier öffnete, mit dem man gemeinsam eine gefährliche Situation überstanden hatte, fragte ich: »Warum bist du weggegangen? Warum hast du sie verlassen? Warum hat sich trotzdem alles gegen dich gewendet? Wer hat dir das angetan und warum?«

Es ging immer um diese Dinge, die Bilder der Erinnerungen, die sich partout nicht auslöschen wollten. Um Worte, Gesichter, Briefe, um die Tür, die hinter mir zufiel, als ich für immer ging. Es ging um alte Wunden und verpasste Gelegenheiten, um all das, was mich auf die

Lebensachse schob. Es ging um Reste von Hoffnung, ihnen doch noch zu zeigen, dass ich kein Verlierer war, nicht nur Opfer, dass ich ohne sie konnte. Man wollte es ihnen zeigen, immer und immer wieder. Es ging um Dämonen, die Geister der Nacht, zu viel Alkohol, Drogen und manchmal auch um Gewalt.

Und es ging vor allem um die Wächter, die mich schützen sollten, die aber nicht da waren und die mir jetzt noch fehlen, IMMER fehlen werden, solange ich nicht selber für mich da bin.

Aber das ist lange her, sehr lange. Die Zeit ist ein guter Begleiter, sie lässt alles vergessen, was einmal war.

Ich kaue diese Gedanken wie einen alten Tabak auf meiner Zunge. Ich bin doch längst kein Bettler mehr. Bitte weiter, Herr Kaufmann, die Zeit eilt!

Zum Glück kann Maria mich nicht sehen, sie würde bei meinem Anblick traurig werden. Geht's darum? Maria, stellvertretend für alle Frauen, die meiner Seele wehgetan haben?

Ich traf unterwegs Typen, die zutiefst an Geist und Seele verwundet waren, aber man sah es ihnen nicht an. Sie verstellten sich, sie lachten und scherzten und wollten eher sterben, als sich niederzulassen oder einen Job zu finden.

Im Grunde war die ganze Treberei eine einzige Lüge. Unterwegs sein, um nie anzukommen, ein imaginäres Ziel vor Augen. Unsinn, eine Lüge!

Ich war abgehauen, weil sie mich ZU TODE GEKRÄNKT HATTEN. WEIL SIE MICH NICHT WOLLTEN. WEIL ICH EIN ANDERER SEIN SOLLTE. WEIL SIE MICH HÄNGEN LIESSEN, ALS ICH SIE BRAUCHTE.

Und weil ich glaubte, dass sie mit ihrer Ablehnung sogar recht hatten.

Ich stemme mich aus dem Sessel, gehe im Zimmer umher. Ich würde jetzt am liebsten rauchen. Das Licht von draußen ist genug, ich brauche nicht mehr. Vielleicht renne ich, wie sie es alle sagten, vor mir fort. Und das im hohen Alter. Und wenn, es ist mir egal. Sie zerrten alle an mir herum. Die Mutter, die Tanten, die Ammen, später die Mädchen. Ich war nie offen genug, um mich abzugrenzen. Ich pochte auf die Menschlichkeit der wohlwollenden Betrachtung eines milden Augenblicks. ICH WOLLTE DOCH NUR GUT SEIN. Jeder will eine Familie. Eine Familie mit Vater, Mutter, Kind. Ein Haus, einen Garten und einen Baum. Und wenn das nicht hinhauen sollte, die Gnade der frühen Verblödung.

Ich stoße mit dem Knie an den Bettpfosten. Keiner da, den ich anschreien kann. Alte Kinderkacke. Du bist immer draußen, wenn du dich nicht magst. Solange die Fassade stimmt, siehst du einem Menschen nicht an, ob er aufgegeben hat, ob er noch Hoffnung hat, sein Leben zu verändern. Bevor ich zurückfand, hatte ich mit jedem Kilometer, der mich von zu Hause trennte, mehr und mehr mein Selbstbewusstsein verloren. Ich hatte gedacht, stärker zu sein.

Erst als mir in Istanbul ein Typ das Geld für den Bus nach München gab, da erwachte mein altes Selbstbewusstsein in mir und ich machte Pläne: Zurück!

ICH WOLLTE ZURÜCK.

Ich hatte vor der Abreise alles hingeschmissen, um etwas Neues zu beginnen, und nun ging ich zurück. Nichts hatte sich dadurch verändert. Man muss sein Leben an die Hand nehmen, hatte Kurt gesagt. ABER DAZU

MUSS MAN ERST EINMAL MERKEN, DASS MAN AUCH EINE HAT! Sie hatten nicht die Pflicht, mich endlos zu versorgen. Es war richtig, dass ich gegangen war. Ich wäre sonst erstickt. Kinder müssen eigene Wege gehen, auch wenn man sie daran hindern will.

Der Berg meiner Vergangenheit nimmt Formen an. Ich würde immer noch gerne weiterkommen. Aber ich bin ein Kindskopf. Als wünschte ich mir, wie Rumpelstilzchen zu sein. Dieser Gnom, der im Wald seine wirkliche Natur im Geheimen lebt, und ich lebte draußen im Geheimen. Vielleicht waren dafür meine Fluchten da. Der Typ, der mich bis Berlin mitnahm, muss gewusst haben, wie es sich anfühlt, wenn man in seine Stadt zurückkommt, denn er ließ mich reden. Nach der Grenze waren unsere Gespräche tiefgründiger geworden, das übliche Herumeiern reichte nicht mehr aus, und ich fand Mut, ihm ein paar Gedichte vorzusprechen. Ich weiß bis heute nicht, warum ich das tat. Es war nichts Besonderes, nur ein paar Verse aus Rilkes »Stundenbuch«:

»Du bist der Arme, du der Mittellose,
du bist der Stein, der keine Stätte hat,
du bist der fortgeworfene Leprose,
der mit der Klapper umgeht vor der Stadt.«

Es muss ihn berührt haben, denn er riet mir, die Sache auszubauen. Auf einer Schule vielleicht. Ich solle es zuerst bei den staatlichen versuchen, dann erst bei den privaten.

Er erzählte von seinem Neffen, der Schauspieler werden wollte, der es aber wegen der großen Konkurrenz aufgegeben hatte und nun einen Saftladen an der Côte d'Azur besaß.

EINEN SAFTLADEN AUFMACHEN!

Ich liege ermattet in den Polstern. Ein schöner Platz – man muss sich nur ertragen. Der Kleiderhaufen auf dem Bett erhebt sich vor meinen Augen wie eine Dünung. Im Grunde habe ich ja bis heute nichts Vernünftiges getan, immer nur Gedichte vorgetragen, immer von der Hand in den Mund gelebt. ICH WAR DEN VÄTERN VERPFLICHTET.

Morgen früh werde ich Zettel anrufen und ihr mitteilen, dass ich nach Nizza unterwegs bin, um dort einen Saftladen zu eröffnen. Sie wird es nicht verstehen.

Ich muss lachen. Ich stehe auf, gehe zum Bett, fische in den Sachen herum, suche Hannis Briefe, bis ich einen finde. Hatte ich sie also doch eingesteckt? Ich muss sie schon lange mit mir herumgetragen haben. Unter dem Stapel alter Leinenhemden liegen sie. Ich finde zwei Briefe, einen von Albert, den anderen von Hanni.

Ich knie mich auf das Bett und befühle die Couverts. Das letzte Mal hielt ich sie vor dreißig Jahren in den Händen und hatte Angst, der Inhalt hätte sich durch die Zeit verändert. Ich öffne den Brief und entziffere die Buchstaben, ich kann den Text auswendig.

»Lieber Phil …«

Halblaut spreche ich und finde mich sehr theatralisch. So hatte ich den Don Carlos in Hamburg geben wollen.

Ich lege den Brief wieder zurück und wühle weiter in den Klamotten herum.

Da liegen sie vor mir, die Dinge meines Lebens. Mein alter Personalausweis, mein Führerschein, auf den ich so stolz war, ich ziehe ihn unter dem Ordner mit den Bescheiden, Urkunden und Versicherungspolicen hervor. So beladen, schleppe ich meine Sachen immer noch mit mir herum. Auf jeder Wochenendreise, in jedes Hotel, das ich bewohne, wie vor Jahr und Tag.

Neunzehnhundertundneunundsechzig! Ich blättere in meinem Führerschein. Auf dem Foto lächelt mich ein persischer Handelsvertreter an. Der Schnäuzer war nun echt, ich ließ ihn mir wachsen, nachdem ich Hanni kennengelernt hatte. Es hatte ihr gefallen. Fast alle jungen Männer trugen in den sechziger Jahren Bärte. Nicht nur die Studenten, auch die Hippies, später sogar die Polizisten. Jeder, der etwas zu sagen hatte, aber nicht wusste wie er sich ausdrücken sollte, trug lange Haare und einen Bart. Und die anderen, die nicht wussten, was sie wollten, trugen wenigstens den Ansatz eines Schnauzbartes und die Haare bis in die Stirn.

Wenn ich mich so auf dem Foto besehe, komme ich zu dem Schluss, dass ich damals schon der war, der ich heute bin. Bloß dünner und irgendwie interessierter an allem. Ich hatte so viele Träume und Sehnsüchte, wollte immer der Beste sein, als Kind schon. Ich wollte wie Siddharta sein, der kleine Prinz im Garten, kurz vor seiner ENDGÜLTIGEN Abreise nach Goa. Und dann weg, bloß weg, irgendwohin, und wenn's nicht anders geht, GANZ WEIT WEG.

Ich kann meinen Blick nicht von dem Foto lassen. Ich bin da nicht zimperlich, bis heute kam der Typ, der ich mal war, nicht gut weg in meiner Beurteilung.

WER HAT EIGENTLICH GESAGT, DASS MAN SICH IMMERFORT SELBST IN DIE FRESSE ZU HAUEN HAT?

SIE SOLLEN EIN GUTES VERHÄLTNIS ZU SICH AUFBAUEN, hatte die Frau an der Kasse gesagt, als ich sie bat, mir für die kommenden vierzehn Tage viele, ziemlich heftige Dampfbäder mit Moorpackungen zu terminieren.

»Na, Sie haben ja was vor.«

Die Magenfalten standen mir gut, wie gemacht für einen Charakterschauspieler. Zart war ich, in meinen Augen lag ein leichter Ausdruck von Zorn und Traurigkeit.

Wenn wir uns früher im Kreis der Kollegen alte Führerscheine zeigten, wurde heftig gelacht. Ich fand es eher traurig, zu sehen, wie schnell die Zeit vergeht. Ich hatte dieses Gesicht, das mir jetzt entgegenlächelt, fast vergessen.

Eigentlich ist es eine schöne Nacht. Im Grunde wie geschaffen, um mit sich ins Reine zu kommen.

Ich setze mich auf die Bettkante. Mein ständiger Drang, am liebsten alles zu klären, was unklar war. REINEN TISCH ZU MACHEN. Klären, dann weiterleben und wieder klären, wie ein Buchhalter. Als wenn die Vergangenheit korrigierbar wäre, als wenn dann das alles anders wäre.

Vorhin hatte ich den Wunsch verspürt, Hanni anzurufen. Ich gab den Gedanken auf, außerdem habe ich nicht mal ihre Nummer. Ich könnte auch Albert in München anrufen, ihn nach Hannis Nummer fragen; es ist noch nicht so spät, er bleibt immer lange auf. Ich werde es nicht tun, und vermutlich hat er ihre Nummer gar nicht, sie waren sich nicht grün.

Ich lege mich rücklings auf das Bett, die Hände unter den Nacken, und blicke zur Decke.

Es tut gut, an die Decke zu starren, nichts zu denken. Keinen Termin zu haben, keine Vergangenheit zu klären. So wollte ich leben, einen lieben, langen Tag auf einer grünen Wiese liegen und in den Himmel gucken.

Das Morgenlicht schiebt sich durch das Fenster, es wirft lange Schatten an die Zimmerdecke. Solche, die ich als Kind schon mochte, egal, wo wir waren. In jedem Zimmer waren die Schatten anders.

Mir fallen Gesichter ein. Die alten Kumpels, wo sind sie hin? Helge hatte Krebs, Lungenkrebs, aber er hat ihn überwunden, vor drei Monaten telefonierten wir. Da war er so aufgeregt wie noch nie in seinem Leben. Viel aufgeregter als vor einer Premiere. Es gehe ihm gut, und es sei gut, sagte er, dass seine Frau ihn noch nicht verlassen habe.

Und Kalli, der nach Bayern ging, mein alter Kumpel Kalli. Wir hatten dieselben Mädchen. Ich erinnere mich an die kleine schwarze Französin. Sie schlief mal mit ihm, mal mit mir. Immer rittlings, und keiner durfte ihre Brüste berühren. Kalli liebte sie wirklich, ich mochte nur ihr schwarzes Haar, und dann verschwand sie mit einem Zahnarzt, der ihr die Zähne machte. Darum ging es ihr, um die Zähne.

Kalli hatte sie gebeten zu bleiben, aber sie hatte nur gelacht und ihre Sachen genommen, und an einem Morgen war sie fort. Er hat es mir Jahre später erzählt, aber verwunden hat er es nie. Wir hatten dieselben Ansichten über Gott und die Welt. Unsere Theatergötter hießen Peter Brook und Stanislawski. Wir wollten eine Company aufmachen und dann zu Ariane Mnouchkine, zum Sonnentheater nach Paris fahren und nur noch REINES THEATER spielen.

Ich werde Kalli morgen anrufen. Seit seine Frau ihn verlassen hat, habe ich nichts mehr von ihm gehört. Er hat irgendwann das Spiel völlig aufgegeben, er bekam Prostatakrebs, aber er hat auch ihn besiegt.

Das Licht ist wunderbar. Warum bleibe ich nicht öfter wach? Wer stellt die Regeln auf?

Ich denke oft an Hanni. Vielleicht weil sie das Zentrum war. Das alte Viertel, wir nannten es das nasse Dreieck. Es war nicht mehr als ein Abrissviertel; wir bezogen die noch zu mietenden Wohnungen, weil sie billig waren und beheizbar: Sie hatten alte Kohleöfen und hohe Wände mit Stuck, und in manchen Häusern gab es nur ein Außenklo auf der Mitte zwischen zwei Stockwerken.

Hanni hatte ein schönes, rundes Gesicht, hohe Augenbrauen und einen ebenso hohen Haaransatz, und ihre Brüste waren königlich. Wir spielten miteinander, von Anfang an. Wir waren wie Kinder, die Ehepaar spielten. Oder besser, wie wir dachten, wie ein Ehepaar sein müsse.

Ich war der Vater und sie die Mutter, die Hure und das Kind. Ein Kind mit großen Brüsten. Ein Vater, der von Anfang an überfordert war. Ich lief immerfort ihren Unfällen nach, ich war ihr Pater Phillip und Bruder Kaufmann von der Aufsicht, der Behördenclown. Aber lag ich abends in ihren Armen, vergaß ich, dass ich eigentlich etwas anderes wollte.

Bei Hanni war ich verloren, grenzenlos, wie in einem Meer. Bei ihr konnte ich mich fallenlassen und fand nicht mehr zurück, das war der furchtbare Preis. Ich verlor bei ihr völlig die Kontrolle, und in jedem Augenblick, den wir körperlich teilten, versank ich mehr.

Als ich sie an einem Frühlingstag zum wiederholten Mal verlassen wollte, kniete sie sich vor mir aufs Bett. Ich schrie sie an, dass ich sie JETZT ENDLICH UND FÜR IMMER verlassen würde. Dass sie mir die Luft zum Leben nähme und ich leben wollte. Hanni streckte mir ihren Hintern hin. Sie war nur mit einem T-Shirt bekleidet, das ihr bis zur Taille ging, und suchte unter dem Bett nach etwas.

Wir liebten uns sofort und wie verrückt. Ich konnte nicht anders, ich wollte sie verlassen, aber ich schaffte es nicht.

Stangenfieber nannten wir es in den Sechzigern. Aber es war mehr als das. Wenn wir uns liebten, tauchte ich in sie ein wie in einen Brunnen. Bei ihr lernte ich mich zu verlieren. Alle Verbotsschilder, mein Schuldenkonto, das Revier meiner Begierden, das Loch der Finsternis, bei Hanni bekam ich die Luft, nach der ich mich gesehnt hatte.

Hinab und hinauf und dann über alle Grenzen und weiter, immer weiter.

Ich hätte sie nicht verlassen können. Ich nahm mir, was sie mir bot, und hasste mich gleichzeitig dafür. Mit diesen Gefühlswechseln lebte ich täglich.

Hanni dagegen war perfekt. Ihre Gesten waren großartig und folgten einem klaren, großen Drehbuch. Was sie sagte, was sie tat, hatte immer den reinen Schein einer nie untergehenden Sonne, und ich überließ mich nur zu gern unserem gemeinsamen Fall. Und irgendwann erwachte ich.

Es waren nicht die Drohungen, sie würde sich aus dem Fenster stürzen, sollte ich sie verlassen oder nach Portugal oder Spanien fliehen. Es war ihr hundertprozentiger Einsatz. Sie liebte mich bedingungslos, unendlich.

»Begreifst du nicht, Phil? Ich liebe dich, mehr als dich eine andere Frau jemals geliebt hat und lieben kann.«

Sie konnte aus dem Stand heraus gefühlvoll überlaufen. Ihr Lachen erklang, als dringe es aus einem tiefen Brunnen. Ihre Tränen waren Sturzbäche und kamen von den himmelhohen Bergen, und wenn sie sich mir ergab, schmolzen die Gletscher ihrer kindlichen Seele. Wie hätte ich so ein Wunder jemals verlassen können, ich war ihr ganz und gar VERFALLEN.

Hanni wusste natürlich um meine Abhängigkeit. Ihre

Brüste wussten es, ihre Schenkel, ihre Möse, ihr Hintern. Jeder Teil ihres Körpers wusste es.

Ihr Mund sagte: »Phil, mach, was du willst. Du bist ein freier Mann, du kannst kommen und gehen, wie es dein Herz verlangt. Ich verstehe das. Geh nur, lass mich hier in Ruhe untergehen, ich komme schon zurecht.«

Währenddessen sagten ihre Brüste: »ETWAS BESSERES ALS UNS BEKOMMST DU VON KEINER ANDEREN.«

Jeden Morgen, jeden Abend und in den Nächten stand in ihren Augen geschrieben: »ICH LIEBE DICH.«

Ich will noch nicht schlafen, ich laufe im Zimmer umher. Ich habe mein Leben lang geschlafen. Als ich auf die Bühne ging, begann der große Schlaf. Ich will leben, wie es alle Leute tun, ohne Schuld. WER SPRICHT MICH FREI?

Ich will morgens Brötchen holen, mein tägliches Geschäft machen und abends einen »Tatort« sehen. Ohne Zweifel, ohne dieses tägliche Gedudel in meinem Kopf, ohne meine inneren Anklagen.

Ich finde meinen Sessel wieder und lasse mich in die Polster fallen. Hier ist mein Platz. Ich brauche kein Licht. Der Sessel gibt mir Bodenhaftung, so habe ich die Dinge gut unter Kontrolle.

In der Dunkelheit ähnelt das Zimmer meinem Kinderzimmer. Zugegeben, es ist eng, aber die Dinge stehen unverändert an ihrem Platz. Das Bett, der Sessel, der Schrank, das Fenster und draußen im Garten die Stimme eines Käuzchens. Sein Rufen lenkt mich ab. Auch was ich sehe und höre, gibt mir Sicherheit, diese Welt ist KONKRET.

Nie im Leben wäre ich an dem Morgen meiner Ankunft nach Haus gegangen. Sie hätten mich sofort wieder in ihren täglichen Mief ihrer kleinen Welt geschraubt.

Ich fühlte mich schwach, klein und mickrig. Auch ihre sorgenvollen Gesichter hätte ich nicht mehr ertragen. Ich lief ja auch schon ganz schief, einfach um nicht groß aufzufallen. Diese Flucht beschützte mich, ich wäre sonst verlorengegangen.

Ich war auf die andere Seite des Abendlandes geflohen, weil es mir ein anderes Leben versprach. Ein Leben ohne Mittelmaß und falsche Töne, ein echtes Leben. Ich wäre um die ganze Welt gereist, um ihnen zu entkommen. Ich wollte einen Ort finden, zusammen mit anderen Leuten, die einen neuen Lebensinhalt gefunden hatten.

Je länger ich darüber nachdenke, desto mehr wird mir klar, dass ich damals nach etwas suchte, was ich hinter mir lassen wollte, nur mit anderen Teilnehmern.

Am Tag meiner Ankunft in Berlin wollte ich einen Strich unter diese Vergangenheit setzen. Ich hatte vergessen, dass ich etwas mitgebracht hatte, WAS MIR IN GANZ ASIEN NICHT GELUNGEN WAR, LOSZUWERDEN – LIEBE!

Das Bett steht in der Dunkelheit wie eine Arche. Die Umrisse des Kleiderhaufens in seiner Mitte werden schärfer. Man kann sich an die Dunkelheit gewöhnen.

Als Kind tappte ich fast jede Nacht durch unsere Gänge und Zimmer. Sie wussten nichts von meinen Ausflügen, und ich war froh, unbeobachtet zu sein. Das Gefühl, das ich damals hatte, steigt in mir hoch. Mir wird schlecht. Ich floh und wollte zurück, und jetzt liegen die Sachen vor mir und schreien mich wieder unentwegt an.

ICH LIESS MEINE FAMILIE IM STICH, UM NACH MENSCHEN ZU SUCHEN, DIE IHNEN ÄHNLICH SIND.

Und wo wollte ich dieses Paradies finden? IN INDIEN?

Unruhig stehe ich auf und gehe zum Bett, ziehe die Decke hervor, hänge sie mir um die Schultern und setze mich wieder.

Asien war eine Falle, aber es war richtig zu gehen.

Die Decke wärmt mich, es ist gut, so zu sitzen. Mit der Decke und gekreuzten Beinen empfinde ich alles nicht so schwer. Man muss nur Verantwortung für sich selber übernehmen! sagte der Mörder und schlug der Dame auf den Kopf. Besonnen schließe ich die Augen und atme tief in mich hinein.

Als wir gegen fünf Uhr früh Dreilinden hinter uns hatten, stellte ich die Weichen. Ich wollte neu beginnen. Es war dasselbe Feuer, das ich schon bei meiner Abreise empfunden hatte.

Erst würde ich meine alten Straßen entern und dann von einer Telefonzelle aus Hanni anrufen. Hanni war mein erster Gedanke. Noch heute liebe ich es, in der Frühe nach Hause zu gehen, einen Kaffee an einer Bude zu trinken, den Wind zu spüren, einen Plan zu machen. Die Luft ist morgens noch unverbraucht, und der Tag beginnt wie ein neues Leben.

Der Funkturm sah altmodisch aus und so vertraut, wie er da am Ende der Avus stand. Wie ein vertrauter alter Opa, den man nach Jahren wiedertrifft, froh, dass er noch nicht gestorben ist. Bei seinem Anblick platzten meine Phantasien, und alle Pläne lösten sich in nichts auf.

Ich versuchte die Tränen zurückzuhalten, aber es gelang mir nicht. Ich heulte bestimmt fünf Minuten lang, und es war mir egal, ob der Typ, in dessen Wagen ich saß, mich dabei beobachtete. Mit sechzehn hatte ich das letzte Mal geheult, seitdem nicht mehr. Nicht einmal in Kabul, obwohl ich da noch viel mehr Gründe zum Heulen gehabt hatte.

»Du hast ja meine Nummer. Ruf mich an«, sagte er.

Mein Magen rebelliert, ich muss fast würgen und halte mich am Sessel fest, um nicht wegzufliegen. Alles, was mir im Moment etwas bedeutet, ist die Erinnerung an einen Fremden, der mir im wichtigsten Moment meines Lebens helfen wollte. »Du hast ja meine Nummer. Ruf mich an.«

Ich habe Durst, ich will mich betrinken. Ich stehe auf und stapfe mit der Decke um die Schultern in die Küche. Auf dem Kühlschrank finde ich den Rotwein und ein leeres Glas. Ich gieße mir ein. Der Wein schmeckt fad, die Uhrzeit ist wohl nicht die richtige. Ich trinke ihn trotzdem.

Am Küchentisch finde ich langsam meine Ruhe zurück. Der Wein wärmt meine Seele. Die Zeit des Sitzens bricht an, denke ich und muss lachen. Danach kommt garantiert die Zeit der Gehhilfe, dann im hohen Alter, irgendwann das Ende allen Seins.

Wenn man sich Zeit lässt, geht es an sich ganz prima.

Was ich tue, ist so unnütz, denke ich. Ich hatte immer Schwierigkeiten, mich gehen zu lassen. Ich war als junger Mensch ein Angsthase und gleichzeitig mit einem kolossalen Mut unterwegs. Es gab Zeiten, da galoppierte ich kopflos durch mein Leben wie ein Pferd. Nur weg und irgendwohin und dann wieder weg. Ich wollte nicht einsehen, dass jeder Mensch sterblich ist. Ich war regelrecht gekränkt von dem Gedanken, irgendwann nicht mehr vorhanden zu sein. Es gab Zeiten, da wollte ich gar nicht erst etwas Neues beginnen, bloß keine Veränderung, nur immer die alten Trampelpfade gehen.

Ich sehe den Jungen vor mir, der ich einmal war, mit schulterlangen Haaren, einem maskenhaften Lächeln und traurigen Augen. Er steht auf dem Grünstreifen am Rand der Avus. Es ist ein grauer Morgen. Er gibt sich locker und gelassen, aber er hat Angst, ich sehe es an seinen Gesten. Er fährt sich immer wieder mit den Händen durch das Haar. Das Lächeln, die zusammengekniffenen Lippen – er sieht tapfer aus.

Ich friere, trotz der Decke ist mir kalt.

Der Typ drückte mir die Turnschuhe in die Hand und nahm mich in den Arm. Ich glaube, er war doch ganz froh, dass er mich los war. Dann war er weg, und ich sah nur noch die Rückscheinwerfer von seinem Bulli.

Ich hockte mich hin, zog mir die Schuhe an und ging los, Richtung Messehallen.

Die Luft tat gut. Als Erstes bemerkt man die Frische der Luft, wenn man morgens auf der Straße unterwegs ist. Sie ist der einzige Begleiter. Die Morgenluft beschützt einen. Man läuft, und die Dinge bekommen einen anderen Sinn. Meine Füße brannten regelrecht vom vielen Pflastertreten, ich hatte ja seit Teheran nur leichtes Zeug getragen.

Ab Österreich war es immer kälter geworden, und an diesem Morgen in Berlin waren es nur noch fünf Grad. Ich wusste nicht, welchen Tag wir schrieben, hatte kein Gefühl mehr für Zahlen. Es war Anfang Mai, ich hatte Angst, dass es der Erste im Monat sein könnte. Denn am 1. Mai würden alle auf die Straße gehen; ich kam nicht aus Asien, um sofort den Tag der Arbeit zu feiern.

Ich lief immer weiter, und nach ein paar Minuten ging am Himmel das Morgenlicht auf. Ein feiner, silberner

Streifen, der breiter und breiter wurde, bis er den ganzen Himmel einnahm.

Ich stehe auf und tappe müde in die Küche. Ich will noch etwas Wein. Während ich mir ein weiteres Glas einschenke, nehme ich mir vor, mehr mit Maria über meine Treberei zu sprechen.

Ich war die letzten Jahre viel zu verschlossen. Ich dachte, wer wie ich ein Leben lang auf der Bühne gestanden hat, der bekommt eine Art Bonus vom Schicksal. Den sieht die Welt nicht, der kann seine Vergangenheit an der Garderobe abgeben und all die ungeklärten Sachen fliegen in den Bühnenhimmel hinauf.

Ich zeigte mich mein ganzes Leben und blieb für jedermann verschlossen. Maria weiß um diese Dinge, doch vor keiner Frau ließ ich die Hosen richtig runter, da konnte auf mich einschreien, wer wollte.

Ich gehe ins Zimmer zurück. Unschlüssig bleibe ich vor dem Bett stehen, dann hebe ich den Sommerhut, greife nach dem Pullover, lege ihn zur Seite und ziehe Hannis Brief hervor. Ich bin nervös, als könnte mich der Inhalt noch überraschen. Ich kenne doch die Vorwürfe, das Flehen, ihre Schuldzuweisungen, ihre Traurigkeiten und Verdrehungen. Vielleicht spiele ich nur mit meinen Gefühlen, denke ich, und öffne den Brief.

»Lieber Phil,

Du bist die ganze Welt.«

Ich mache Licht, so geht es besser. Ich habe ihre Briefe lange nicht mehr gelesen. In den Anfangszeiten vielleicht ein, zwei Mal, dann nicht wieder, aber die Zeit verändert alles.

Hanni war ein Bühnentier, ich hatte immer Angst, eine andere in ihr zu entdecken. Wir spielten wie Kinder, wir waren böse und brutal und konnten grausam sein. Ich glaube, wir hätten uns bis zum heutigen Tag ausgeplündert und wären an unserem maßlosen Hunger zugrunde gegangen.

Ich überfliege die Zeilen, obwohl ich den Text auswendig kenne.

»Lieber Phil,

Du bist die ganze Welt.
Doch ich weiß jetzt, dass es weitergeht. Ich habe gestern einen Mann kennengelernt. Er heißt Rodriguez und arbeitet in einer Baumschule. Er ist gut zu mir. Wir wollen zusammenbleiben. Ich kann wieder lieben. Jahrelang dachte ich immer nur daran, Dich zu lieben. Tag und Nacht, nur Dich. Dich, Dich, Dich. Ich dachte nie an jemand anderen. Wenn ich irgendwo Deinen Namen angeschlagen sah, verließ ich sofort die Stadt. Wenn ich Deine Stimme auf einer Aufnahme hörte, ging ich aus dem Haus. Phil, ich bin jetzt glücklich. Ich weiß jetzt, dass es weitergeht.
Wir wollen morgen weggehen, irgendwohin. Vielleicht nach Gibraltar oder noch weiter. Vielleicht bleiben wir aber auch hier. Ich weiß jetzt, dass es ein Zuhause für mich gibt und dass ich Dich loslassen kann. Werde glücklich. Ich wollte es Dir nur noch mal schreiben.
Deine, Dich immer noch liebende Hanni.«

Ich stecke den Brief in das Couvert zurück und lege ihn wieder zu den anderen Sachen. Ich schalte das Licht aus und taste mich zum Sessel zurück.

Das letzte Mal als ich in ihren Briefen las, war Hanni schon über alle Berge. Da hatte sie akzeptiert, dass ich meine eigenen Wege gehen wollte. Nie wieder haben wir seitdem ein Wort miteinander gesprochen. Nicht am Telefon, nicht in einem Brief. Das Vorher war wie ausgelöscht.

»Entweder Du liebst mich jetzt und für immer, oder es geht gar nicht. Wenn wir zusammen sind, ist es für immer.«

Ihre Liebe erdrückte mich und zog mich gleichermaßen an. Ich fiel immer wieder in diese Liebe wie in einen Brunnen, es war erstickend und ganz wunderbar zugleich.

Ich bin unruhig, die Nacht steckt in meinen Knochen. Ich stehe auf, laufe hin und her. Die Gedanken schießen mir wie kleine Papyrosrollen durchs Gehirn. Es ist wie auf Speed, wie in der Jugend, wenn wir zuviel AN1 genommen hatten. Diese Aufputschdinger oder Captagon. Für talentierte Kinder, die auf der Suche nach sich selber sind, ist das ein furchtbarer Zustand. Man fliegt und fliegt und findet kein Ende. Die Gedanken können dich hochwirbeln und wieder fallen lassen. Sie sind der einzige Halt und alles, was dich treibt.

So rannte ich in meinen seltenen Krankenhausaufenthalten nachts über die Gänge. Ich konnte auch da nicht schlafen. Ich lief hin und her, jedes Mal enttäuscht von mir selber, nichts Besseres mit mir anstellen zu können.

Mein Vater schießt mir durch den Kopf. Er lief auch so hin und her, wenn er sich im Kampf mit meiner Mutter besiegt glaubte. Alle Männer laufen dann hin und her.

Frauen hingegen bleiben sitzen, warten wie Katzen ab, dann packen sie zu.

Ach, mein Frauenbild scheint ein Überbleibsel aus dem neunzehnten Jahrhundert zu sein, die Ansichten meiner Urväter.

Hanni hatte von der großen, bedingungslosen Liebe geträumt. Unsere Liebe sollte etwas Besonderes sein. Außergewöhnlicher als die Liebe zu ihren Freundinnen. Vor allem besser als die ihrer Eltern. Unsere Liebe sollte FÜR IMMER sein. Ich ertrug es nicht, zu glauben, ich würde bis ans Lebensende bei ihr bleiben müssen, kein anderes Leben mehr erleben. Es war das gleiche klaustrophobische Gefühl wie in meiner Kindheit.

Schon bei dem Gedanken daran, für immer so mit ihr zusammenleben zu MÜSSEN, bekam ich Erstickungsgedanken. Wir waren jung und unerfahren, wir versuchten einander zu lieben, wie es die Schauspieler in alten Filmen taten.

Es gelang mir nicht, ich war Hanni von Anfang an untreu. Ich folgte jeder Frau, die sich mir anbot. Als Hanni davon Wind bekam, tat sie es auch. Ich glaube, sie trieb es mit allen meinen Freunden. Wir waren jung, wir waren arm, wir suchten einander wie Bojen im Meer. Alle waren auf der Suche nach einem Ort, einer Philosophie, einer Insel, einem Zuhause.

Man hatte Sex miteinander, und man machte es wie nebenbei. Man sprach sich auf der Straße an, lockte sich in die Kneipen, man trank miteinander bis zum Morgengrauen und ging dann ins Bett. Es war so üblich in jenen Jahren.

Man lud sich in Buden und Kellerräume ein, in heruntergekommene Mansarden und Wohnungen, die noch für wenige Mark zu haben waren. Die Kieze waren bevölkert von jungen Leuten, die nach einem Zuhause suchten, einem besseren Leben, eine vom Mief der Fünfziger befreite Zeit. Man sagte hallo, prüfte die Gesinnung, machte die Nacht in einer Kneipe durch und erholte sich davon, indem man miteinander schlief. Schnell, kurzatmig, wie im Rausch, nur leben, ehe es zu spät ist.

Meistens floh ich im Morgengrauen. Taten wir es bei mir, auf meiner Bude, stellte ich mich manchmal tot oder erfand etwas, um sie loszuwerden. Bei einer tat ich, als würde ich nach dem Akt sofort eingeschlafen sein. Sie sprach mich mehrmals an, kannte glücklicherweise meinen Vornamen.

»Hallo, Mister Phil.«

Ja, an das »Mister« erinnere ich mich noch.

»Du schläfst doch gar nicht. Du tust doch nur so.«

Nach ein paar weiteren Versuchen gab sie es auf, zog sich an und ging. Ich war zu feige, ihr etwas zu entgegnen. ICH HATTE ABER AUCH NICHTS ZU SAGEN.

Selten kannte ich die Namen der Mädchen und Frauen, mit denen ich es tat. Ein paar Gesichter merkte ich mir, mit denen ich ein paar Worte wechselte. War die Nacht vorbei, ging jeder mit verklebten Gefühlen zurück auf seine Bude und vergaß alles. In den seltensten Fällen rief man sich am nächsten Tag an, um sich zu verabreden.

Es ging um das Gefühl, vom anderen gesehen zu werden, zu spüren, was man sich erhofft hatte. Eine Grenze aufzuheben, versinken zu dürfen, sorglos und unvollkommen sein zu dürfen, den Schmelz einer Haut zu kosten, einander wirklich zu wollen.

NATÜRLICH GAB ES DIE KOMMUNE EINS, DIESEN LUSTIGEN CLUB VON ENTFESSELTEN VIELFICKERN. ABER DAS WAR NICHT MEINE

SPIELWIESE. ICH WAR DAFÜR ZU GUT ERZOGEN.

Ich habe einen faulen Geschmack im Mund. Der Rotwein hat ihn nicht verbessert. Ich bin ein alter Mann, der sich an die Zeit seiner Jugend erinnert. Je mehr ich darüber nachdenke, desto mehr erscheint mir meine Zukunft wie ein nasses Handtuch, das mir jeden Morgen ins Gesicht klatscht. Kommt da noch was?

Ich nahm mir von jedem Mädchen, was ich bekommen konnte. KÖRPERLICHES, HERZERFRISCHENDES, DIE ELIXIERE DES LEBENS. Ich fühlte mich danach schuldig. Schuldig, nicht bei ihr geblieben zu sein. Schuldig, sie geliebt und nicht sofort geheiratet zu haben. Schuldig, vorhanden zu sein.

Bei Kalli lief es anders; das Schicksal brauchte dafür genau eine Nacht. Ein Mädchen schnappte sich ihn, und ab dieser Nacht waren sie zu dritt. Er hatte nicht den Mut, die Verantwortung für eine Ehe abzulehnen. Sie verließ ihn mit dem Kind. Schuldig blieb auch er zurück.

SCHULD – mein alter Kumpel. Ich spürte sie nie sofort, erst wenn ich draußen war. Dann kamen die Stimmen … Du sollst nicht … Du müsstest … Warum hast du … Noch ehe ich überhaupt entschied zu gehen, war ich schon innerlich fort. Keine sollte mich halten. Darum ging es: Keiner wollte allein sein, aber keiner wollte bleiben.

Der Stapel meiner Habseligkeiten auf dem Bett … Langsam verschwimmen die Formen, und die Dinge werden wieder, was sie sind. Das Fünfuhrmorgenlicht streichelt meine Seele; die Vergangenheit bekommt ein anderes Gesicht.

Ich dachte, wenn man die Dinge ordnet, verlieren sie an Macht. Die Bücher, die Hosen und Hemden und die Gürtel, die spanischen Stiefel und der Sommerhut. Ich dachte das wirklich, ich sortierte sie, wie ein Buchhalter seine Zahlen auflistet.

ALLES GEHT DAHIN, DA KANNST DU ADDIEREN UND SUBTRAHIEREN, SO VIEL DU WILLST. DU BIST NUR ZEITWEISE HIER!

Mein erster guter Gedanke in dieser Nacht, denke ich. Ich halte mich immer noch nicht aus, ich will immer noch ein anderer sein. Gelassen, selbstbewusst und fröhlich. Am liebsten so wie … Mir fällt im Moment kein Vorbild mehr ein.

Nicht, dass ich Marlon Brando nicht mehr verehre, aber er war mir im Alter zu fett. Seine Ausflüge beschränkten sich darauf, nachts umherzuwandern, um von niemandem angesprochen zu werden. Tagsüber schlief er. Immer die Straße rauf und runter, dann zum nächsten Whopperladen, um seinen Kühlschrank zu füllen. Er aß allabendlich sechs bis zehn dieser Dinger, dazu tonnenweise Speiseeis. Er wollte den Stern verabschieden, den alle in ihm sahen. Er wollte endlich sterblich sein. So besehen ähnelte er Elvis, einem anderen Fixstern am Himmel der Berühmtheiten. Sie wurden über die Jahre immer fetter, und irgendwann fielen sie herunter.

Ich werde müde und blinzle matt. Die Dinge verlieren nur an Macht, je näher man ihnen kommt. Morgen werde ich die Sachen wieder in die Schränke räumen, alles wird an seinen Platz kommen. Und sollte ich sie nächstes Mal wieder hervorholen, werden sie an Gewicht verloren haben. Vielleicht sollte ich sie hierlassen. Den ganzen

Koffer mit den Sachen meiner Jugend hier deponieren, damit ich ihn beliebig hervorholen und ansehen kann. Die Gürtel, die Jeans, die Stiefel und das Tarot-Spiel.

Ich schleppte das Zeug durch meine Wanderjahre, von einer zur anderen.

SO DACHTE ICH UNABHÄNGIG ZU BLEIBEN. Und die Gedichte erzählten von meiner grenzenlosen Sehnsucht, endlich einmal irgendwo anzukommen. In den Armen einer Dicken, bei einer, die mir aber nicht zu nahe kommen soll.

»Wüsst ich für wen ich spiele, ach!
immer könnt ich rauschen wie ein Bach.«

Eine war dermaßen wild auf den Brentano, dass sie mitschrieb, während wir es taten. Ich biss ihr buchstäblich seine Poesie in den Nacken, und sie notierte die Verse auf einem Tempotaschentuch. Ohne meine Gedichte ging ich nicht in die Nacht. Seltsam, an das Gedicht erinnere ich mich, jedoch nicht an ihr Gesicht, obwohl ich zwei, drei Mal bei ihr war, in einer Mansarde gegenüber dem Charlottenburger Amtsgericht.

»Wüsst ich dich rührend zu umgehn,
ich blieb nicht in der Ferne …«

Die Gedichte kamen an, ich rezitierte Brentano, Rilke, Heine. Manchmal schummelte ich einen eigenen Vers ins Liebesspiel und wusste später nicht mehr, welcher es war. Valeska hatte recht behalten, ich war zu einem Objekt der Begierde geworden.

Der Prinz, den meine Ammen sich so sehr von mir wünschten, hatte seine Rolle gefunden. Unzählige Frauen waren mir gefolgt und hatten meinen Gedichten gelauscht. Und jetzt sollte das alles zu Ende sein? Ich liebte doch immer das Glitzern und Funkeln in ihren Augen. WAS WERDEN DIE MÄDELS DAZU SAGEN?

»Ach lieber Gott, sprich ihr ins Herz,
sprecht ihr von mir, ihr Sterne.«

Als sie eingeschlafen war, schlich ich mich hinaus und hinterließ ihr den Brentano.

»… dann blickt mein Liebchen himmelwärts
und ist mir nicht mehr ferne.«

Ich muss lachen. Ich sehe mich, wie ich halbnackt, wie ein Dieb, durch den Flur renne und im Laufen die Hosen anziehe.

Die Gedichte, die Sehnsucht meiner Väter, das Klagen der Frauen, das Bild des unendlichen Meeres – SIE war es immer, die ich meinte, nur sie. Du meine Göttin, mein Zuhause.

Alle meine Kumpels flohen im Morgengrauen. Kalli türmte einmal über die Dächer nahe dem KaDeWe. Ein Wunder, dass er nicht abstürzte. Es war ein ungeschriebenes Gesetz: Nicht bei einer bleiben, immer weiter. Nicht für immer.

Ich fühle mich einsam, ich weiß, dass ich im Moment mein einziger Gesprächspartner bin. Ein Mann muss es mit sich aushalten können. Es gab eine Zeit, da dachte ich, wer derart seine Einsamkeit verspürt, ist nicht lebensfähig.

Alle Frauen schenkten mir Trost und Aufmerksamkeit, ich bin ihnen zutiefst dankbar. Hätte ich mir ihre Namen gemerkt, ich würde ihnen sofort schreiben und sie um Verzeihung bitten, für meine Unvollkommenheit, für meine Feigheit.

Übermorgen werde ich sechzig.

Ich muss an meine eingeschlossenen Väter denken: Hölderlin, van Gogh, Louis-Ferdinand Céline, der mich umhaute, Thomas Bernhard, das Kind. Sie flohen alle vor einer, sie waren lebenslang unterwegs und kamen nie wirklich an. Auch nicht Gauguin, trotz seiner Insel, vielleicht Joseph Conrad, vielleicht Mark Twain.

Die Einsamkeit war mir früh vertraut. Stundenlang konnte ich unter dem Tisch der Erwachsenen sitzen und die Beine und Füße der Damen bewundern.

Ich schnupperte ihre Eigenart und unterschied die Seifen, das Eau de Cologne. Ich war perfekt darin, doch niemand sollte von dieser Begabung wissen. ES WAR MEINE WELT. Ich verglich stundenlang ihre Art und Weise, die Beschaffenheit ihrer Pumps, die wuchtigen Treter der Männer, Sohle, Leder und Schuhwerk.

Ich entwickelte ein Talent, alles und jeden ZU BEOBACHTEN, Dinge zu deuten. Stießen sie sich wie zufällig mit den Füßen an, suchten sie die Nähe ihres Gegenüber, wichen sie einander aus, waren ihre Schuhe mal spielerisch, mal energisch, mal hinwendend, warum zogen sie sich zurück? Es war mir nie wichtig, was sie dort über mir sagten oder taten. Das Geklapper der Teller, das Klirren der Gläser war nur Begleitmusik. Ich hatte unter dem Tisch meine eigene Welt.

Sie ließen mich gewähren. Als ich älter wurde, gab es eine Kammer, die mich vor der Erwachsenenwelt beschützte. Ein zerfleddertes Naturkundeheilbuch, zwei, drei Bilder einer nackten, fülligen Frau und mein erstes, scheues Spiel vor dem Spiegel.

Ich fahre mir mit der Hand über die Augen. Kaum eine, die schlecht zu mir war, wie konnte ich dann gehen? Vielleicht verabschiede ich mich von den Frauen? Und Rilke? Was wird aus Rilke?

Ich verspüre eine tiefe Schuld, von Frauen immerfort nur profitiert zu haben. Darin ähnele ich meinem Vater, er fühlte sich augenscheinlich auch immer schuldig. Warum verschwieg er sich sonst? Soweit ich mich erinnern kann, wollte er alles vom Leben, konnte aber nicht ohne meine Mutter. Wenn sie sagte: Mach das und mach das, rebellierte er für einen Moment, gab dann aber auf, ergeben wie ein Hündchen.

Die meisten Mädchen, die ich kannte, wollten immerfort Gedichte. Sie waren ganz berauscht von meinem Vortrag. Verweigerte ich mich, schmollten sie. Nach einer Lesung geht es oftmals zu wie in einem Harem. In Gütersloh wollte eine ein Kind von mir. Sie rief mir den Namen des Nichtgeborenen zu. Eine Russin gab mir frivole Zeichen aus dem Parkett. Zwei Stunden hob sie einladend ihre Hände über ihren Schoß und deutete auf mich und dann wieder auf sich. ES FIEL MIR SCHWER, MICH ZU KONZENTRIEREN. In der Pause wimmelte ich sie ab, indem ich vorgab, homosexuell zu sein.

Ich will nicht undankbar sein. Die meisten, die vor mir im Theater sitzen, verlieben sich nur in ein Bild von dem Prinzen, dem Kindmann, dem hübschen Kerl, der ich schon lange nicht mehr bin. WAS KOMMT JETZT NOCH?

Es gab auch andere. Ich liebte die Kleine, die Albert an einem schönen Sommertag mit nach Hause brachte. Ich sehe sie vor mir. Sie hatte eine Pagenfrisur, ein liebreizendes Lächeln und sehr traurige Augen. Albert wusste um meine Begeisterung für diese Art Mädchen. Er hatte sie im Park aufgelesen und ihr gesagt, dass ich Antworten auf ungestellte Fragen hätte. Sie ging mit, ohne Scheu. Sie war eine Treberin, ohne Heimat, und war seit Tagen unterwegs. Sie lief barfuß und dachte barfuß. Unschuldig, traurig und verloren. Eine, die bei keinem bleibt, eine die immer unterwegs ist. Die wollte ich halten und ließ sie dann doch gehen.

Wir lagen auf meiner Matratze. Es war kalt, obwohl es ein heißer Sommertag war; sie zitterte am ganzen Körper, als sie zu mir unter die Decke kroch. Und weil sie so verloren war, wärmte ich sie mit meinen Küssen. Aber das Verrückte war, dass unsere Körper nicht warm wurden. Heute weiß ich, dass keiner von uns die Sonne besaß, den anderen zu wärmen. Ich küsste sie überall, und sie gab sich meinen Umarmungen hin wie ein Reh, das seinen Platz bei der Mutter gefunden hat, aber es half nichts, unsere Körper blieben kalt. Wir taten es den ganzen Nachmittag, und irgendwann fragte sie mich lachend nach meinem Namen. Das war das einzige Mal, dass sie etwas sagte. Sie besaß nichts weiter, als was sie am Leibe trug. Ein Ringelhemdchen und die zerschlissene Jeans. Und dieses verrückte Tarot-Spiel, das da nun vor mir auf dem Bett liegt. Sie schenkte es mir, bevor sie ging. Irgendwann sprang sie wortlos auf, zog sich an, legte mir das Tarot-Spiel hin und verschwand aus der Tür. Schweigend, ernst, barfuß, so wie sie gekommen war.

Ich mochte dieses Mädchen. Sie war anders als Hanni, viel stiller. Ihre Augen waren sehnsuchtsvoll, wie bei einem waidwunden Tier. Sie war wie eine Unberührte, obwohl sie viele Männer gehabt haben muss, denn jede Zärtlichkeit, die sie mit mir teilte, war die Kür einer reifen Frau. Wir spiegelten einander. In den paar Stunden, in denen wir zusammen waren, fühlte ich mich frei.

Dennoch wäre ich ihr nicht gefolgt.

Mir blieb die Erinnerung an ihren Körper, ihre traurigen Augen, ihr Schweigen. Es erzählte mir so viel, und wenn ich in den folgenden Jahren an sie dachte, schälte sich mehr und mehr ein Bild aus meiner Erinnerung heraus, das mir mit der Zeit sehr vertraut war. Es war ein Spiegelbild meiner selbst, und mit der Zeit verstand ich, was es mir sagen wollte. Sie suchte nach etwas, wonach auch ich suchte. Noch heute könnte ich nicht sagen, was es war. Ich stellte damals keine Fragen, auch nicht meinen Kumpels, es war einfach so. Diese Suche nach diesem Etwas brauchte keine Erklärung, wie es die Anhänger der Bart-Partei in ihren Erlassen und Pamphleten forderten.

Ich stehe auf und gehe in die Küche. Ich trinke ein Glas Wasser. Die Vergangenheit ist aus und vorbei. Ich sollte mir wieder mal etwas vornehmen, denke ich. Ich bin ein alter Narr, der nicht alt werden will, weil er an seinen Kümmernissen hängt wie Kleister.

Ich gehe ins Zimmer zurück, hocke mich aufs Bett und fische in den Sachen nach etwas, das mich überraschen soll. Dabei purzelt die Brosche meiner Mutter hervor, ein kleiner Lapislazuli-Stein, den sie mir zum Abschied schenkte.

Ich halte ihn in der Hand. Noch vor Jahren hätte ich nichts von ihr aufbewahrt. Jetzt beruhigt er mich und wärmt mein Herz. Ich sehe ihr Gesicht, ihre Augen, ihren Mund, der bis zu ihrem Tod immer schmaler wurde.

Ich setze mich wieder in meinen Sessel, mein Wartehäuschen der Wächter, die heute Nacht leider ausgeblieben sind.

Jetzt bin ich wieder selber dran, denke ich, jetzt muss

ich auf mich aufpassen. Der Stein liegt leicht in meiner Hand.

Ich erzählte Hanni nie von meinen Abenteuern mit anderen Mädchen und Frauen, aber sie wird es geahnt haben. Sie fragte mich auch nie, wo ich gewesen war, wenn ich mich morgens neben sie ins Bett legte. Erst als sie spürte, dass ich von ihr wegwollte, hielt sie mir meine Ausflüge vor, da zog sie die Schlinge zu. Obwohl sie es selbst mit anderen Jungen tat und ich sie einmal mit einem Pärchen in unserer Bude erwischt hatte.

Vielleicht hätten wir immer so weitermachen können, aber es wäre furchtbar geworden. Wir hätten uns irgendwann gehasst. Versessen auf Sex, hatten alle diese Sehnsucht, etwas anderes als das Mittelmaß ihrer Eltern zu finden. Wohnungen waren billig zu bekommen, man brauchte kaum Geld, Berlin war heiß, auch im Winter. Da war die Musik, und wir waren jung.

Sex war für uns nichts Schlechtes, obwohl Geschlechtskrankheiten kursierten. Egal, mit wem man für ein paar Stunden zusammen war, nur nicht für immer … Ich roch dieses »Für immer«, noch ehe ich einer ins Gesicht sah. Ich spürte sofort, wenn eine mich binden wollte, durch ihre Haut hindurch, an ihrem Händedruck, an ihrer Körperhaltung. Was sie wirklich sagte, wenn sie sagte:

»Hallo, du bist Phil, nicht wahr? Ich bin die … Bist du der mit den Gedichten?«

Der Lapislazuli liegt warm in meiner Hand. Es ist gut, so wie es ist.

Bald kommt das Morgenlicht, dann werde ich ans Meer gehen.

Gestern, auf dem Weg vom Kaufhaus Jensen zum

Bahnhof, schoss mir ein anderes Mädchen durch den Kopf, das mich auf der Straße angesprochen hatte. Sie sah harmlos aus. Ich hätte nie gedacht, dass sie sich an mich ketten wollte. Sie machte einen völlig selbständigen, unabhängigen Eindruck.

Ob ich der sei, der sonntags vormittags im Park die schönen Sachen vortragen würde.

»Was für Sachen?«, fragte ich.

»Na diese Sachen!« Sie lachte mich an. Sie hatte ein volles Gesicht wie ein belgisches Landmädchen, und ich bejahte. Ob ich sie morgen besuchen wolle, sie wohne um die Ecke, gleich die nächste Straße in unserem Viertel, sie werde die Tür für mich auflassen, im zweiten Stock. Beckmann stehe auf dem Schildchen, aber das sei ja völlig unwichtig, weil die Tür offen sei, nur für mich.

Sie gab sich große Mühe, es poetisch auszudrücken, und schrieb mir die Adresse auf meinen Unterarm.

Die Sonntage im alten Viertel, ich bin ganz berauscht von meinen Erinnerungen. Die Bäume warfen rosa Blüten auf das Pflaster, die ganze Straße war in Rosarot getaucht.

FÜR IMMER!

Am nächsten Morgen nahm ich allen Mut zusammen und besuchte sie. Die Tür war wirklich angelehnt, und sie saß nur im Nachthemd gekleidet in einem riesigen Ikea-Bett. Auf ihrer Stirn stand unsichtbar dieses FÜR IMMER. Ich setzte mich höflich an das Bettende und hörte mir ihre Geschichten an.

Ohne Unterbrechung sprach sie eine halbe Stunde lang. Die Buchstaben auf ihrer Stirn wurden immer deutlicher. Schlussendlich bestand sie völlig aus den beiden Worten, die vor meinem geistigen Auge kamen und gingen. Sie wollte für immer weg, am liebsten nach Goa, aber dort wären alle nur auf Sex aus, doch sie wollte nicht von jedem Idioten gevögelt werden und sie wüsste nun gar nicht, was sie tun sollte.

Ich starrte während der ganzen Zeit auf ihr Nachthemd, das ihren Körper völlig verhüllte. Es schrie FÜR IMMER. Und neben ihrem Bett stand ein Käfig; in ihm saß ein gelber Kanarienvogel, der schrie auch die ganze Zeit FÜR IMMER. Jedenfalls entnahm ich das seinem Geschrei. Er schrie zum Gotterbarmen, während sie sich mir eröffnete, ohne dass ich unter ihrem Nachthemd auch nur ein Fitzelchen ihres Körpers entdecken konnte. DENN DEN WOLLTE SIE SICH AUFHEBEN FÜR EINEN, DER SIE FÜR IMMER LIEBEN WÜRDE.

Nach einer weiteren halben Stunde bekam ich Angst. Vielleicht war sie krank und hatte eine schwere Verletzung, die sie vor mir verbergen wollte. Es war so unwirklich, mit einem fremden Mädchen auf einem Bett zu sitzen. Wir sprachen über Sex wie über eine Krankheit, vor der sie Angst hatte, sie in Indien zu bekommen.

Ich musste fliehen, ich hielt es nicht mehr aus. Nach einer Weile verabschiedete ich mich höflich von ihr, sie machte auch keine Anstalten, mich zurückzuhalten. Sie sprach einfach weiter, und ich ging hinaus und ließ die Tür angelehnt. Ich dachte, vielleicht würde Helge noch kommen, er hatte die Adresse auch.

Ich will zum Strand. Hastig ziehe ich die Jeans an, dann die Socken und den grob gestrickten Pullover. Ich greife die Sachen, ohne nachzudenken. Ich weiß, dass es gerade mal fünf Uhr sein muss und am Kliff bitterkalt, aber ich muss jetzt hinaus.

Als ich die Tür hinter mir schließe, fährt mir eine eiskalte Morgenbrise ins Gesicht. Wie ein Dieb schleiche ich mich an Junes Fenster vorbei zum Wagen. Ich will ans Meer.

Am Horizont tuckert ein Fischerkahn, irgendwo vor der Küste Dänemarks blinkt eine Boje. Die Wolken ziehen in rasender Geschwindigkeit am Himmel entlang, sie verfolgen einander. Zwanzig Meter unter mir fällt die Dünung hinab, einen Schritt weiter, und alles wird anders sein. Ich habe keine Angst mehr, es sind Angewohnheiten, fliegende Wolken, Gedankenspiele. Ich bin der Herr meines Hauses. Ab jetzt bin ich schwindelfrei, und sollte ich fallen, so stehe ich wieder auf.

Noch vor Jahren wäre ich vor lauter Haltlosigkeit weggelaufen, aber die Zeit ist zu kurz, um vor sich selbst zu fliehen. Es ist viel zu kolossal, was sich zwischen Himmel und Erde abspielt. Viel zu kostbar, als die Zeit mit Grübeleien zu verplempern. Harada Roshi, mein alter Zen-Meister im Geiste, hatte recht. Nimm den Besen und kehre, iss dein Brot, und wenn du müde bist, schlafe. Alles andere ist Spiel.

Endlich zieht der Morgen auf. Kein Stern ist mehr am Himmel zu sehen, nur der volle Mond. Das Licht kriecht empor.

Als Junge sehnte ich mich danach, wie nach einer väterlichen Hand. Jeden Morgen lief ich als Erstes zum Fenster, ich konnte nicht genug davon bekommen. Der Beginn und ewiges Licht.

Gleichzeitig machte es mir auch Angst. Bloß nicht zu viel davon, immer schön behutsam, du könntest dich verlieren, und das Leben könnte dich überrennen! Nicht so viel Hunger nach Leben, Phillip! Du brichst dir den Hals.

Wir waren so mutlos, so verzagt, ich verstehe das

heute viel besser. Wir konnten nicht anders. Die Anzahl meiner Lebensjahre sollte mich lehren.

Zum Glück war mein Hunger größer, zum Glück ging ich. Es gibt keine Schuld, es ist gut jetzt.

Was für ein Geschrei! Die Möwen versammeln sich zum täglichen Abenteuer. Sie suchen nach Krabben und Krebsen. Fressen und gefressen werden, ein neuer Tag erwacht. Ich halte den Lapislazuli noch immer in der Hand. Wer hält jetzt noch wen?

Als ich meine Mutter das letzte Mal sah, gab es nichts mehr, was uns in den alten Geschichten hielt. Ihr Konto war aufgebraucht, und ich empfand endlich wieder etwas für sie. Jeder hatte seine Schularbeiten gemacht. Kein Wort mehr, kein Schwanken, nur mein Herz und der endlose Lauf … Es ist gut, so zu stehen.

Ich werde morgen der netten Frau in der Verwaltung ein paar Blumen mitbringen. DER PATIENT, DER MIT DEN NELKEN KAM.

Nein, keine Nelken, wir sind ja nicht auf einem SPD-Parteitag. Und übermorgen werde ich meinen Geburtstag hinter mich bringen. Ich werde Maria vom Bahnhof abholen, und wir werden unser neues Leben feiern. Sie und ich. EIN NEUBEGINN. Ich freue mich auf Maria. Sie fehlt mir. Ich habe viel Zeit mit anderen Frauen verbracht.

Der Mond steht wie eine in die Luft geworfene Plastikschüssel am Himmel, die Wolken rasen in einem Irrsinnstempo vorbei, zwei Möwen über mir, sie begrüßen schreiend den Tag.

Wenn ich bedenke, dass ich noch vor vierzig Jahren zur Berufsarmee wollte, um von meiner Mutter wegzukommen. Ich wäre gerne Leutnant geworden. Ich dachte, das würde auf Frauen Eindruck machen. Immer in Uniform. Stattdessen wurde ich Schauspieler. Ich habe es mir nicht ausgesucht.

Meine Mutter war todkrank, als ich sie das letzte Mal sah. Maria riet mir, sie zu besuchen. Unser Verhältnis war besser geworden, wir scherzten am Telefon, aber so richtig zeigte ich mich nicht. Man hatte sie in einem einzelnen Bett der Intensivstation untergebracht. Ich wusste gleich, dass es ihr letztes Zimmer im Leben sein würde. Sie erkannte mich nicht und sah mich aus verschleierten Augen an. Sie lag auf dem Bett, als wäre sie schon tot. Ihr Haar war schlohweiß, der Mund stand offen, und sie suchte mich, sie suchte mich noch immer, und dann erkannte sie mich und begann zu lachen und zu weinen. Alles auf einmal.

DAS TAT MIR UNENDLICH LEID.

Nicht, dass sie lachte und weinte, sondern dass sie mich nicht erkannt hatte. Dass ich nicht mehr der war, den sie in Erinnerung hatte, den sie ein Leben lang wollte. IHR EIN UND ALLES. Ich war ihr Sohn, vor allem aber war ich Phillip Kaufmann.

In diesem Moment wurde mir klar, wie verborgen ich als Kind gelebt hatte. Ich hatte versucht, mich zu verstecken. Vor ihren Einflüssen, ihrer Macht, ihrer Strenge, ihren Küssen. Ich fühlte mich nicht schuldig, ich musste ja von ihr weg, aber nun tat es mir leid. FÜR UNS BEIDE.

Ich setzte mich ans Bett und fragte: »Wie geht es dir?«

Sie lächelte, ihr Mund stand weit auf, etwas Speichel rann an den Mundrändern herab. Ich legte meine Arme um ihren Kopf, strich ihr über das Haar und küsste sie auf die Wange. Wir bleiben so eine ganze Weile sitzen.

Ich sehe in den aufgehenden Morgen, der Wind wischt mir übers Gesicht.

Wir haben ganz lange einfach nur so zusammengesessen und geschwiegen. Beim Abschied küsste ich meine Mutter auf den Mund, was ich seit Jahren nicht getan hatte. Maria stand derweil an der Tür. Sie hatte immer gewollt, dass wir uns versöhnen.

Ich spüre eine tiefe Traurigkeit in mir. Meine Mutter hatte etwas in den Augen, vor dem ich mich mein Leben lang gefürchtet hatte. An diesem Tag war davon nichts mehr da. Sie hatte mich losgelassen, und ich konnte sie gehen lassen. Kein Wir, nur dieses Etwas. Wir waren auseinander und konnten einander sehen. Ich wusste es, und ich vermute, sie wusste es in diesem Augenblick auch.

Maria fungierte an dem Tag als Vermittlerin. Fast alle Frauen wissen um diese Rolle. Männer sehnen sich immer nach Gewissheit, Frauen sind meistens mutiger, sie riskieren, was man unter Leben versteht.

Der Strand ist ganz leer. Eine Frau in Jogginghosen läuft zwischen dem kommenden Meer. Ebbe ist die schönste Zeit, meistens verpasse ich sie. Als Junge liebte ich nur die Flut und brausendes Wasser. Alles hat seine Zeit.

Die Typen, die ich unterwegs traf, sprachen nicht von ihren Müttern, und doch wussten wir voneinander. Man erkennt sehr schnell, ob einer selbständig ist oder nur so tut, als könne er sich helfen. Aber unter der Maske der Selbständigkeit kann sich manchmal ein bedürftiges Engelchen verbergen.

Ich war ein kleiner verwöhnter Junge, wie alle Kindmänner, lebenslang gekränkt. Die sich selbst nicht genug sein können, die von jedermann Bestätigung brauchen.

Ich hatte viele Rechnungen offen, als ich wegging, und brauchte lange, um zu verstehen. Man vergisst, warum man wegging, und dann ist es wieder da. In der Abwehr einer Anderen, im Spott einer Nächsten, in den Augen einer Unbekannten. Kränkungen sind wie Kleister, man kommt schwer davon los.

An diesem Tag war alles gut. Auf dem Gesicht meiner Mutter lag das Sommerlicht, alle Dinge versöhnend. Das Bettzeug, das wie ein Leichentuch aussah, das Schränkchen mit ihren Sachen. Sie behielt ihren Kram immer im Auge, sogar als sie Adieu sagte. Penibel, sauber, korrekt, perfekt, sittsam, deutsch, diszipliniert, furchtlos, aufrecht, gerade, vollkommen. Alle Dinge, die sie benutzte, das Zahnputzglas, der Ring, die Brosche, die mein Vater hinterlassen hatte, der Kamm, die Bürste, die Blumenvase – sie hatten ihre Bezeichnungen. Nun war der Moment, der sie von mir trennte und von den Dingen, die sie ein Leben lang bei sich hatte. Sie sah mich aus ihren Mädchenaugen an und lächelte. So, wie eine Mutter zu lächeln hat, nicht wie eine Geliebte. Ich konnte nichts sagen, ich sah sie nur an. Ich war nicht in der Lage, etwas Großartiges zu sagen oder zu tun. Als sie die Augen schloss, setzte ich mich wieder zu ihr und streichelte ihre Stirn und Wangen.

Es ist überhaupt nicht laut, wenn die Wellen an den Strand landen. Als junger Schauspielschüler dachte ich immer, wenn wir das Meer inhalierten, es wäre laut, Brandung und Gischt würden ein Riesentheater machen.

Das Meer kann ganz leise sein, still und sehr eindringlich, wenn die Wellen das Land erreichen. Sie machen schwapp, dann wieder schwipp, schwapp.

Ich sehe in der Ferne das Morgenlicht, es ist anders als die Dämmer am Abend. Jeder Morgen ist einmalig, so als gäbe es kein Gestern.

In Kabul stand ich fast jede Nacht auf dem wackligen

Terrassenvorbau unseres vergammelten Fixerhotels. Ich konnte nicht schlafen, der Straßenlärm war unerträglich. Ich glaube, es war eher meine Sehnsucht, die mich wach hielt. Bis auf die irrenden Scheinwerfer der Trucks und Jeeps, die durch die Straßen hupten, war kein Licht zu sehen. Es war gespenstisch. Die Kebabstände warfen hie und da etwas Glut in den pechschwarzen Himmel, aber es gab kein gewohntes Neonlicht, das mir meine Einsamkeit nehmen konnte.

Dazu kam der Lärm, der hinter mir aus den Zimmern drang. Es war unerträglich. Es war alles, wovor sie mich gewarnt hatten. Das Gejaule der Gitarren und dazu die hysterischen Schreie der Mädchen, wenn eine endlich einen Freier gefunden hatte, der ihr mit etwas Geld aushalf.

Ich schlief keine Nacht durch. Stattdessen schrieb ich Dutzende Briefe an Hanni, obwohl ich auch vor ihr abgehauen war. Und nun in Kabul schrieb ich ihr sehnsuchtsvolle Gedichte. Malte uns eine Zukunft. Ich wollte zu Hause sein.

Der Mond steht hoch am Himmel, er sieht aus wie ein stillgelegter Filmfluter. Ich bin todmüde.

»Müde spielst du am besten«, hatte Kurt immer vor Premieren zu mir gesagt. »Wenn du nicht mehr kontrollierst.«

Ja, das kann sein, aber Kontrolle gehört zum Leben wie zum Spiel. Ohne meine Kontrolle wäre ich in Kabul untergegangen.

Ich werde jetzt nach Hause gehen und mich noch ein paar Stunden hinlegen, und dann wird mich ein Vogel wecken.

Stille Tage unter Bäumen

Der nächste Morgen trifft mich wie ein sanfter Regen. Durch das Fenster fällt das Morgenlicht, es färbt die eisernen Vorhänge orangeweich und legt sich auf mein Gesicht wie eine wärmende Decke.

Ich habe traumlos geschlafen, nicht einmal bin ich aufgewacht. Ich fühle mich frisch, auch wenn die Gelenke knacken. Ein seltener Moment, eine neue Erfahrung, so dass ich mich nach der Dusche freudig in die Kleider werfe: Rock, Hose, gegürtetes Wams. Dabei verschütte ich den Rotwein und wische, wie es meine Mutter immer getan hatte, mit einem Kleenex bewaffnet, die Reste der Nacht von dem Küchentisch.

Dann wieder ins Bad, Augentropfen einträufeln und die Haare gebürstet. Ein herrlicher Tag, ich habe wieder eine Beziehung zu mir hergestellt. Die Frau an der Rezeption vom Wellenbad soll recht behalten. Ich ertrage mich, so wie ich bin. Es ist EIN HEILIGER MOMENT. EIN NEUER MORGEN bricht an. Ich empfinde eine tiefe Dankbarkeit für die Anwesenheit allen Lebens.

Vor der Tür, die zu Junes Cottage führt, lehnt ein Besen, ein einfacher, robuster Besen, mit langen Borsten aus altem Reisig. Er muss Jahrzehnte auf dem Buckel haben. Ich habe ihn vor Tagen aus den Augenwinkeln wahrgenommen, als ich ins Cottage gerannt bin.

Ist es meine innere Geborgenheit, die ich spüre, ist der Sturm wirklich vorbei? Bin ich auf dem Weg der Besserung?

Ich stiebe aus der Tür, nicht ohne mich zu vergewissern, dass ich auch wieder hineinkomme. Da steht der Besen im Sonnenlicht an der Hauswand, wie der Zauberstab eines alten Druiden.

Es ist KAUM WIND; kein Baum, kein Strauch bewegt sich, June und Mina sehe ich in der Küche werkeln, aber der Besen interessiert mich mehr. Lang ist es her, dass ich dieses Holz in der Hand gehalten habe. Ich greife mir das Ding, eile zurück ins Haus, nehme den Schal von der Garderobe, und los geht es.

Ich fliege über Terrassen, Wege und Bordsteinkanten. ES IST EINE LUST. Das Zen des Kehrens. Ich bin bekehrt, in der Handhabung der EINFACHEN DINGE. Jetzt begreife ich: Da liegt es – DAS SÜSSE LEBEN.

Wie habe ich es vergessen können?

Einmal hin, einmal her, und schon spüre ich meine Schultern, bin außer Atem, aber es macht mir nichts aus. Mit Elan nehme ich mir den kleinen Weg zum Haus, dann rund um die vor dem Cottage geparkten Autos, danach noch den Bordstein bis zur Straße und wieder zurück. Das gesamte Areal wird Opfer meines Elans. ALLER MIST, ALLES ÜBEL soll weichen.

Schlussendlich lehne ich den Besen wieder an die Hauswand.

Zwanzig Minuten später sitze ich mit einer Tasse Tee wieder am Küchentisch. Nicht ohne mir zwei vom Vortag liegen gebliebene Vollwertbrötchen spendiert zu haben. Im Toaster erwecke ich sie zu neuem Leben. Ich bin zufrieden. Zum ersten Mal nach langer Zeit.

Eine echte Anteilnahme macht sich in mir breit. Ich empfinde ein klares Gefühl des Bedauerns über meine bisherige Unrast. Rilke hilft mir in diesem Moment wenig. Ich kenne ja seine Einstellung:

»Wenns schwer wird im Leben, dann nimm es wie es ist, gewinne der Tiefe das ab, was das Leben bietet.

Nie wird es fertig sein!«

Ich räume meine Sachen in den Schrank. Den Koffer schiebe ich unters Bett. Ich verwische die Spuren, nichts soll mich an die letzte Nacht erinnern.

Die alten Jeans falte ich zu einem Schmetterling, die beiden Indienhemden lege ich darüber. Vorsorglich kommt alles in den Schrank, oberste Schublade. Wer weiß, ob ich sie heute Nacht noch einmal hervorholen werde. Ich glaube, eher nicht. Morgen ist mein Tag der Tage. Eigenartig, ich empfinde keine Unruhe mehr. Es ist, wie es ist. Ich habe Maria vorhin angerufen und ihr gesagt, dass ich am Bahnhof sein werde. Sie war sehr lieb. Sie freut sich. Wir kennen unsere Stationen. Zu oft haben wir uns an Bahnhöfen und in fremd erscheinenden Hotelzimmern getroffen. Wir haben diese Distanzen freiwillig gewählt und leider immer wieder vergessen.

Vorhin, beim Sortieren meiner alten Sachen, hatte ich den Schlüssel: »Let it be«. Der alte Beatles-Song fuhr mir durch den Kopf. Lass es sein. Vor dreiundvierzig Jahren habe ich das Lied in der Fox-Tönenden-Wochenschau gesehen. Ein bärtiger Paul McCartney hatte es auf dem Dach des EMI-Konzerns gesungen. Das war ihr Abschied gewesen. Und ich war Jahre später nach Asien abgehauen. Ich dachte: Wenn diese Band stirbt, wozu noch?

Ich rolle die Gürtel zusammen, lege den Gomeragürtel neben den breiten Afghanistangürtel, den mit der eingenähten Geldtasche. Das andere Zeug, das Tarot-Spiel, die Ledertasche mit den Briefen, packe ich vorsichtig daneben. Schrank, oberste Abteilung, Kopfgebiete, versunkenes Land, vergrabene Welt. Eine beinahe vergessene Rimbaudzeile will mir nicht aus den Kopf.

»Du warst es, für dich wär ich ...«

Duhuhu, wer ist es, den sie in den Gedichten und Liedern besingen? Die Dichter, die Sänger, die fahrenden Erzähler? Wer ist dieses Duhuhu, vor dem wir fliehen und das wir unbedingt noch erreichen müssen?

Ich gehe zum Fenster, nehme ein Buch nach dem anderen von der Bank, sortiere sie neu und stelle sie nacheinander in den Schrank. Ich räume in meinem Zimmer auf, so wie es meine Mutter tat, nachdem Vater gestorben war. Sie war so umtriebig, so voller Sehnsucht, dass sie penibel auf Sauberkeit und Ordnung wert legte. Um sie zu trösten, las ich ihr aus Rilke-Gedichten vor. Sie war die erste Frau, der ich vorlas.

»Doch alles , was uns anrührt, dich und mich,
nimmt uns zusammen wie ein Bogenstrich,
der aus zwei Saiten eine Stimme zieht.«

Ich habe den Vers nie vergessen. Was ich damals fühlte, weiß ich nicht mehr.

Das Koppel, das Halstuch, den Sommerhut. Ein paar weitere ausgefranste Indienhosen, die Sandalen, alles packe ich aus dem Koffer in den Schrank. Den Sessel schiebe ich an die Seite. Ich verwische meine Spuren.

Es ist gut, alles gehen zu lassen, es einfach laufen lassen. Es geht nicht um Sieg oder Niederlage? Nein, sich dem Leben ergeben.

Mein Jugendpulli mit dem U-Boot-Kragen. Was habe ich das Teil geliebt! Er fühlt sich noch an wie neu.

Später lief ich viele Kaufhäuser und Herrenboutiquen ab, um einen leichter gestrickten Pulli dieser Art, aber immer mit U-BOOT-AUSSCHNITT zu bekommen. Da war ich noch schmaler, da war ich schön.

Was kommt noch? Kommt noch was?

June hat vorhin an die Tür geklopft, sie meinte, sie wolle nicht stören. Ob ich abends zum Essen kommen wolle und ob sie etwas Besonderes für morgen besorgen solle. Weil mich doch Maria besuchen werde und der Tag etwas Besonderes für uns sei.

Sie sah mich mit dem ganzen Erinnerungskram vor dem Bett stehen.

»Nein, nichts weiter«, sagte ich. »Ich freue mich auf morgen. Lass uns nur zusammen sein.«

Doch heute Abend wolle ich noch mal allein sein. Ob sie das verstehen könne? Ja, sie versteht das, Frauen wie June verstehen. Sie hat eine große Familie, da braucht man Zeit für sich.

Ich lege den Pullover in den Schrank, ich werde ihn vielleicht nachher anziehen, wenn ich zur Anwendung eile. Zu Bianca oder einer anderen Dicken. Und ich werde einen Friseur aufsuchen, ich will schön aussehen, wenn ich morgen Maria vom Bahnhof abhole.

Draußen beginnt der Frühling, ich kann ihn riechen, ich reiße alle Fenster auf und lasse ihn herein. Endlich. Die Sache mit dem Besen hat sich gelohnt.

Ich stelle mich ans Fenster und sehe in den Garten.

Der Baum erinnert mich an den, den wir im Garten

hatten. Vor meiner Abreise war ich noch mal zu ihnen gegangen. Zu der Siedlung, die nicht so ist, wie Salinger es im »Fänger im Roggen« beschrieb. Viel kleiner alles. Die Eingangstür, der Garten, den man nur von hinten einsehen kann, die kleine Treppe, dann das Fenster, die kleine Wohnung, zweistöckiges Siedlungshaus. Ich dachte, es würde mich umbringen. Man muss an den Ort zurück, wo alles begann.

Da lebten wir, meine Leute und ich. Ich war sechzehn und wollte woanders sein. Ich machte ein paar Fotos mit einem alten Fotoapparat und vergaß dann die Aufnahmen, so wie ich alles vergaß, was ich jetzt und hier auf dem Bett liegen habe. Die Gerüche, die Worte, die Ketten der Liebe. Die Liebe, die uns bindet.

Ich sehe in den Garten, die Schwalben sind zurück. Die Stare bauen schon Nester für die Jungen, in der Stadt kommen die Tauben aus den Verschlägen hervor. Ich denke an meinen Vater, wenn er meiner Mutter mit seinen Späßen und Spielereien den Hof machte und dann vor ihr aufgab, weil sie stärker war und er die Niederlage wie eine verlorene Schlacht empfand.

Ich gehe zum Schrank, öffne und schließe die Tür, als hätte ich so mein Leben unter Kontrolle.

Ich nehme den Schlüssel vom Haken, öffne die Tür und trete hinaus. Die Sonne strahlt mir ins Gesicht. Es ist wunderbar, so wie es ist, denke ich, während ich den kleinen Weg zum Wagen gehe.

»Ich floh immer vor der Liebe.«

»Wie meinen Sie das?«

Frau Ehwert hat schwarz gefärbte Haare, trägt ein dunkles, zeitloses Kostüm und hat schwarz lackierte

Fingernägel. Ihre Augenbrauen sind zwei Striche, die ihre Stirn höher erscheinen lassen. Ich versuche meine Füße unter dem Tisch zu sortieren und schiebe aus Nervosität unsere Wassergläser hin und her.

»Alle Romantiker fliehen vor der wahren Liebe«, sage ich und trinke meinen Kaffee.

Frau Ehwert muss lachen, und ich bemerke, dass sie ein ganz reizendes Lachen hat. In Berlin würde ich sie jetzt nach ihrem Leben befragen, um von mir selbst abzulenken oder weil es mir langweilig wird, aber hier nicht. Auf Sylt sind die Rollenstrukturen eindeutiger: Journalistin fragt, Künstler antwortet. Diese Eindeutigkeit liebe ich an der Insel.

»Wenn ein Kind seine Mutter als erstes Objekt seiner Begierde erlebt, ist das doch nur normal. Alle Kinder machen schöne Sachen, um die Mutter zu erfreuen«, sagt sie und lacht nun nicht mehr.

»Die meisten Männer verleugnen das, auch Künstler. Bis auf Picasso, Chaplin und natürlich andere große Kindsköpfe, die es für ihre Kunst genutzt haben.«

Ich ahne, unser Gespräch wird ein Fiasko.

»Was genutzt?«

»Na, die schönen Sachen. Die man von zu Hause mitbekommt, von denen man sich ein Leben lang ernährt und manchmal auch furchtbar elend fühlt.«

Jetzt lacht sie wieder. Frau Ehwert wird mir sympathisch. Ich sehe zum Fenster hinaus. Die Saison beginnt. Vor dem Café versammeln sich die Touristen. Es ist früher Vormittag, aber die Friedrichstraße ist mittlerweile belebt wie im Sommer.

»Sie wollen mir doch nicht weismachen«, jetzt sieht sie mich direkt an, »dass Frauen Sie noch heute dominieren könnten?«

»Sie nicht?«

»Kann sein, kann auch nicht sein. Deshalb lasse ich mich doch nicht von alten Männern ärgern.«

Jetzt zickt Frau Ehwert, denke ich. Ich bin zu weit gegangen, schön in der Mitte bleiben. Ich versuche wieder Land zu gewinnen.

»Kommen wir noch mal auf Ihren morgigen Geburtstag zurück.«

Frau Ehwert hat meine Wahrheiten auf einen kleinen Zettel notiert, den ihr zuvor die Kellnerin gegeben hat. Es sieht so aus, als wolle sie mir einen Strafzettel verpassen. Vielleicht hat sie ähnliche Gedanken, jedenfalls macht sie wieder ein fröhliches Gesicht.

»Natürlich bin ich vor der Liebe geflohen«, sage ich nett. »Ich floh oft, ich musste es tun. Sogar ganz weit weg und über alle Berge. Wohin, war mir völlig egal. So, wie es sich für einen jungen Mann gehört, der nach etwas Eigenem sucht. Das ist wohl mein ganzes Leben so gewesen. Es war unverantwortlich, ich weiß, aber es war gut so.«

Frau Ehwert schreibt jetzt wie verrückt. Sie muss einen weiteren Zettel beginnen. Vielleicht habe ich einen vertrauten Punkt bei ihr erreicht.

»Und haben Sie gefunden, was Sie suchten?«, fragt sie, ohne aufzusehen.

»Da bin ich mir nicht sicher«, entgegne ich. »Obwohl ich mit Maria ein Stück mehr Heimat in mir gefunden habe. Vielleicht geht es aber gar nicht darum, etwas zu finden.«

»Maria ist Ihre Frau, mit der sie seit dreißig Jahren verheiratet sind …«

»Seit fünf Jahren. Vorher liebten wir uns nur so.«

Frau Ehwert lacht schallend und schreibt. Ich sehe

zum Nachbartisch, wo uns eine komplette Familie beobachtet. Frau Ehwert kann sich nicht beruhigen, und ich bemerke, wie gut es mir tut, dass sie mich anlacht.

»Die Liebe kann gefährliche Auswirkungen haben«, sagt sie, »gerade bei jungen Leuten.«

Wir schweigen für einen Moment.

»Man sagt, gerade im Hinblick auf Ihre Arbeit mit Rilke und Eichendorff, dass Sie ein Romantiker seien. Aber ich empfinde Sie im Moment als ziemlich rational und analytisch. Bitte verstehen Sie das nicht falsch.«

»Nein, ganz und gar nicht«, erwidere ich und versuche nicht nervös zu scheinen.

»Wie kommt das zusammen? Unter Romantikern versteht man üblicherweise junge, leidende Männer, die sich für eine unglückliche Liebe umbringen, indem sie sich theatralisch ins Meer werfen.«

»Ich habe eben Glück gehabt.«

Die Journalistin sieht mich verwundert an.

»Ja, ich glaube, ich habe viel Glück in meinem bisherigen Leben gehabt. Mir ist meine Liebesfähigkeit nie verlorengegangen, trotz der Nähe zum anderen Geschlecht.«

Frau Ehwert blickt mich jetzt sehr ernst an. Dafür gibt's wieder einen Strafzettel, denke ich.

»Ich habe Sie übrigens vor dreißig Jahren am Thalia Theater in Hamburg erlebt. An der Seite der großen Ronny Degen. Es war ganz fabelhaft, wie sie beide spielten.«

»Lebt Ronny Degen noch?«

»Was sie jetzt macht, ist mir entgangen. Sie lebt die meiste Zeit in Portugal, soviel ich weiß.«

Ich sage lieber nichts. Noch vor Monaten hätte ich Frau Ehwert die Fragen unbemerkt suggeriert. Durch naives Nachfragen, durch charmante Redensarten, jetzt schweige ich lieber und trinke meinen Kaffee.

»Wollen Sie etwas zu dieser Zeit sagen? Man sagte Ihnen ein Verhältnis mit Frau Degen nach«, bohrt sie.

Ich sehe auf die Wassergläser. Eines ist halb voll – das andere halb leer.

»Ich war sehr jung, gerade mal vierundzwanzig, und Ronny war in einem Alter, in dem ihr klar wurde, dass die Jugend vergeht. Ich glaube, sie brauchte mich, um das besser verstehen zu können. Ronny wollte mit dem Kopf durch die Wand.«

»Sonst erkennen sich doch nur Männer in dieser Rolle.«

»Entschuldigen Sie, aber ich glaube, es gibt unter Frauen genauso viele Idiotinnen, wie es Idioten unter Männern gibt.«

Wieder ein Knöllchen. Frau Ehwert beginnt den dritten Zettel.

»Sie wurden als junger Mann von den Frauen sehr begehrt. Sie sahen phantastisch aus.«

Sie langt in ihre Tasche, zieht einen DIN-A4-Ordner mit Notizen und Fotos herauf.

»Bitte lassen Sie die Fotos«, sage ich. »Ich möchte nicht an diese Zeit erinnert werden.«

Frau Ehwert nickt und legt den Ordner in ihre Tasche zurück.

»Wie fühlen Sie sich nun vor ihrem Sechzigsten?« Wieder lacht sie, ihre Augen funkeln voller Lebensfreude.

»Ich fühle mich gut. Ich hatte die Insel ausgewählt, um mir ein bisschen selber zu entfliehen. Es ist mir zum Glück nicht gelungen.«

»Das ist fein.« Sie seufzt und legt die Zettel zusammen. »Dann wünsche ich Ihnen für den morgigen Tag alles erdenklich Gute«, sagt sie und steht auf. »Ich werde Frau Zettel benachrichtigen, dass sie mir zwei Fotos zusendet.«

»Das wäre das Beste«, sage ich und gebe der Journalistin die Hand.

»Bleiben Sie gesund. In diesem Alter wünscht man sich so etwas.«

Ich blicke ihr nach, wie sie zum Ausgang steuert. Eine kleine Frau, energisch bis in die Waden, ihr Kostüm scheint aus einer anderen Zeit zu stammen.

Ich stehe eine Weile so da und bestaune den Zirkus der Straße. Frühlingswind fegt in die offene Tür.

Auf der Friedrichstraße tummeln sich die Leute. Paare, die Hand in Hand gehen. Hunde, Kinder, Männer in groben Jacken und mit müden Augen. Frauen in knielangen Röcken, die alle zum Strand wollen. Ich stehe noch eine Weile am Tisch, dann bitte ich die Kellnerin um die Rechnung.

Die Vertrautheit der Umkleidekabine, der Spiegel, die Konsole, auf der ich meine Uhr und den Schlüssel ablege. Hier ist mir alles vertraut. Eng genug, um auf der großen, weiten Welt nicht verlorenzugehen. Eng genug, um in den letzten zwei Wochen meine Gedanken zu sammeln. Obwohl ich sonst in diesen Räumen Platzangst bekomme, hier ging es mir in den letzten Wochen gut. Die Kabine ähnelt ein wenig der Kammer in meinem Kinderpalast, wohin ich mich verdrückte, um meiner Mutter zu entgehen. Ich wollte oft gar nicht mehr heraus.

Die zwei Wochen waren für mich wie das Zen der Meerestiefe. Einem Taucher gleich war ich hinabgestiegen und bin erst jetzt wieder aufgetaucht.

Die Fältchen haben zugenommen, denke ich und betrachte mich. HAMLET GING BADEN.

Warum dieser ernste Ausdruck im Gesicht?

Ich packe meine Sachen in das Netz, lege Hemd und Hose über den Bügel. Ich muss an Henry Miller denken, als Jugendlicher hatte ich für ihn geschwärmt. Maria und ich waren auf unserer ersten Amerikareise nach Big Sur, Henrys Wohnort, unterwegs. Ein paar Kilometer vorher bat ich sie weiterzufahren. Wir fuhren an seinem Wohnort vorbei, ohne anzuhalten, wir stritten nicht eine Minute über meine Entscheidung. Maria war total einverstanden, was selten auf dieser Reise vorkam.

Vielleicht hatten wir beide Angst, dem großen Henry Miller, seinem Lebensdrang und seiner Jugendlichkeit trotz seines hohen Alters zu begegnen.

Er war damals hoch in den Achtzigern, lebte mit einer Zwanzigjährigen zusammen und schrieb viel über den Gewinn dieser Liebe. Vielleicht hatten Maria und ich Angst davor, einander an einen Jüngeren zu verlieren. Immerhin war es der Beginn unserer Liebe, und nichts sollte sie stören. Also ließen wir Miller links liegen.

Mein Lieblingsbuch in den sechziger Jahren war »Das Lächeln am Fuße der Leiter«, und Marias »Der Wendekreis des Krebses«. Die Geschichte seiner verkorksten Jugend und von seinem Job als Briefträger und der Ärger mit den Frauen.

Ich sollte mal wieder Henry Miller lesen, denke ich, während ich die Kabinentür öffne.

LEBST DU IM LEIDEN ODER IN DER SELIGKEIT? Der Satz von Hölderlin fällt mir ein. Er verließ selten seinen Turm. Mein Turm war die Kammer in unserem Palast, und ich nahm mir jede Gelegenheit, vor IHR zu fliehen.

Ich tauschte IHRE Strenge gegen MEINE Enge. Heute ist es vorbei, denke ich und schwupp, bin ich draußen. Auf dem Gang toben die Kinder, ihre Mütter regulieren den Verkehr.

Nachdem ich meine Siebensachen im Schränkchen verstaut und alles fein reguliert und abgeschlossen habe, schlittere ich mit ein paar Gören und ihren Müttern den Gang hinunter, Richtung Salzbad.

»Sandy, bleib stehen, Sandy, pass auf … Sandy, du wirst noch hinfallen.«

Ich habe Glück, das Thermalbad hat geöffnet, obwohl ich mir die Besuchszeiten immer noch nicht gemerkt habe. Mit zwei Handtüchern über dem Arm verharre ich für ein paar Minuten am Beckenrand. Es ist ein Abschied von den letzten Tagen, ich bemerke es, die Zeit steht still.

Die Zwillinge sind noch da, emsig drehen sie ihre Runden. Ihre kahlen Schädel heben sich wie Rettungsbojen aus den Fluten. Ich lege die Handtücher auf eine Liege und gleite leichtfüßig ins Wasser.

Es ist warm, das Wasser umhüllt mich wie ein Mantel, ich lasse mich treiben.

Ein paar ältere Frauen schwimmen kraftvoll an mir vorbei, schlagen kleine Wellen, drehen sich wie Delphine um die eigene Achse.

Ich lasse mir Zeit, das Wasser trägt mich, ich fühle mich wie ein Steinbutt im Salzmantel. Prustend stoße ich das Wasser aus Mund und Nase. Als ich an der dicken Frau vorbeischwimme, begegnen sich unsere Blicke. Sie strickt immer noch an ihrem Etwas und übt sich in Gelassenheit. Ich hebe den Arm zum Gruß, und sie lächelt zu mir herüber.

Heute früh habe ich mit Zettel telefoniert und ihr gesagt, dass ich morgen nicht gestört werden möchte. Der Tag ist für Maria und mich reserviert. Sie hat sich erst ein wenig gesträubt, dann aber losgelassen.

Wir sprachen über das Wetter und das Meer und das kollektive Fernweh der Leute und ein bisschen auch über die nächste Lesung in Kaiserslautern und natürlich über Rilke. Zum ersten Mal nach langer Zeit hatte sie eine entspannte Tonlage, ich war ganz erstaunt.

»Jasmin«, rief ich fröhlich. »Was ist passiert?«

Sie lachte und wünschte mir alles Gute zum morgigen Tag. Ob sie mir eine SMS schicken dürfe? Ich habe ihr geantwortet, dass ich mich darüber freuen würde. Dann legten wir auf.

Ich lasse mich auf dem Rücken treiben, nehme mir die Zeit. Der Mann in dem Spiegel an der Decke grüßt mich nett, und ich erkenne mich beinahe nicht mehr wieder. Mein Gesicht ist nicht mehr so rotfleckig, die Rosacea ist gegangen, und der Bauch scheint beinahe verschwunden.

Vielleicht habe ich eine Geburt hinter mir, denke ich und muss innerlich lachen. Ich kann es nicht leugnen, ich fühle mich wie neugeboren. Seit ein paar Tagen denke ich nicht mehr an Alkohol, wenn ich an meine Leute denke, und der alte Druck, nicht genug zu arbeiten, ist erträglicher geworden. Die Vergangenheit schweigt.

Die Frau an der Kasse hat mir vorhin für morgen alles Gute gewünscht.

ICH FAND DAS SEHR NETT UND SEHR UNDEUTSCH.

Wir machten ein paar Scherze über das Altern und meine Haarfarbe, die sie für gut befand.

»Herr Kaufmann, das sieht ganz prima aus. Wie echt.«

»Danke.«

Ich freute mich über ihre Worte und nahm mir vor, nur noch auf Sylt zum Friseur zu gehen.

»Wenn wir dann ein Jahr weiter sind …«, rief sie mir zum Abschied nach.

Wenn wir dann ein Jahr weiter sind. Ihre Worte klingen mir im Ohr. Ich stoße mich von der Haltestange ab und schwimme mit kraftvollen Stößen einmal durch das ganze Becken. Dann wieder zurück, dann wieder hin und her. Bestimmt zehn Mal mache ich das, bis ich atemlos an der Haltestange wieder ankomme.

Draußen wird es Frühling, behutsam klärt der Himmel auf. Möwen kreisen über dem Außenbecken. Es beginnt, ich spüre es. Ich drücke mir das Wasser aus den Ohren und reiße die Augen auf. Alles wird gut.

Geburten beginnen mit einem Schrei, dann der Schnitt, dann die Verwandten und dann der Verfall.

»Wir gebären rittlings über dem Grabe.«

Mein guter alter Samuel Beckett überfällt mich. Als ihn der Sohn seines Verlegers im Altenheim besuchte, fragte der den Pförtner, wo Samuel Beckett hier wohne. Der Pförtner sagte, er kenne keinen Beckett. Aber wenn er diesen Kauz meine, der in einer umgebauten Garage sein Bett aufgeschlagen habe, der täglich noch eine halbe Flasche irischen Whiskey konsumiere und ein witziger Zeitgenosse sei, dann sei er bei dem Richtigen.

Vielleicht hat das alles wirklich mit Liebe zu tun, denke ich. Diese Dringlichkeiten, diese Sehnsucht, ein Anderer zu sein zu wollen, zu glauben, man wäre nicht genug. All der kindliche Unsinn, der mich ein Leben lang begleitete. Es ging sicher viel zu oft um SIE, mal mehr, mal weniger.

Aber was sind schon sechzig Jahre für einen Mann, wenn er noch Rilke-Gedichte rezitieren kann, der die Frauen liebt wie eh und je, der an dieser Liebe leidet, verzagt und die Momente seiner Einsamkeiten vergessen machen will? Einer von vielen, die sich den ganzen Tag bespiegeln, um sich zu vergewissern, ob sie noch am Leben sind. Man sieht es diesen Kindmännern nicht an. Diesen dickbäuchigen, glatzköpfigen, lauten, leisen, charmanten, scheuen Gondolieri, Machos, Feiglingen, Verzagten, Helden und Verlierern – ihnen sieht man ihr Begehren nicht an. Sie tragen es im Herzen, versteckt hinter der Fassade der Disziplin.

SIE WOLLEN TROTZ IHRER ARTERIENVERKALKUNGEN NOCH IMMER GELIEBT WERDEN.

Mit leichtem Schwung und dankbar, am Leben zu sein, treibe ich gemächlich durch das Salzbassin.

Ich habe zum ersten Mal durchgeschlafen. Habe mir vorgenommen, die Zeit nicht mehr zu verplempern. Ich bin wieder der Verwalter meines Hauses. Ich bin bis ZWÖLF UHR MITTAGS im Bett liegen geblieben. Habe mir dann das Tarot vorgenommen. Die letzte Karte der Arkanen gezogen: das Universum.

DER NARR KEHRT ZU SICH NACH HAUS.

Ich habe eine Liste mit Wünschen für meine Zukunft erstellt, aber dann habe ich sie weggeworfen.

Komme, was wolle.

Am frühen Abend holt mich das Taxi ab. June hat mir einen Tisch im Hotel Miramar reserviert. Ich will den letzten Abend vor meinem Geburtstag allein verbringen. Warum ich das älteste Hochhaushotel der Insel dafür ausgesucht habe, wird mir erst langsam klar. Es soll eine

Krönung sein. Das alte Ringelreihen will ich beenden und mich aus der Warteschleife entfernen. Natürlich weiß ich, dass mein Leben nicht immer in kontrollierbaren Bahnen verlaufen wird, aber ich bin immerhin der Steuermann meines Schiffes. Ich habe genug gewartet.

»Mach dir einen schönen Abend und vergiss nicht, morgen ist dein Tag«, meinte June und strich mir übers Jackett. Dann ging sie ins Haus zurück, und ich fuhr mit einem Taxi nach Westerland.

Sie haben das Miramar vollständig renoviert, aber der Eingangsbereich, das plüschige Interieur, die Sitzgarnituren, die Art-déco-Leuchten, das alles hat sich nicht verändert. Die Treppe und die weitläufigen Gänge, die Galerie der Ahnen sind wie vor vierzig Jahren, als ich hier das erste Mal hineingestolpert bin. Ein junger, scheuer Stadtmatrose, der um jeden Preis heimkommen wollte, aber zu arm war, um für ein paar Nächte zu bleiben. Es sollte edel sein, eine feste Burg, etwas Besonderes eben.

»Ein Doppelzimmer mit Seeblick für zwei Personen und bitte das Frühstück nicht vor zehn Uhr.«

So oder ähnlich hatte ich es mir vorgestellt, nur fehlte es mir an fast allem, und meine Traumfrau war schon gar nicht dabei.

Schön wie Grace Kelly sollte sie sein und Beine haben bis zum Hals und blond sein und intelligent und humorvoll und immer für mich da. Bedingungslos sollte sie mich lieben.

Das ist lange her, und das Miramar steht noch immer, und die Abenddämmerung ist auch die gleiche. Vom Restaurantfenster kann man das Meer erkennen, und wenn der Mond auf die Wellen scheint, so weich, so einzigartig, steht die Zeit still.

In der Tür zum Restaurant fängt mich der Kellner ab und führt mich zu einem kleinen Tisch am Fenster. Ein paar ältere Frauen, ein älterer Herr, der eine Zigarre raucht, was ich angenehm und verlockend finde. Eine Familie, mit zwei Töchtern, mir gegenüber. Die restlichen Tische sind für den Abend gedeckt, aber nicht besetzt. Ich nehme auch nicht an, dass sich das noch ändern wird.

»Bleiben Sie allein?«

Ich bejahe, und der Ober räumt die Teller, Serviette und Gläser meines nichtvorhandenen Gegenübers ab.

»Ich bringe Ihnen die Speisekarte«, sagt er und verschwindet.

Ich sitze mit dem Rücken zur Wand, so wie ich es immer tue, wenn ich in einem Restaurant zu Abend esse, und studiere die Karte. Kurzentschlossen entscheide ich mich für eine Spaghetti-Trüffel-Vorspeise, und als Hauptgang wähle ich pochierten Lachs in Weißburgunder. Die Wahl des Desserts lasse ich offen, nehme mir aber vor, nach Halbgefrorenem zu fragen.

Als der Ober meine Bestellung aufgenommen hat, gibt es nur noch die Stille und eine unnachahmliche, altmodische Atmosphäre, von der ich mein Leben lang geträumt habe. Diese Annehmlichkeit, von niemandem gestört oder befragt zu werden, nur mit mir im Reinen hier zu sitzen und es mir gutgehen zu lassen!

Eine leichte Brise kommt durch das geöffnete Fenster vom Meer her. Ich empfinde mich in diesem Augenblick als der Kapitän meines eigenen Bootes.

Nach zwanzig Minuten bestelle ich eine Flasche Rioja. Die hübsche Kellnerin entkorkt sie vor meinen Augen und gießt mir ein. Ich koste den Wein, befinde ihn für gut, und weil ich etwas Nettes sagen will, sage ich, ohne zu wissen, warum: »Entrez vous, Madame.«

Erst ein paar Minuten später bemerke ich, dass ich die Worte meiner Jugend gewählt habe. Das erste Mal hatte ich die paar französischen Brocken aus dem Munde des Filmstars Eddie Constantine mitbekommen. Allein saß er am Frühstückstisch, vor sich ein erstes Bier, die Rühreier und den Toast ließ er unberührt.

»Entrez vous, Madame.«

Nein, ich will nicht mehr warten. Ich will mein Leben in die Hand nehmen. An diesem letzten Abend entscheide ich über mein Leben. In diesem Moment im Miramar empfinde ich das, was Rilke unter Hoffnung proklamiert hätte: die eigenen Wege gehen und dann bis ans Ende meiner Tage.

Hätte ich in diesem Augenblick einen Zettel zur Hand, würde ich einen Vertrag aufsetzen. Es ist süß und auch plagend gewesen, in diesen zwei Wochen mein Leben anzusehen. Alle Kränkung, von meinen Leuten nicht genug Unterstützung und Hilfen erfahren zu haben, alle Erfahrungen, die ich in meinem Asien erlebt hatte, alle Fluchten, um mich von IHR zu verabschieden, um zu mir zu kommen – es hatte seine Berechtigung, und mehr sollte es nicht sein. Als wäre das, was wir in der Vergangenheit erlebt haben, korrigierbar, als hätte ich eine Chance gehabt, alles Gestrige zurechtzuschieben, die Dinge zu klären, die Weichen neu zu stellen!

Die Kellnerin bringt eine kleine Aufmerksamkeit, etwas, das ich nicht zu deuten vermag. Es schmeckt schon nach dem ersten Bissen wunderbar, und als sie sich wegdreht, sehe ich, dass sie wunderschöne Beine hat.

An diesem Abend wird mir klar, dass ich nichts mehr an mir verändern kann. Im Grunde ist die ganze Tiefschürferei meiner letzten zwei Wochen auf der Insel eine

Art Spiel gewesen. Vielleicht sogar der Versuch, noch einmal mit meinen Leuten ins Gespräch zu kommen.

SIE hätte meinen Palast gemocht. Wir hätten über den verlorenen Vater gesprochen, und ich hätte ihre Gedanken gelesen, einen ganzen Abend. Ich hätte SIE durch ihre Sehnsucht getragen, und dann wären wir innerlich nach Italien abgehauen, zu neuen Gestaden und Lieben und Verlusten und Lieben und so weiter. Nicht wie Mutter und Sohn, eher wie ein Paar.

»Phil, ich liebe dich. Versprich mir, dass wir zusammenbleiben werden. Versprich mir das.«

Ich konnte es nicht versprechen, ich konnte so etwas nicht einmal denken. Für immer schien mir so unglaublich weit, ich hätte es keiner Frau versprochen.

Ich wette, hätte ich mit der hübschen Kellnerin das Gespräch dahingehend geführt, sie hätte mir von Andalusien und der Weite des Meeres und den Unmöglichkeiten der Liebe und schließlich ihrem Ehemann erzählt.

»Wollen Sie etwas Pfeffer?«

Ich blicke auf. Die hübsche Kellnerin steht mit den Trüffel-Spaghetti vor meinem Tisch. Ich habe sie nicht bemerkt.

»Ja, das wäre nett«, sage ich.

»Ich bringe ihn sofort.«

Sie stellt den Teller ab, schenkt mir nach und verschwindet.

Ich esse, und es schmeckt, wie es in so einer Situation schmecken muss. Die Spaghetti sehr schön al dente, dazu der etwas fade, nussige Geschmack der Trüffel.

Draußen bereiten sie den Strand für die kommende Saison vor. Baggerfahrzeuge schieben Sand und die Steine zu Haufen zusammen. Ein Fahrzeug mit einer Hebebühne wuchtet die Strandkörbe in Reih und Glied.

Die Hundebesitzer sind mit ihren Hunden unterwegs, und ich sehe eine Gruppe mit Kindern, die ans Meer will. Den Eisverkäufer kann ich noch nicht entdecken, auch nicht die DLRG-Rettungsschwimmer, aber dort hinter dem Rettungshäuschen bereitet sich ein Surfer auf seinen ersten Wellenritt in diesem Jahr vor. Er bindet das Seil an sein Brett, das ihn Minuten später durch die Wellen tragen wird. In der Vorsaison war der Junge der Einzige, der es zu jeder Jahreszeit wagte.

Seit ich in Bali einmal fast ertrunken bin, habe ich mich nicht mehr in die Wellen gewagt. Zu achtlos war ich damals, zu wenig mit mir selbst in Kontakt. Ohne auf die Warnung der Umstehenden achten, nahm ich mir ein Brett und stürmte in die Brandung. Ein Franzose holte mich heraus; ich wäre sonst ertrunken.

Ich blicke zum Himmel, er sendet eine Menge Aussicht auf freie Flecken, sieht man von den Wolkenfetzen ab, die über das Meer jagen. In ein paar Stunden wird er klar sein. Um mich herum wuseln die Vorbereitungen für das Osterfest. Ich schaue dem Treiben zu und tue nichts weiter. Im Moment bin ich mit mir ziemlich einverstanden.

Ein paar Techniker bauen die Notenständer für die Musiker auf. Es soll ein Platzkonzert geben. Die Begleitmusik für einen Neubeginn. Alle Plätze sind noch unbesetzt, in einer Stunde wird es losgehen. Unten am Strand schaufeln immer noch die Bagger.

Ich habe meinen inneren Frieden mit mir gemacht.

PHILLIP KAUFMANN IST WIEDER DA.

Als ich mich heute früh in dem kleinen Garten vom Hotel Hamburg an einen freien Tisch setzte, fuhr mir die Sonne wie ein Schwalbentaucher übers Haar. Ich hatte das als Botschaft verstanden, mein Leben neu zu beginnen, fühlte mich wie neu geboren. ICH HATTE KEINEN

KLÄRUNGSBEDARF MEHR, keine Sorgenschieberei. Der sechzigste Geburtstag kam mir gerade recht.

Es geht weiter, denke ich, ich habe Glück, unwahrscheinliches Glück, TALENTIERT, BEGABT UND LIEBESFÄHIG ZU SEIN.

Eine Dame am Nebentisch lacht, sie hat mich dabei ertappt, wie ich das Wörtchen Glück vor mich hin murmele. GLÜCK!

In ein paar Stunden werde ich Maria vom Bahnhof abholen und sie in die Arme schließen, und sie wird sagen: »Phil, dir kann man keinen Wunsch abschlagen. Heute ist dein Geburtstag. Was soll ich dir schenken?«

Und ich werde wie Richard Burton in dem Film mit Liz Taylor, dessen Titel ich im Moment nicht mehr parat habe, sagen: »Wenn du nur bei mir bist ...«

Wir werden eng umschlungen den Bahnsteig Richtung Ausgang gehen, ich werde ihren Koffer tragen, Maria wird mich wie einen Fremden ansehen, vertraut, aber doch etwas distanziert, so als hätte sich jeder von uns verändert. Am Nachmittag werden wir eine Radtour machen und über Land fahren, und ich werde Maria bitten, das grünblaugelbe Frühlingskleid zu tragen oder eine ihrer Marlene-Dietrich-Hosen. Wir werden in Morsum eine Pause machen und Prosecco in einem Café trinken. Auf meinen Sechzigsten, auf unsere Unabhängigkeit, auf die Liebe, und wir werden ziemlich glücklich sein.

Der Typ mit dem Surfbrett läuft Richtung Meer, noch zwanzig Schritte, und er wird sich in die Wellen werfen.

Ich schlendere die Kurpromenade entlang. Ich bin nicht Paul Bowles, ich will es auch nicht sein. Schon gar nicht möchte ich im Augenblick in Tanger sein.

Die Tage werden kommen und gehen, ich werde in ein paar Wochen in Kaiserslautern oder Lohfelden auf einer Bühne stehen und Rilke rezitieren. Ich werde mich an die Abmachungen mit meinem Toningenieur halten und etwas näher ans Mikrofon gehen. Aber meine Bereitschaft, den Damen FAST ALLES ZU GEBEN, wird darunter nicht leiden.

Ich hatte Maria in letzter Zeit oft verwechselt, ihr Bild gegen andere Frauen eingetauscht. »Der kleine Prinz setzt sich immer durch«, hatte sie zu mir gesagt, als wir in Amerika herumgeisterten, um unsere Vergangenheit zu vergessen.

»Prinzessinnen suchen immer einen Prinzen.«

Mir war damals nichts Besseres eingefallen. Ich hätte von Anfang an älter sein sollen, Maria hätte mehr von mir gehabt.

Alle Männer sind zuweilen kurzsichtig, was die Frau ihrer Träume betrifft.

Ich muss innerlich lachen. Mit der Zeit wird alles gut. Ich freue mich auf meine nächste Lesung. Wenn Zettel ein gutes Hotel besorgt, wenn der Veranstalter gut plakatiert hat und wir ein volles Haus haben, werde ich ihnen alles geben, so oder so.

Na schön, ich bin jetzt sechzig, aber die Damen sind auch älter geworden, ich sollte eine gewisse Reife und Einsichtigkeit voraussetzen, und wenn ich Glück habe, begreifen sie etwas von Brentanos Flehen, Rilkes Sehnen und Eichendorff, dem Sterbenden. Ich bin nur der Transporteur ihrer Sehnsüchte.

Ich sehe zum Meer hinüber. Die See ist ruhig, der Surfer zieht seine Runden. Die Baggerfahrer versammeln sich und besprechen ihre Lage. Einige Strandkörbe stehen noch nicht am richtigen Platz. Der Surfer ist jetzt in seinem Element, er nimmt jede Welle und lässt sich von ihr tragen.

Das Leben kann ganz wunderbar sein, mit und auch ohne Frauen. Wir werden alle älter, und irgendwann treten wir ab, jeder auf seine Weise. Einer laut, der andere leise. In allem Augenblick liegt Liebe …

Ich muss laut lachen. Himmel, es geht etwas mit mir vor. Ich schlendere die Kurpromenade entlang, und Rilke summt mir im Ohr:

> »Ich kann mir kein seligeres Wissen denken,
> als dieses eine, dass man ein Beginner werden muss.«

Sicherlich werde ich mit der Zeit etwas langsamer werden, immer langsamer, so lange, bis ich über die Zeit verfüge, die Namen meiner Frauen in einem Satz rückwärts aufsagen zu können. Dann werde ich zu mir nach Hause gekommen sein, irgendwo auf der Welt, mit Maria, und die Erinnerung an meine Lieben wird mich nähren.

Und mit der Zeit werden die Worte und Bilder verblassen. Auch IHR Gesicht, es wird verblassen, wie Wasser auf Sand. Tag für Tag, Nacht für Nacht und jeden weiteren Tag mehr, und nur der Klang ihrer Stimme wird bleiben. FÜR IMMER, wie in einem guten Gespräch unter Freunden.